MARIA DRIES

DER
KOMMISSAR
UND DAS BIEST
VON MARCOUF

atb aufbau taschenbuch

MARIA DRIES wurde in Erlangen geboren. Seit sie mit siebzehn Jahren das erste Mal an der Côte d'Azur war, damals noch mit einem alten Käfer Cabrio, kehrt sie immer wieder nach Frankreich zurück. Jedes Jahr verbringt sie dort längere Zeit, um für ihre Kriminalromane zu recherchieren, die französische Küche auszukosten und das unvergleichliche Lebensgefühl zu genießen. Sie lebt mit ihrer Familie in der Fränkischen Schweiz.

Als Philippe Lagarde an einen Tatort gerufen wird, erwartet ihn dort ein grausamer Anblick: Ein Liebespaar wurde ermordet. Der Täter hat eine Botschaft hinterlassen, doch die Hinweise reichen nicht aus, um ihm auf die Spur zu kommen. Dann stößt ein Jäger auf zwei weitere Leichen, deren Tod lange zurückliegt. Es scheint ein Muster zu geben, das die beiden Doppelmorde miteinander verbindet. Hat der unheimlich aussehende Mann, der wie aus dem Nichts auftaucht und wieder verschwindet, etwas damit zu tun? Philippe Lagarde steht vor einem Rätsel – ein Glück, dass er Unterstützung von der jungen Gendarmin Annie Lucas bekommt.

MARIA DRIES

DER
KOMMISSAR
UND DAS BIEST
VON MARCOUF

PHILIPPE LAGARDE
ERMITTELT

KRIMINALROMAN

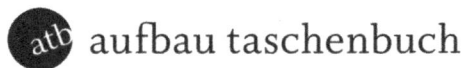
atb aufbau taschenbuch

ISBN 978-3-7466-3453-1

Aufbau Taschenbuch ist eine Marke
der Aufbau Verlage GmbH & Co. KG

2. Auflage 2021
© Aufbau Verlage GmbH & Co. KG, Berlin 2018
Umschlaggestaltung © U1 berlin, Patrizia Di Stefano
unter Verwendung eines Bildes von © Martin M. Miles
Druck und Binden CPI books GmbH, Leck, Germany
Printed in Germany

www.aufbau-verlage.de

*Für alle
meine treuen Leser*

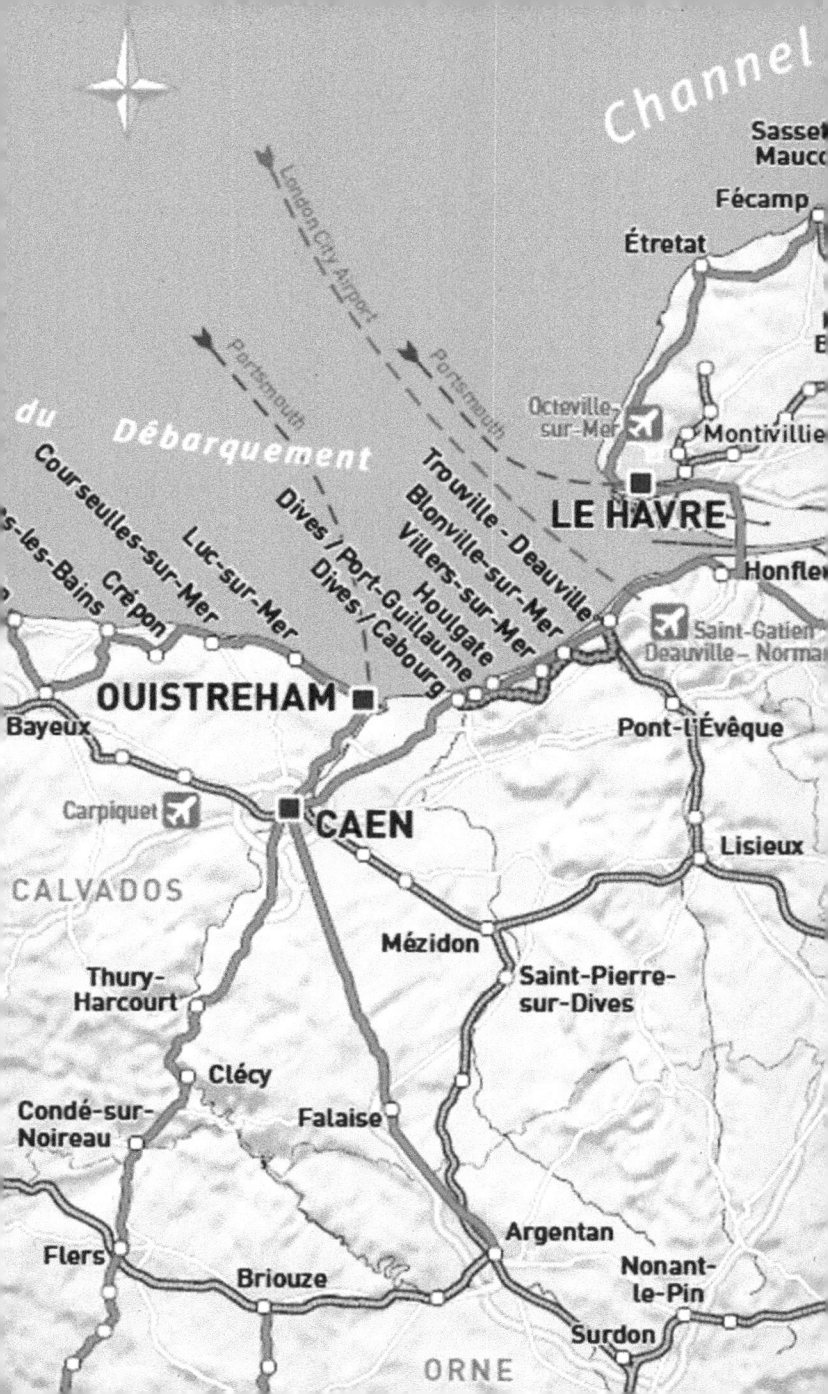

SO BETE ICH DICH AN

So bete ich dich an, wie nächt'ger Wölbung Neigen,
Urne der Traurigkeit, o großes, dunkles Schweigen,
Und liebe, Schöne, dich gleich heiß, ob du mich fliehst,
Ob du, Zierat der Nacht, durch meine Träume ziehst,
Um lächelnd und voll Spott endlose Kluft zu breiten,
Die meine Arme trennt von blauen Ewigkeiten.
Zum Angriff stürme ich, berenne, dringe vor
Wie an dem Leichnam klimmt der Würmer Schar empor,
Liebkos dich, grausam Tier. –
Du höhnst mein Liebesmühen,
Doch deine Kälte lässt nur heißer mich erglühen.

Charles Baudelaire
»Die Blumen des Bösen«
»Les Fleurs du Mal«

ÎLES SAINT-MARCOUF

Die Saint-Marcouf-Inseln bilden einen kleinen Archipel im Ärmelkanal. Sie liegen sieben Kilometer vor der Ostküste der Halbinsel Cotentin in der Normandie. Die Île de Terre ist ein Vogelschutzgebiet, auf dem sich im Winter Zehntausende von Möwen niederlassen. Die etwas größere Île du Large wird von einer verlassenen Festung aus dem neunzehnten Jahrhundert dominiert. Bei Ebbe ragen die Inseln nicht mehr als zehn Meter aus dem Meer.

1795 eroberten die Engländer den Archipel und behinderten den Warenverkehr in der Bucht Baie de Seine. So kam das erste U-Boot, die »Nautilus«, auf Anweisung von Napoleon zum Einsatz. Im Rahmen des Friedens von Amiens 1802 gingen die Inseln an Frankreich zurück. Daraufhin ließ Napoleon auf der größeren Insel eine Festung, das Fort Circulaire, erbauen, um eine erneute Erstürmung zu verhindern.

Drei Wochen vor der Landung der Alliierten in der Normandie im Jahr 1944 wurde im Fort Circulaire ein schwer bewaffneter deutscher Vorposten vermutet. Ein Kommando schwamm zu den Inseln und stellte fest, dass sich dort keine Deutschen befanden.

Dann wurde die Insel von Amerikanern besetzt. Der südliche Abschnitt der Ostküste wird daher auch als Utah Beach bezeichnet.

Der Zugang zur Île du Large ist verboten, da das Fort einsturzgefährdet ist. Das Betreten der Île de Terre ist ebenfalls untersagt, damit die Vögel nicht beim Nisten und Brüten gestört werden.

Ende August kann das Wetter im Cotentin rasch umschlagen und an manchen Tagen stürmisch und rau sein. Von Ravenoville aus sieht man die Inseln an solchen Tagen schemenhaft und dunkel im Nebel liegen. Auf einer Sandbank suchen Strandläufer nach Würmern. Das Meer ist aufgewühlt, und der Wind peitscht schwarze Wolkengebirge darüber hinweg.

Über dem Archipel ziehen kreischend Möwen ihre Kreise, andere sitzen mit zerzaustem Gefieder auf verfallenen Mauerresten vor den düsteren Schießscharten der Festung. Der Wind heult um die Ruine und über den von Flechten überwachsenen Innenhof. Ungestüm rüttelt er am Strandhafer und wirbelt durch die Dünenrosen, während zwei Meter hohe Wogen grollend gegen die maroden Außendeiche klatschen.

SAINTE-MÈRE-ÉGLISE
ERSTER TAG

Sainte-Mère-Église war ein beschaulicher Ort mit gut zweitausend Einwohnern, der von Utah Beach zehn Kilometer entfernt im Landesinneren lag. Berühmtheit hatte er dadurch erlangt, dass es das erste Dorf war, das 1944 am D-Day von den Alliierten befreit worden war. Dabei blieb der amerikanische Fallschirmjäger John Steele mit seinem Fallschirm an einem der Ecktürme des Kirchturms hängen. An diesen ungewollten Landepunkt erinnerte eine Puppe, die am Glockenturm der Kirche hing, und ein Kirchenfenster zeigte die Mutter Gottes mit drei Fallschirmjägern zu ihren Füßen.

Das Rathaus erhob sich am östlichen Rand des Marktplatzes. Von dort aus führte eine breite Treppe zum Eingangsportal, das von blühenden Azaleen in Tontöpfen flankiert wurde. Das Granitsteingebäude war einstöckig und verfügte über bogenförmige weiße Sprossenfenster. Der Mittelbau hatte einen wuchtigen quadratischen Aufsatz, den ein sechseckiger Turm krönte, in dem sich früher die Feuerglocke befunden hatte. An der Fassade flatterte die Trikolore.

Das Büro der Bürgermeisterin befand sich im Erdgeschoss und war schlicht und geschmackvoll eingerichtet. An der Wand hinter dem Schreibtisch hing ein Porträt von Emmanuel Macron, Frankreichs neuem Staatspräsidenten. Alice Ferrand hatte vor einem Jahr überraschend die Wahl gewonnen und den langjährigen Gemeindechef abgelöst. Der Großbauer war in einen Umweltskandal verwickelt gewesen, hatte jedoch beharrlich seine Unschuld beteuert, und niemand hatte damit gerechnet, dass ihm diese Geschehnisse das Amt kosten würden.

Alice Ferrand war zweiundvierzig Jahre alt und eine sehr attraktive Frau. Ihre schulterlangen braunen Haare hellte sie mit blonden Strähnchen auf. Ihr ovales Gesicht war ebenmäßig, die Nase zart, die Lippen sinnlich. Besonders auffällig waren ihre weit auseinander stehenden smaragdgrünen Augen, über die sich feine Brauen wölbten. Wenn sie im Dienst war, trug sie entweder elegante Kostüme oder Hosenanzüge. Sie war mit François Ferrand, dem Inhaber des Dorfbistros, verheiratet und hatte mit ihm zwei Kinder.

Vor ihr auf dem Schreibtisch lag eine Liste mit den Themen für die morgige Gemeinderatssitzung, die sie noch einmal mit all ihren Anmerkungen konzentriert durchlas. Der Kindergarten benötigte eine weitere Kindertagesstätte für die Gruppe der Ein- bis Dreijährigen, »Die kleinen Strolche« genannt. Weiter lag ein Antrag für die Baugenehmigung eines Einfamilienhauses in der Nähe des Dorfweihers vor. Am ersten Wochenende im September sollte in Ravenoville-Plage das jährliche Fischerfest stattfinden, an dem sich auch andere umliegende Gemeinden beteiligten. Die Freiwillige Feuerwehr und der Sportverein von Sainte-Mère-Église waren für das leibliche Wohl zuständig. Unter dem Punkt *Verschiedenes* gab es eine Beschwerde über zwei Gemeindearbeiter, die während ihrer Arbeitszeit schon häufiger in einer Kneipe in Montebourg gesehen worden waren. Alice runzelte die Stirn und beschloss zunächst mit den beiden Männern, die sie bisher als sehr zuverlässig und engagiert erlebt hatte, zu sprechen. Als sie sich eine Notiz machte, klopfte es, und ihre Sekretärin Sophie steckte den Kopf durch den Türspalt.

»Monsieur Basson möchte sich verabschieden, er ist mit seiner Arbeit fertig.«

Alice Ferrand lächelte sie freundlich an. »Dann soll er doch bitte hereinkommen.«

»In Ordnung.«

Ein großer, athletisch gebauter Mann betrat das Zimmer. Seine dunklen Haare waren nach hinten gekämmt und ließen Geheimratsecken erkennen. Er hatte eine kräftige, leicht gebogene Nase, volle Lippen und rehbraune Augen. Ein gepflegter Bart betonte seine markanten Gesichtszüge. Er war leger mit einer grauen Cargohose und einem schwarzen T-Shirt bekleidet, sein rechtes Handgelenk zierten mehrere geflochtene Lederbändchen.

Pierre Basson war ein selbständiger Computerspezialist, der alle zwei Wochen in das Rathaus von Sainte-Mère-Église kam, um das Computersystem zu warten. Er strahlte sie an.

»Es ist alles in Ordnung mit der Anlage, Madame Ferrand, ich habe die PCs und den Server überprüft. Im Standesamt gab es ein kleines Problem mit den Mails, das habe ich behoben. Die Installierung der Cloud hat sich bewährt, seitdem können keine verwaltungsinternen Daten mehr auf Sticks gespeichert und mitgenommen werden.«

»Das beruhigt mich sehr, Monsieur Basson.«

Ein Mitarbeiter des Einwohnermeldeamtes hatte kürzlich Dateien auf einen Stick gespeichert, um sie mit nach Hause zu nehmen. Dort hatte er sie angeblich bearbeiten wollen, da er es zeitlich im Büro nicht geschafft hatte. Den Datenträger verlor er jedoch unterwegs in einem Straßencafé. Zum Glück wurde der Stick gefunden und wieder im Rathaus abgeliefert. Wer weiß, was sonst mit den vertraulichen Daten geschehen wäre. Der Mitarbeiter hatte eine Abmahnung bekommen.

»Danke für Ihre Arbeit, Monsieur Basson, dann sehen wir uns in zwei Wochen wieder.«

»Keine Ursache, bis in zwei Wochen. Falls es davor Probleme geben sollte, rufen Sie mich einfach an.«

»Das mache ich, einen schönen Tag noch, und kommen Sie gut nach Hause.«

»Merci, au revoir, Madame Ferrand.«

Sie sah ihm nach, wie er das Zimmer verließ und die Tür hinter sich zuzog. Dann schaute sie auf ihre Armbanduhr und lächelte versonnen. Dreizehn Uhr, eine Stunde noch. Diszipliniert arbeitete sie weiter, bis es schließlich Zeit war zu gehen. Sie packte ihre Tasche, verabschiedete sich von Sophie und verließ ihre Dienststelle. Gegenüber saßen vor einem Café einige Leute, die ihr zuwinkten. Gutgelaunt winkte sie zurück. Hinter dem Rathaus war für sie ein Parkplatz reserviert. Sie setzte sich in ihr Auto, startete den Motor und machte sich auf den Weg nach Ravenoville-Plage.

Das Dorfbistro von François Ferrand lag südlich der Kirche an der Hauptstraße, die nach Carentan führte. Es befand sich im Erdgeschoss eines Granitsteinhauses, auf dessen Schieferdach sich Gauben reihten. Das Lokal beherbergte einen Bar-Tabac-Laden mit einem Tresen und Barhockern, wo man einen Mokka oder ein Glas Wein trinken konnte. Im Speiseraum nebenan waren Tische eingedeckt. Auf dem Bürgersteig vor dem Lokal standen Bistrotische und Korbstühle unter einer blauen Markise. Dort hatte sich eine Gruppe durstiger Touristen niedergelassen, die gerade bei Beatrice ihre Bestellung aufgaben. Früher hatte auf dem Platz vor der Kirche der größte Viehmarkt der

17

Region stattgefunden, deshalb hieß das Bistro *Le Bœuf Rouge, Der Rote Ochse.*

Der Eigentümer stand hinter der glänzenden Mahagonitheke, polierte Gläser und hörte mit einem Ohr der Unterhaltung der Männer am Stammtisch zu. Sie tranken Rotwein und diskutierten mit lauten Stimmen und lebhaften Gesten über die Politik des neuen Präsidenten. Einig waren sie sich nur darin, dass er für das tragende Staatsamt zu jung und unerfahren war. Außerdem spekulierten sie darüber, welche öffentlichen Aufgaben seine Frau Brigitte übernehmen werde.

François Ferrand war einundfünfzig Jahre alt, von kleinem Wuchs und hatte einen gewaltigen Bierbauch. Die welligen grauen Haare waren kurz geschnitten, die Nase grob, die Wangen fleischig. Er war kurzsichtig und trug eine randlose Brille. Früher, als aktiver Rugbyspieler, war er schlank und muskulös gewesen.

Nachdem er das letzte Glas auf einem Regal abgestellt hatte, rief er im Rathaus an und wollte seine Frau sprechen. Von ihrer Sekretärin Sophie erfuhr er, dass sie nicht mehr da war, also versuchte er es auf ihrem Handy. Sie nahm das Gespräch jedoch nicht entgegen, und er hinterließ verärgert eine Nachricht auf ihrer Mailbox. Er war sehr eifersüchtig und mochte es nicht, wenn er nicht wusste, wo sie war. Schließlich schenkte er eine Runde Calvados ein und setzte sich zu den Männern an den Stammtisch. Nachdem sie angestoßen und getrunken hatten, musterte sein Freund Jacques ihn. »Du schaust so mürrisch, was ist denn los?«

»Ich kann Alice nicht erreichen und frage mich, wo sie steckt. In der *mairie* ist sie nicht.«

»Alice ist unsere Bürgermeisterin und hat viel um die Ohren. Wahrscheinlich ist sie bei einem Außentermin. Mach dir keine Gedanken. Wenn sie Feierabend hat, wird sie kommen und ein Glas Wein mit uns trinken, wie immer.«

Der Wirt nickte, Jacques hatte recht.

Aber es wurde später und später, und Alice kam nicht.

Alice erreichte Ravenoville-Plage nach knapp fünfzehn Minuten. Vom Ort führte eine befestigte schmale Straße durch weites Marschland, das von Prielen durchzogen war, zur Küste. Hin und wieder kam sie an einem Gehöft vorbei. Sie fuhr an einer hüfthohen, verwitterten Mauer entlang, die die Straße vom Strand trennte. Dieser Strandabschnitt war schmal und von Muschelschalen übersät. Schließlich erreichte sie die bunten, liebevoll restaurierten Fischerhäuschen, die sich am Ufer aneinanderreihten. Früher hatten dort tatsächlich Fischer mit ihren Familien gewohnt, jetzt dienten sie als Ferienhäuser. Nicht weit hinter der Ansiedlung lag die kleine Marina. Dort parkte sie, griff nach ihrer Tasche und stieg aus. Da die helle Augustsonne sie blendete, setzte sie ihre Sonnenbrille auf. Vor ihr lagen der glitzernde Ozean und die Marcouf-Inseln, Möwengeschrei erfüllte die Luft. In dem kleinen Hafen lag ihr Boot, die *Adrien I*, ein robuster Einkieler mit Innenbordmotor und Steuerkabine, der für den rauen Ärmelkanal gut geeignet war. Es schaukelte sanft neben zwei weiteren Booten, weit und breit war kein Mensch zu sehen. Nicht einmal die Angler standen an ihren gewohnten Plätzen. Ihr Mann François nutzte das Boot so gut wie nie, er hielt sich am liebsten in seinem Bistro auf. Alice dagegen liebte es, auf dem Meer unterwegs zu sein und die salzige Luft zu atmen. Es war eine willkommene Abwechslung zu ihrer anstrengenden politischen Arbeit. Außerdem war sie Mitglied im Vogelschutzverein und besuchte manchmal die Île de Terre, um die Vögel zu beobachten und Ruhe zu finden. Für die Allgemeinheit war es verboten, die Insel zu betreten, die Naturschützer jedoch hatten freien Zugang.

Über glitschige Steinstufen gelangte sie auf einen Absatz, der um das winzige Hafenbecken herum führte. Von dort aus stieg sie auf ihr Boot. Sie tauschte das Kostüm gegen Jeans, Fischerpullover und Leinenschuhe, die sie immer in einer Seekiste auf dem Boot hatte. Dann löste sie das Tau, trat in den Steuerstand und ließ den Motor an. Langsam fuhr sie aus der Marina. Den einsamen Angler, der sie beobachtete, bemerkte sie nicht.

Das Meer lag ruhig und azurblau vor ihr, und sie nahm Kurs nach Norden. Ihr Ziel war eine kleine Bucht südlich von Quinéville, die zwei Seemeilen entfernt lag und von der Küste aus nur über einen Fußweg zu erreichen war. Als sie auf den henkelförmigen Sandstrand zusteuerte, stand dort bereits Pierre Basson und wartete auf sie. Als er das Boot entdeckte, winkte er ihr zu. Im seichten Wasser drosselte sie den Motor, und er watete barfuß und mit hochgekrempelten Hosen durch die Brandung. Über der Schulter trug er einen Rucksack. Er kletterte über die Leiter an Deck. Als sie sich gegenüberstanden, schenkte er ihr sein schönstes Lächeln und schloss sie in die Arme.

»Endlich«, murmelte er in ihr Ohr. »Ich hatte solche Sehnsucht nach dir.« Er küsste sie leidenschaftlich, seine Hand wanderte unter ihren Pullover und streichelte eine Brust. Entschlossen schob sie ihn weg.

»Nicht hier, mein Liebster. Von der Küste aus kann uns jeder sehen. Lass uns auf die Insel fahren, dort sind wir ungestört.«

Widerstrebend ließ er sie los. »Also gut, fahren wir.«

Je weiter sie sich von der Küste entfernten, desto unruhiger wurde die See. Schaumkronen tanzten auf den Wellen, das wuchtige Fort Circulaire auf der Île du Large nahm immer mehr Gestalt an. Nach fünfunddreißig Minuten erreichten sie die Île de Terre. Sie hatte die Form eines Halbmondes und war vierhundert Meter lang sowie hundert Meter breit. Auf dem flachen Eiland gab es zerklüftete Felsen, dorniges Gestrüpp, Teppiche aus Strandsegge sowie unzählige Möwen und Kormorane. Das einzige steinerne Gebäude auf der Insel war das verfallene Wachhaus einer ehemaligen Verteidigungsanlage, an dessen Mauern sich Stranddisteln krallten.

Alice ankerte in einer kleinen Bucht an der Südwestküste, die zwischen Klippen verborgen lag. Über die Leiter gelangten sie in das kühle flache Wasser und wateten über den weichen Sand an Land. Ihr Ziel war eine Blockhütte in einer geschützten Senke in der Nähe des Wachhauses, die der Vogelschutzverein vor sechs Jahren gebaut hatte. Dort konnten Mitglieder, Ornithologen, Studenten oder Helfer bei schlechtem Wetter Unterschlupf finden und auch übernachten. Meistens jedoch stand sie leer.

Alice hatte einen Schlüssel. Im Holzhaus gab es neben einem Abstellraum noch einen Wohnraum mit einer Schlafcouch, einer Sitzecke, einem Schrank und einem Regal. Auf einem Campingtisch stand ein Gaskocher. Die Einrichtung war einfach und zweckmäßig. Durch das einzige Fenster sah man eine kleine Düne, die mit Strandgras überwachsen war und über der sich ein lichtblauer Himmel wölbte.

Alice und Pierre küssten sich, zogen sich gegenseitig aus und liebten sich leidenschaftlich auf der Couch. Sie waren so mit sich selbst beschäftigt, dass sie nicht bemerkten, wie jemand sie durch die Fensterscheibe anstarrte.

Er beobachtete sie. Hass loderte in seinen Augen, und die Eingeweide krampften sich vor Zorn zusammen. Als sich das Paar voneinander löste, zog er sich vorsichtig und lautlos zurück.

Vor drei Monaten war er zufällig auf der Insel gewesen, als die beiden mit dem Boot kamen, ankerten, in der Hütte verschwanden und sich liebten. Das war an einem Dienstagnachmittag im Mai gewesen. Daraufhin hatte er die Bürgermeisterin beobachtet und auf der Insel in einem Versteck auf sie gewartet. Schnell fand er heraus, dass das Paar jeden zweiten Dienstag etwa um dieselbe Zeit auf das Eiland kam. Einmal waren sie nicht gekommen. An dem Tag war ein Orkan über das Cotentin hinweggefegt. Er zitterte vor Erregung. Heute war der große Tag, der Tag, den er ausgewählt hatte. Er würde über das Schicksal der beiden entscheiden.

Alice und Pierre beschlossen auf dem kleinen Kiesstrand vor dem Wachhaus zu picknicken, da sie sich sicher waren, dass sich außer ihnen niemand auf der Insel aufhielt. Sie verzichteten auf ihre Kleidung.

Alice breitete eine Decke aus, auf der sie sich am Ufer niederließen. Kleine Wellen glitten über die Kieselsteine. Das Rauschen der Brandung und das

Geschrei der Kormorane, die sich wie schwarze Wolken über die Insel bewegten, waren die einzigen Geräusche. Pierre holte aus seinem Rucksack gegrilltes Hähnchen, Baguette, Tomaten und eine Flasche Champagner hervor. Aus der Hütte hatte er zwei einfache Gläser mitgebracht. Gekonnt entfernte er den Korken, schenkte ein und reichte ihr ein Glas. Dabei strahlte er sie verliebt an. »Auf uns beide.«

Alice erwiderte seinen Blick zärtlich. »Auf uns beide.«

Sie stießen an und genossen das perlende Getränk. Alice nahm sich ein Hühnerbein und biss hungrig hinein. Pierre sah ihr dabei zu. Er mochte es, wie sie aß, ohne falsche Zurückhaltung und mit Appetit. Er schnitt ein Stück Baguette für sie ab und reichte es ihr, dann strich er ihr liebevoll eine Strähne aus dem Gesicht. »Ich möchte öfter mit dir zusammen sein. Eigentlich immer.«

»Ich auch, das weißt du, aber so einfach ist es nicht.«

»Doch, wir lassen uns beide scheiden und fangen zusammen ein neues Leben an.«

»Und was ist mit unseren Kindern?«

»Wir finden auch dafür eine Lösung. Entweder wohnen sie bei uns, oder sie können uns besuchen, so oft sie wollen.«

Alice seufzte. »Lass uns den schönen Nachmittag genießen. Wir reden ein andermal darüber, einverstanden?« Sie wartete die Antwort nicht ab. »Weißt du, was? Nächste Woche bin ich auf einer Tagung in der Gegend, wo du wohnst. Wir treffen uns dort und reden. Und jetzt komm, ich will ins Wasser und mich abkühlen.«

Hand in Hand rannten sie ins Meer, schwammen ein Stück hinaus und ließen sich treiben. Sie beobachteten die Wolken und die Vögel. Zurück in Ufernähe bespritzten sie sich ausgelassen wie Kinder mit Wasser. Eng umschlungen kehrten sie zum Strand zurück, sanken auf die Decke und liebten sich erneut. Schließlich rollten sie sich auf den Bauch, erschöpft von der Liebe und schläfrig vom Champagner, und dösten ein. Pierre hatte den Arm um Alice' Schultern gelegt und bedauerte schon jetzt, dass sie bald zurückmussten.

Sie waren beide in Gedanken versunken und bemerkten nicht die tödliche Gefahr, die immer näher kam.

Er schlich von hinten heran, stellte sich breitbeinig über Pierre, beugte sich blitzschnell vor, packte ihn bei den Haaren und riss seinen Kopf zurück. Bevor er reagieren konnte, durchtrennte er mit einem einzigen Schnitt seine Kehle. Alice fuhr hoch und starrte ihn entsetzt an. Trotz ihrer Panik nahm sie im Bruchteil einer Sekunde wahr, dass die Glatze des Mörders seltsam hell und matt schien. Bevor sie schreien oder gar flüchten konnte, hatte er ihre Haare gepackt und das Messer an ihren Hals gelegt. Ein schneller, tiefer

Schnitt von einem Ohr zum anderen, und sie brach gurgelnd zusammen. Ihr Herz blieb stehen.

Er trat vor das Paar und betrachtete zufrieden sein Werk. Dann ging er zum Ufer und reinigte in aller Ruhe das Messer, bevor er es zurück in die Scheide steckte. Jetzt hatte er nur noch drei Aufgaben zu erledigen, bevor er verschwinden würde. Niemand würde jemals herausfinden, wer er war. Er war perfekt.

Gegen dreiundzwanzig Uhr löste sich der Stammtisch im *Le Bœuf Rouge* auf. François Ferrand hatte sich kaum an den Gesprächen beteiligt. Er versuchte immer wieder, seine Frau auf ihrem Smartphone zu erreichen. Inzwischen kam nur noch die automatische Ansage, dass sie nicht erreichbar war. Eine Zornesfalte erschien auf seiner Stirn, und er knallte sein Handy auf den Tisch, so dass die Abdeckung absprang.

»Ich rufe jetzt die Gendarmerie an«, verkündete er. »Etwas muss mit Alice passiert sein.«

Sein Freund Jacques versuchte, ihn zu beruhigen. »Die Wache ist um diese Zeit nicht mehr besetzt, das weißt du doch. Willst du unsere Gendarmen aus dem Bett klingeln? Oder willst du einen Notruf absetzen, während deine Frau vielleicht in einer Bar nach einem schönen Abendessen noch einen Drink nimmt? Es kann doch sein, dass sie eine Freundin getroffen hat und mit ihr essen gegangen ist. Du weißt doch selbst, wie schnell man dann die Zeit vergisst.«

»Dann kann sie doch wenigstens Bescheid sagen.«

»François, sie ist eine erwachsene Frau und kann machen, was sie will. Sie muss sich nicht bei dir abmelden. Pass auf, wir gehen jetzt alle nach Hause, und wenn sie morgen früh immer noch nicht da ist, melden wir sie bei der Gendarmerie als vermisst und suchen sie.«

»Aber ...«

»Nichts aber, denk doch mal nach. Womöglich ist sie ja auch zur Île de Terre gefahren, das ist doch einer ihrer Lieblingsplätze. Sie hat die Zeit vergessen, dann ist die Nacht hereingebrochen, Wind kam auf, und sie hat sich nicht getraut, in der Dunkelheit zurückzufahren. Das Gewässer um den Archipel ist tückisch.«

Die anderen Männer stimmten ihm zu. Ferrand gab nach. Er war hundemüde, und wenn er ehrlich war, machte er sich keine Sorgen, dass Alice etwas passiert war. Sie konnte sehr gut auf sich aufpassen. Vielmehr hatte er schreckliche Angst davor, dass sie einen anderen Mann kennenlernen und ihn verlassen könnte. Vielleicht lag sie gerade mit jemandem im Bett. Diese Vorstellung war unerträglich. Er versuchte, den Gedanken zu verdrängen.

Zusammen verließen die Männer das Bistro, und der Wirt verriegelte die Eingangstür.

Als Ferrand zu Hause feststellte, dass seine siebzehnjährige Tochter Charline ebenfalls nicht da war, beschloss er wütend, beide Frauen am nächsten Tag

zur Rede zu stellen. So durften sie nicht mit ihm umgehen. Dann ging er zu Bett und zog die Decke über
den Kopf. Lange Zeit konnte er nicht einschlafen.

Während Alpträume ihn peinigten, drang aus dem
Fort Circulaire auf der Île du Large ein diffuser Licht-
schein, und Schatten huschten über die Mauern der
Ruine.

DIE VOGELSCHUTZINSEL ÎLE DE TERRE
ZWEITER TAG

Das kleine weiße Fischerhaus mit dem Bullauge und den blauen Fensterläden lag im ersten Licht der Sonne, die sich hinter dem Marcouf-Archipel erhob. Drei Heringsmöwen saßen wie Statuen auf der Mauer, hinter der sich der Strand von Ravenoville-Plage erstreckte. Kleine Wellen überspülten die golden schimmernden Muschelschalen und ließen sie leise klackern. Ein zwei Meter hoher Oleanderbusch verströmte einen süßen Duft.

Simone Groult und ihre Tante Eugénie saßen in der Küche beim Frühstück. Die zart gebaute, zweiundfünfzigjährige Frau mit den ungebändigten schwarzen Locken war seit drei Wochen bei ihrer Tante zu Besuch, doch in Wirklichkeit waren die Tante und das kleine Fischerhäuschen ihr Zufluchtsort. Vor vierundzwanzig Tagen war ihr Mann Benoît aus der gemeinsamen Wohnung ausgezogen. Er war Professor für französische Literatur und Literaturgeschichte an der Universität von Le Mans und hatte sich vor einigen Monaten in eine seiner Studentinnen verliebt. Danielle erwiderte seine Liebe, und jetzt war er zu ihr gezogen, nur einen Tag, nachdem er seine völlig überrumpelte Frau um Verständnis und eine Auszeit gebeten hatte. Daraufhin hatte Simone sich in ihr Auto gesetzt und bei Eugénie Unterschlupf gefunden.

Die einundachtzigjährige alte Dame freute sich sehr über diesen Besuch, war sie doch seit vielen Jahren Witwe und vermisste die Gesellschaft eines vertrauten Menschen. Außerdem war sie in letzter Zeit immer gebrechlicher geworden und hatte inzwischen sogar Mühe, mit dem Rad zum nächsten Bäcker zu fahren. Simone erledigte für sie die Einkäufe, unternahm Ausflüge mit ihr und half ihr im Haushalt. Am Abend sahen sie zusammen fern, hörten Musik oder spielten Schach.

All das lenkte sie wenigstens für einige Stunden von ihrem Kummer ab. Die Frauen unterhielten sich ausgiebig. Oft ging es um Benoît, und Tante Eugénie, die geistig absolut auf der Höhe war, prophezeite, dass die Studentin den alten Mann bald vor die Tür setzen werde. Ihre Argumente waren stichhaltig. Er werde auf Dauer den Anforderungen der jungen Frau nicht gewachsen sein, außer in finanzieller Hinsicht, und das reiche nun mal nicht, basta.

Simone war sich da nicht so sicher und ärgerte sich sehr über diesen Verrat. Jeden Morgen betrachtete sie sich mit kritischen Blicken im Spiegel und entdeckte immer neue Falten.

Eugénie liebte Vögel und war schon viele Jahre Mitglied im Vogelschutzverein. Als Simone vor drei Wochen völlig verzweifelt zu ihrer Tante gekommen war, hatte Eugénie sie ebenfalls dort angemeldet. Ein Freund von Eugénie, Edmond-Marie, hatte sie einige Male mit auf die Île de Terre genommen und ihr die Regeln erklärt, die im Vogelschutzgebiet zu beachten waren. Er hatte ihr die ungestüme Schönheit dieses Eilandes vor Augen geführt, und sie hatte sich in das karge Kleinod verliebt. Er hatte ihr auch beigebracht, wie man einen kleinen Außenborder steuerte, und sie über die Gefahren des Ärmelkanales aufgeklärt. Er ließ sie das Boot benutzen, wann immer sie wollte, und sie fuhr jeden Tag, wenn das Wetter es erlaubte, auf die Insel und zeichnete Vögel. Das beruhigte sie nicht nur, sondern weckte in ihr eine Begeisterung, die sie schon lange nicht mehr gespürt hatte. Während Simone unterwegs war, backte Tante Eugénie wunderbare Früchtetartes, arbeitete in ihrem winzigen Garten oder tratschte mit den Nachbarn.

Auch an diesem Morgen wollte Simone früh los, um an ihren Kormoranskizzen weiterzuzeichnen. Edmond war so angetan von ihren feinen und präzisen Zeichnungen, dass er sie in einer ornithologischen Fachzeitschrift, zu dessen Herausgeber er einen guten Kontakt hatte, veröffentlichen lassen wollte.

Simone gab Butter und Marmelade auf eine Scheibe Baguette.

»So ein verdammtes Klischee«, schimpfte sie. »Ein Professor verliebt sich in seine Studentin, warum muss das ausgerechnet uns passieren? Ich dachte, er liebt mich.«

Eugénie legte den Kopf schief und lächelte sie an. »Das sagst du jeden Morgen, meine Liebe. Du drehst dich im Kreis, hör auf damit. Erzähl mir lieber, wie es Paul geht.«

Paul war Simones und Benoîts Sohn. Er war über die plötzliche Trennung seiner Eltern zuerst total schockiert gewesen, versuchte jetzt aber, zwischen ihnen zu vermitteln und sie wieder zusammenzubringen. Er hatte bereits vor dem Frühstück angerufen und mit seiner Mutter gesprochen.

»Es geht ihm gut. Er wollte mir nur erzählen, dass er seinen Vater in der Stadt vor einem Waschsalon getroffen hat. Er wollte dort seine Wäsche waschen, weil seine neue Freundin sich weigerte, das zu tun.«

Eugénie grinste zufrieden. »Das sind doch erfreuliche Neuigkeiten.«

Simone räumte den Tisch ab.

»Ich mache das schon«, sagte ihre Tante. »Fahr rüber auf die Insel und verbring einen schönen Tag. Ich weiß doch, dass du weiter an den Kormoranskizzen arbeiten willst.« Sie deutete auf die Anrichte. »In der Kühlbox sind ein Schinkenbaguette mit Ei und Salat und Madeleines für Mittag, dazu zwei Flaschen Wasser. Zum Abendessen gibt es ein köstliches Kaninchenragout.«

Simone gab ihr einen Kuss. »Toll, du bist ein Schatz. Bis später.«

»Bis später! Ach, und halte dich von der Île du Large fern. Dort gehen seltsame Dinge vor sich, besonders nachts. Beim letzten Seniorennachmittag wurde wieder erzählt, dass die Insel am Samstag in einem eigenartigen Feuerschein lag.«

Simone grinste. »Alles klar.«

Der kleine Außenborder schaukelte neben dem Holzsteg. Simone kletterte über eine Leiter an Bord, verstaute ihre Tasche mit den Zeichenutensilien sowie den Proviant und startete den Motor. Sie nahm Kurs auf den Archipel und genoss den frischen salzigen Wind, der ihr ins Gesicht blies. Das Boot pflügte ruhig durch die Wellen, und nach einer Dreiviertelstunde erreichte sie ihr Ziel. Auf der Westseite der Île de Terre gab es eine Mole, die früher zur Festung gehört hatte. Die Mitglieder des Vogelschutzvereins nutzten sie häufig als Anlegestelle.

Als Simone dort ankam, vertäute sie ihr Boot an einem Eisenring und gelangte über einige Stufen ans Ufer. Sie war stolz, dass sie die Überfahrt gut gemeistert hatte. Edmond-Marie war ein guter Lehrer gewesen.

Auf ihrem Weg zu den Klippen im Norden führte ein Trampelpfad an der alten Festung und dem Blockhaus vorbei, gegenüber lag der kleine Strand. Dort hatte sie sich in den vergangenen Tagen schon einmal niedergelassen, ihren Proviant verzehrt und die Sonnenstrahlen auf ihrer Haut genossen. Dabei waren nur das Rauschen der Wellen und die Schreie der Vögel zu hören gewesen.

Plötzlich stutzte sie und blieb stehen. Da lag etwas auf den Kieselsteinen, das dort auf keinen Fall hingehörte. Verwundert trat sie näher. Es war eine karierte Decke, die der Wind zerknüllt hatte, und die an einem Büschel von Strandastern hängen geblieben war. Nicht weit davon entfernt standen zwei Gläser und eine Champagnerflasche auf einem flachen Stein. Davor lag ein Rucksack. Die Steine um die Decke herum sahen seltsam aus. Sie waren nicht weiß wie die anderen, sie waren rötlich verfärbt. Es sah aus wie Blut. Was hatte das zu bedeuten? War hier ein Unfall passiert oder gar ein Verbrechen geschehen?

Unruhe beschlich sie. Zum ersten Mal wurde ihr bewusst, wie einsam ihr Lieblingsplatz mitten im Meer lag. Als sie hinter ihrem Rücken ein Geräusch vernahm, fuhr sie erschrocken herum. Ein Mann stand dort und starrte sie an. Der kräftige Hüne hatte lange helle Haare, einen wilden Bart und durchdringende Augen, die jetzt zwischen ihr und den rötlichen Steinen hin und her wanderten. Simone erinnerte sich, dass sie ihn schon zwei-, dreimal auf der Insel gesehen hatte. Er hatte Vögel beobachtet, die Nachgelege kontrolliert und sich Notizen auf einem Klemmbrett gemacht. Einmal hatte er sie bemerkt und kurz die Hand zum Gruß erhoben, das war alles gewesen. Sie hatte noch nie ein Wort mit ihm gewechselt. Bisher war sie davon überzeugt gewesen, dass es sich bei diesem Mann um einen harmlosen Vogelschützer handelte. Auch jetzt blieb er stumm. Dann löste er den Blick von ihr, drehte sich abrupt um und ging auf die Schutzhütte zu. Kurz zögerte er, dann riss er die Tür auf und verschwand darin.

Das schauerliche Geheul, das kurz darauf aus dem Inneren der Hütte drang, ließ Simone das Blut in den Adern gefrieren. So ein Geräusch hatte sie noch nie gehört. Es klang eher wie die Laute eines Tieres als die eines Menschen. Sie überlegte, was sie machen sollte. Sollte sie ihm folgen? Was hatte er nur entdeckt, dass er so schrie?

Sie gab sich einen Ruck und folgte ihm in das Blockhaus. Als sie realisierte, was der seltsame Mann dort vorgefunden hatte, blieb ihr die Luft weg. So etwas Entsetzliches hatte sie noch nie gesehen.

Ein Mann und eine Frau lagen nackt auf dem Schlafsofa. An ihren Hälsen klafften grauenvolle Wunden, die Augen waren aus den Höhlen getreten, alles war voller Blut. Der Geruch des Todes war unerträglich.

Simone taumelte an dem erstarrten Mann vorbei, lief aus der Hütte und übergab sich. Als sie sich keuchend aufrichtete und versuchte, regelmäßig zu atmen, hörte sie Stimmen und sah sich um. Von der

Mole her näherten sich vier Personen, eine junge Frau und ein älterer Mann in Uniform sowie zwei weitere Männer, ein kleiner Dicker und ein größerer Mann in Zivilkleidung.

Der heute Morgen eilig zusammengestellte Suchtrupp hatte das Auto von Alice Ferrand an der Marina von Ravenoville-Plage entdeckt und festgestellt, dass die *Adrien I* ausgelaufen war. Als die Gruppe näher gekommen war, sprach Simone die Gendarmen an.

»Wie gut, dass Sie da sind. Es ist etwas Schreckliches passiert.« Mit zitternden Fingern wies sie auf das Blockhaus. »Dort, in der Hütte«, brachte sie mühsam hervor. Die Gendarmen gingen mit entschlossenen Schritten auf das Haus zu, gleichzeitig rannte der kleine dicke Mann an ihnen vorbei und stürmte hinein. »Nein«, schrie er, »das darf nicht sein!« Dann war es still.

François Ferrand hatte das Bewusstsein verloren und war auf dem Boden zusammengebrochen. Sein Freund Jacques kniete sich neben ihn und sah ihn hilflos an. Die Gendarmin Annie Lucas stand wie festgewurzelt da und konnte den Blick nicht von den Toten abwenden. Ihr Chef Arsène Ruet rang um Fassung. Schließlich zog er sein Handy aus der Hemdtasche. »Wir müssen die Kripo benachrichtigen.«

Simone sah sich erstaunt um. »Der Mann ist weg«, stellte sie fest.

»Welcher Mann?«, fragte Gendarmin Lucas.

»Der Mann, der die Toten gefunden hat.« Ein furchtbarer Verdacht keimte in ihr auf. War er der Mörder? Aber warum hatte er dann so furchtbar geschrien?

Das alte Granitsteinhaus mit den taubenblauen Fensterläden befand sich nördlich von Barfleur. Philippe Lagarde saß auf der Terrasse und frühstückte. Von dort aus hatte man einen herrlichen Blick auf den Ärmelkanal, der sich unterhalb der Dünen tintenblau ausdehnte und schließlich mit dem Horizont zu einem silbergrauen Band verschmolz. Die Sonne lag eingebettet in Wolkengebilden, die wie Perlmutt schimmerten. Vor der Küste erstreckten sich kilometerlange Muschelbänke bis zur Insel Tatihou. Der Wind wehte eine feuchte Brise heran, die nach Tang und Fisch roch. Ab und zu war der Schrei eines Seevogels zu hören. An der Nordostspitze der Halbinsel erhob sich stolz der Leuchtturm von Gatteville.

Der Kommissar im Ruhestand hatte kurzes dunkles Haar über einem markanten Gesicht, das von saphirblauen Augen und einem kantigen Kinn geprägt war. Seine Freizeit verbrachte er am liebsten mit seiner Freundin Odette. Sie fuhren mit seinem Boot zum Angeln aufs Meer hinaus oder probierten neue Restaurants. Um sich fit zu halten, fuhr er häufig mit seinem Rennrad kreuz und quer über die Halbinsel Cotentin. Den Rudersport hatte er wegen einer Schussverletzung an der linken Schulter aufgeben müssen. Da er seinen geliebten Beruf nicht ganz an den Nagel hängen konnte, hielt er Vorlesungen und Seminare für Anwärter an der Polizeiakademie in Rennes, hin und wieder wurde er bei komplizierten Kriminalfällen als Berater hinzugezogen.

Er las gerade einen interessanten Artikel in der Tageszeitung über eine Mordserie an alten alleinstehenden Frauen in Paris, als sich der zugelaufene Wildkater Alexandre auf den Tisch plumpsen ließ und ihn mit seinen gelben Augen fixierte. Gleichzeitig klingelte Philippes Handy. Er legte die Zeitung zur Seite, stand auf und fand das Telefon auf dem Esszimmertisch. Es war Frank Lanoux, der Polizeipräsident der Normandie.

»Bonjour, Philippe.«

»Bonjour, Frank.« Seit ihrem letzten gemeinsamen Fall, bei dem es um verschwundene Frauen ging, duzten sie sich.

»Störe ich?«, fragte der Polizeichef.

»Aber nein. Was gibt es denn?«

Lanoux rief nie ohne Grund an.

»Entschuldige, aber ich muss gleich mit der Tür ins Haus fallen.«

»Es brennt also mal wieder?«

»Ja, die Gendarmerie von Sainte-Mère-Église hat einen Doppelmord gemeldet. Auf der Vogelschutzinsel Île de Terre wurden ein Mann und eine Frau tot aufgefunden. Beiden hat man die Kehle durchgeschnitten.«

»Also ist Cherbourg zuständig.«

»Ja, aber wie du weißt, befindet sich der zuständige Hauptkommissar Ludovic Cleroc in Elternzeit. Selbstverständlich hat er einen Stellvertreter, der sich am Wochenende unglücklicherweise einen Bandscheibenvorfall zugezogen hat. Jetzt liegt er im Krankenhaus und muss operiert werden. Gerade eben habe ich mit einem jungen Kollegen gesprochen, der kürzlich die Prüfung für die gehobene Laufbahn mit Bravour bestanden hat. Ich habe ihm kurz die Umstände geschildert und ihn gebeten, den Fall zu übernehmen.« Plötzlich verstummte er, als hätte es ihm die Sprache verschlagen. Lagarde hakte nach.

»Und was hat er gesagt?«

»Er hat abgelehnt. Die erste große Chance, sich zu beweisen und praktische Erfahrungen zu sammeln, hat er abgelehnt, stell dir das vor.«

»Hat er einen Grund genannt?«

»Ja, ein Doppelmord sei ihm eine Nummer zu groß, das traue er sich noch nicht zu, nicht als leitender Ermittler.«

Jetzt war Lagarde klar, was der Polizeipräsident von ihm wollte. »Du möchtest, dass ich den Fall übernehme?«

»So ist es. Du kennst die knappe Personalsituation. Es tut mir leid, dass ich dich so überfalle, aber es ist wirklich dringend. Kannst du dir den Fundort ansehen und dir ein erstes Bild machen? Die Gendarmen warten dort. Danach sehen wir weiter.«

»Ja, das ist kein Problem. Ich mache mich gleich auf den Weg.«

»Nein, warte! Delphine Moreau soll auch mitkommen.« Delphine Moreau war die Leiterin des Rechtsmedizinischen Instituts in Cherbourg. »Ein Polizist fährt sie. Sie sind schon unterwegs und nehmen dich mit. Die Spurensicherung hat sich auch schon auf den Weg gemacht, der Bestatter wurde informiert. In der Marina von Ravenoville-Plage wartet ein Polizeiboot auf euch, das euch auf die Insel bringt. Die Küstenwache ist ebenfalls unterwegs. Offenbar ist eine Zivilperson zusammengebrochen.«

»Alles klar, ich rufe dich später an und berichte.«

»Ich danke dir.«

»*De rien.*«

Lagarde räumte den Tisch ab, duschte kurz und zog eine Leinenhose und ein Hemd an. Dabei dachte er darüber nach, was Frank ihm erzählt hatte. Er kannte die Marcouf-Inseln. Mit seinem Boot war er schon oft vorbeigefahren, geankert hatte er dort jedoch noch nie. Und jetzt waren zwei Tote auf einer kleinen unbewohnten Insel entdeckt worden, die als Vogelschutzgebiet ausgewiesen war. Er fragte sich, was ihn dort erwarten mochte.

Rasch steckte er Portemonnaie und Handy ein und

verließ das Haus. Als er die Gartenpforte hinter sich schloss, näherte sich gerade ein Polizeifahrzeug und hielt neben ihm an. Er öffnete die Tür, nahm auf dem Rücksitz Platz und begrüßte die Kollegen.

Am Steuer saß ein junger Polizist, den er nicht kannte und der sich als Henri Servat vorstellte. Delphine drehte sich kurz um und nickte ihm zu. Dr. Dr. Moreau hatte einen Studienabschluss in Medizin sowie in Rechtswissenschaften und galt in Fachkreisen als absolute Koryphäe in ihrem Fachgebiet. Sie hatten schon häufiger bei Ermittlungen zusammengearbeitet. Wer mit ihr auskommen wollte, musste schnell begreifen, dass man ihre komplizierten Gedankengänge keinesfalls unterbrechen durfte und dass sie immer vollen Einsatz erwartete. Eine Diskussion über ihr Rauchverhalten war völlig ausgeschlossen. Ihr streichholzkurzes Haar war derzeit rabenschwarz mit magentafarbenen Strähnchen und umrahmte ein rundes Gesicht mit einer Knopfnase und wachen Augen, denen nichts entging. Sie war klein, korpulent und hatte eine Vorliebe für farbenfrohe Kostüme und Kleider und farblich dazu passende, hochhackige Pumps. Die Kombination, die sie heute trug, schimmerte kanariengelb. Als der Polizist losfuhr, ließ sie das Fenster herunter und zündete sich eine Zigarette an. Die Augen von Lagarde und dem jungen Mann trafen sich im Rückspiegel. Lagarde schüttelte unmerklich den Kopf, der Polizist verstand und sagte keinen Ton.

Sie fuhren auf der Nationalstraße nach Quette-
hou und weiter nach Ravenoville, wo sie am einzigen
Kreisverkehr links abbogen und der schmalen Straße
nach Ravenoville-Plage folgten.

Als Servat vor der Mauer der Marina parkte, meldete sich sein Funkgerät, und eine Kollegin teilte ihm
mit, dass die Techniker der Spurensicherung und der
Bestatter den kleinen Küstenort in wenigen Minuten
erreichen würden. Als alle eingetroffen waren, gingen
sie an Bord des Polizeibootes, das der Gendarmerie
Maritime gehörte.

In fünfundzwanzig Minuten erreichten sie die Île
de Terre. Sie legten an der Mole der alten Festung
neben einem kleinen Außenborder und einem weiteren Polizeiboot an und gingen an Land. Das Boot
der Küstenwache ankerte unweit des Ufers. Lagarde winkte der Besatzung kurz zu. Delphine sah sich
stirnrunzelnd um. Hier gab es anscheinend nur Vögel,
Steine und Gestrüpp. Obwohl es noch nicht Mittag
war, brannte die Sonne erbarmungslos auf das kleine
Eiland herunter und ließ die Luft flimmern. Eine junge Gendarmin kam ihnen entgegen und stellte sich als
Annie Lucas vor. Sie führte die Gruppe zu dem Blockhaus. Vor der geschlossenen Tür stand ihr Chef Arsène Ruet und bewachte den Fundort. Einige Meter
abseits, im Schatten einer knorrigen Seekiefer, saßen
eine Frau und zwei Männer auf einem Felsen. Einer
der beiden Männer starrte reglos auf den Boden, der

andere Mann hatte tröstend den Arm um ihn gelegt. Die Frau sah ihnen entgegen, in ihrem Gesicht lag Beunruhigung.

Der Chef der Gendarmerie begrüßte die Ankömmlinge, indem er salutierte, und stellte sich ebenfalls vor. Er erklärte dem Kommissar, wer die Zivilpersonen waren.

»Die Dame heißt Simone Groult. Sie kam heute Morgen auf die Insel, um Vögel zu zeichnen. Dabei fielen ihr die seltsamen Flecke auf den Kieselsteinen auf.« Er deutete in Richtung einer zerknüllten Wolldecke. »Plötzlich stand ein Mann hinter ihr, der gleich darauf in die Hütte lief und die Toten entdeckte.«

»Ist der Mann auch hier?«

»Nein, er ist verschwunden, bevor wir die Blockhütte erreichten. Meine Kollegin und ich haben ihn gar nicht gesehen.«

»Wir brauchen eine Beschreibung des Mannes.«

»Jawohl, ich kümmere mich darum.« Er kam auf die beiden Männer zurück. »Der Herr links ist François Ferrand, der Ehemann der toten Frau. Sie heißt Alice Ferrand und ist die Bürgermeisterin von Sainte-Mère-Église. Der Mann daneben ist ein Freund von ihm, Jacques Fitoussi. Sie kamen heute Morgen auf die Gendarmerie, um Alice Ferrand als vermisst zu melden. Sie war gestern nicht nach Hause gekommen. Da sie hin und wieder mit ihrem Boot *Adrien I* auf die Vogelinsel fuhr, sahen wir als Erstes nach, ob es in der

Marina liegt. Dort stand ihr Wagen, und das Boot war weg, deshalb sind wir hierhergefahren. Allerdings ankerte die *Adrien I* nicht an der Festungsmole. Wir wollten die Suche nach dem Boot schon woanders fortsetzen, als wir von der Insel einen Schrei hörten. Wir legten doch an, um der Sache nachzugehen.«

»Danke für die Informationen«, sagte Lagarde. »Wir gehen jetzt in das Blockhaus. Ich möchte, dass Sie mitkommen.«

»Selbstverständlich, Monsieur le Commissaire.«

»Kollegin Lucas soll bitte die Personalien und die Kontaktdaten dieser Personen aufnehmen. Danach können sie mit der Küstenwache übersetzen. Es ist auch ein Arzt an Bord, der sie, falls erforderlich, medizinisch versorgen kann.«

Lucas nickte. Die Gruppe setzte sich in Bewegung.

Lagarde wandte sich an den Leiter der Spurensicherung.

»Doktor Moreau wird sich jetzt die Toten ansehen, und ihr könnt mit eurer Arbeit anfangen.«

»Das machen wir.«

Als sie die Hütte betraten, schlug ihnen Verwesungsgeruch entgegen. Lagarde zog die Tür hinter sich zu. Zu dritt standen sie vor der Bettcouch und ließen das Szenario auf sich wirken. Der Kommissar hatte schon viel Schlimmes gesehen, aber dieser Anblick war auch für ihn verstörend. Die beiden Toten waren nackt und lagen auf dem Rücken eng beieinander. Die Köpfe waren auf zwei Kissen gebettet, und an den Leichen klebte viel Blut. Die klaffenden Wunden an den Hälsen sahen entsetzlich aus.

Delphine stellte ihre Tasche ab, schlüpfte in einen Schutzanzug und streifte sich Handschuhe über. Sie begann mit der Untersuchung der Leichen.

»Die Kehlen wurden wahrscheinlich mit einem Messer durchtrennt. Die Schnitte sind tief, ich gehe davon aus, dass beide innerhalb von Sekunden tot waren. Ich kann auf den ersten Blick keine Abwehrspuren entdecken. Vielleicht wurden sie überrascht. Sie sind schon einige Zeit tot, der Verwesungsprozess hat bereits eingesetzt.«

»Kannst du ungefähr einschätzen, seit wann sie tot sind?«, fragte Lagarde.

»Grob gesagt, seit gestern Nachmittag. Genaueres kann ich dir nach der Autopsie sagen.« Sie deutete auf die Brust der beiden Opfer. »Da wurde etwas eingeritzt, ebenfalls mit einem Messer oder einem anderen scharfen Gegenstand. Schau mal.«

Lagarde betrachtete die Verletzungen. Bei beiden Leichen verlief ein Schnitt senkrecht von der Halsbeuge bis zum Nabel. Eine zweite Einkerbung zog sich waagrecht unterhalb der Brust über den Leib, wobei die horizontale Linie etwas kürzer war als die vertikale. »Die Male sehen wie Kreuze aus.«

»Ja, das finde ich auch. Der Täter hat eine Nachricht hinterlassen, ebenso wie an der Wand.«

Hinter der Bettcouch an der Holzwand bemerkte Lagarde zwei bräunliche Kreise mit wenigen getrockneten Rinnsalen, die sich überschnitten. Ihr Durchmesser betrug etwa siebzig Zentimeter. In die Mitte des linken Kreises, über der Leiche von Alice Ferrand, war ein *A* gemalt, im rechten Kreis über dem toten Mann ein *S*.

Lagarde ging einen Schritt näher heran und betrachtete die Farbe genauer. »Es könnte sich um Blut handeln. Wir nehmen Proben und lassen sie untersuchen.« Er wandte sich an Ruet, der kalkweiß im Gesicht war. »Kennen Sie den Mann?«

Er schüttelte den Kopf. »Nein, ich habe ihn noch nie gesehen.«

Lagarde sah sich um. Die Kleidung der Toten lag teils auf dem Boden, teils auf einem Sessel, neben dem eine Handtasche lag. Er streifte Handschuhe über und leerte den Inhalt der Tasche auf den Tisch. Die Tasche hatte Alice Ferrand gehört. In ihrem Portemonnaie befanden sich ihr Personalausweis, ihr Führerschein, zwei Kreditkarten und etwas Bargeld. Außerdem waren ein Autoschlüssel und ein Schlüsselbund herausgefallen, ein Lippenstift, Deo, ein Kamm und Papiertaschentücher. Die Taschen von Alice' Jeans waren leer. In der Hosentasche des Mannes fand der Kommissar ebenfalls ein Portemonnaie mit einem Fahrzeugschein und einem Ausweis. Er zog ihn aus dem Fach und las die Angaben vor.

»Der Mann hieß Pierre Basson. Er war Franzose, achtunddreißig Jahre alt und wohnte in Bayeux. Wir müssen herausfinden, ob er Familie hatte, und sie gegebenenfalls benachrichtigen.« Er steckte den Ausweis zurück, verschränkte die Arme und betrachtete die beiden Toten. »Waren sie ein Liebespaar? Haben sie sich selbst ausgezogen oder war es der Täter? Hat er es getan, um die Male einzuritzen?«

»Wenn sie Geschlechtsverkehr ohne Kondom hatten, kann ich deine erste Frage bald beantworten«, antwortete Delphine. Sie bat Lagarde, einen Kollegen von der Spurensicherung zu rufen, der ihr helfen sollte, die Toten umzudrehen. Als das geschafft war, setzte sie ihre Untersuchung fort.

»Ich kann weiter nichts Auffälliges entdecken. Die vorhandenen Leichenflecke sind in diesem Stadium üblich. Lassen wir die beiden in mein Institut bringen. Es ist nicht gut, wenn sie hier noch länger in der Wärme liegen und dadurch möglicherweise Untersuchungsergebnisse verfälscht werden. Nach der Autopsie wissen wir mehr.«

»In Ordnung«, stimmte Lagarde zu.

Sie verließen das Blockhaus und erteilten entsprechende Anweisungen. Dann wandten sie sich der Decke und den rostroten Kieselsteinen zu. Ein Polizeifotograf war gerade dabei, die Fundstücke aus allen Perspektiven zu fotografieren.

Lagarde sah sich vorsichtig die Decke an, dann wanderte sein Blick über die Steine, die Erde, die Champagnerflasche, die Gläser und den Rucksack.

»Hier ist überall getrocknetes Blut«, stellte er fest. »Auf der Decke, auf den Steinen und auf der Erde.« Er nahm den Rucksack und überprüfte seinen Inhalt. Er fand einen Autoschlüssel in der Seitentasche und eine gefüllte Plastiktüte mit Essensresten im Hauptfach.

»So wie es aussieht, haben sie hier ein Picknick gemacht, Hühnchen gegessen und Champagner getrunken. Ich gehe davon aus, dass sie auch hier getötet wurden. Wären sie in der Hütte getötet worden, müssten Spritzer an der Wand, auf dem Sofa und auf dem Boden sein. Das ist augenscheinlich nicht der Fall. Wir müssen selbstverständlich die Untersuchungsergebnisse abwarten, aber aller Voraussicht nach ist das hier der Tatort.«

Ruet rieb sich nachdenklich die Stirn. »Wenn sie hier getötet wurden, warum hat der Täter sie dann in die Hütte gebracht?«

»Gute Frage«, erwiderte der Kommissar. »Wenn wir sie beantworten können, sind wir dem Mörder eventuell ein Stück näher.«

Gendarmin Lucas kam über den Trampelpfad auf sie zu. »Die drei Personen werden mit dem Boot der Küstenwache auf das Festland zurückgebracht«, meldete sie. »François Ferrand wird ärztlich versorgt. Er hat einen schweren Schock erlitten. Madame Groult wollte mit dem Außenborder zurückfahren, aber die Ärztin konnte ihr dieses Vorhaben zum Glück ausreden. Sie haben das Boot ins Schlepptau genommen. Bevor sie an Bord ging, habe ich sie um eine Beschreibung des Mannes gebeten, den sie gesehen hat.« Sie holte ihr Notizbuch aus der Jackentasche. »Viel ist es nicht. Sie hat ihn nur ganz kurz gesehen und war erschrocken über sein plötzliches Auftauchen. Der Mann war groß, hatte lange blonde Haare, einen Bart, und er trug eine Art Arbeitsoverall in einer dunklen Farbe. Er war angeblich weder alt noch jung. Sie meinte ihn schon zwei-, dreimal auf der Insel gesehen zu haben, wie er Vögel beobachtete und sich Notizen machte, aber sicher ist sie sich nicht. Er trug dabei nämlich einen Helm, um sich vor den Angriffen der Vögel zu schützen.«

Lagarde bedankte sich bei ihr. Lucas überlegte. »Wenn sie ihn tatsächlich schon einmal hier gesehen hat, könnte es ein Mitglied des Vogelschutzvereines sein.«

»Das ist sicher ein guter Ansatzpunkt, wir werden es überprüfen.«

Sie freute sich über die anerkennenden Worte und lächelte ihn an.

Nachdem die beiden Leichensäcke vom Fundort zur weiteren Untersuchung in der Gerichtsmedizin abtransportiert worden waren, machten sich auch die Polizisten und die Rechtsmedizinerin auf den Weg.

Die Techniker der Spurensicherung hatten noch viel Arbeit vor sich. Sie mussten die ganze Insel nach Spuren und möglichen Hinweisen absuchen.

Nachdem das Polizeiboot sie zum Festland zurückgebracht hatte, übernahm der Polizist Henri Servat erneut das Steuer des Dienstwagens, und sie machten sich auf den Weg nach Barfleur. Delphine rauchte und war tief in ihre Gedanken versunken. Sie rekonstruierte im Kopf die vorläufigen Ergebnisse ihrer Erstuntersuchung der Opfer und rätselte, welche Bedeutung die geritzten Male haben könnten. Zeichen dieser Art hatte sie noch nie irgendwo gesehen.

Lagarde telefonierte mit Frank Lanoux und berichtete, was sich bisher ereignet hatte. »Bei den Toten handelt es sich um die Bürgermeisterin von Sainte-Mère-Église, Alice Ferrand. Der Mann heißt Pierre Basson und wohnt in Bayeux, mehr weiß ich noch nicht über ihn.«

»Eine ermordete Bürgermeisterin, *mon Dieu*! Wenn die Presse das erfährt, wird es eine Menge Wirbel geben.«

»Ja, damit ist zu rechnen.«

»Wie gehst du jetzt weiter vor?«

»Die Mordopfer werden gerade in die Rechtsmedizin gebracht. Delphine will heute Nachmittag mit den Untersuchungen beginnen, danach wissen wir sicher mehr.«

»Das ist gut. Wir müssen den Medien vermitteln, dass wir schnell und kompetent handeln.«

»Das werden wir.«

»Wer könnte dich bei den Ermittlungen unterstützen? Soll ich dir den jungen Kommissar an die Seite stellen, der die Leitung des Falls abgelehnt hat?«

Lagarde überlegte kurz. »Nein, lieber nicht. Einen Bedenkenträger kann ich nicht gebrauchen.«

»Das verstehe ich. Kann Valérie dich nicht unterstützen?«

Valérie war die Assistentin von Roselin Dumas, dem Chef der Gendarmerie von Barfleur, und hatte Lagarde schon einige Male bei schwierigen Ermittlungen geholfen. Die junge Frau galt als sehr engagiert und kompetent.

»Das geht leider nicht«, entgegnete der Kommissar. »Sie hat Urlaub und ist für zwei Wochen nach Neuseeland geflogen. Machen wir es nicht kompliziert, Frank. Wir warten die Obduktion ab, und ich beginne mit den Vorermittlungen. Die beiden Gendarmen von Sainte-Mère-Église haben einen sehr kooperativen Eindruck auf mich gemacht. Ich werde mich mit ihnen zusammensetzen, vielleicht können sie die eine oder andere Aufgabe übernehmen. Dann sehen wir weiter.«

»Gut, einverstanden. Du machst das schon. Um die Presse kümmere ich mich. Sag mir bitte Bescheid, wenn es Neuigkeiten gibt.«

»Selbstverständlich.«

Die Männer beendeten ihr Gespräch.

Als sie Philippe Lagardes Haus erreicht hatten, fragte er die Rechtsmedizinerin: »Wann bist du so weit, dass wir uns besprechen können?«

»Treffen wir uns doch um neunzehn Uhr im Institut. Bis dahin müsste ich die Untersuchungen beendet haben.«

»In Ordnung, dann bis später.«

Zu Hause machte Lagarde sich einen Café au lait und nahm die Tasse mit auf die Veranda. Alexandres Futterschalen waren leer, und der Wildkater war nirgends zu sehen. Sein neuer Lieblingsplatz war ein sonnenbeschienener Felsblock oberhalb der kleinen Bucht, zu der vom Garten aus ein Pfad durch ein Kiefernwäldchen führte. Dort kauerte er stundenlang und beobachtete Seevögel.

Lagarde setzte sich an den Holztisch und begann seine Notizen durchzulesen und zu ergänzen. Zwischendurch blickte er nachdenklich auf den wogenden Ozean. Der Fall setzte sich allmählich in seinem Kopf fest und ließ ihn nicht mehr los. Auf einer einsam gelegenen Vogelschutzinsel geschah ein Doppelmord. Opfer waren eine verheiratete Kommunalpolitikerin und ein Mann, von dem sie bisher nur den Namen, das Alter und den Wohnort kannten. Waren die beiden ein Liebespaar gewesen oder sollte es nur so aussehen? Waren sie deshalb nackt gewesen? Handelte es sich um ein Verbrechen aus Leidenschaft? Diese Fragen mussten so schnell wie möglich geklärt werden. Er überlegte, welche Schritte die nächsten sein sollten, und stellte eine vorläufige Liste auf. Schließlich fragte er sich, wie er die Zeit bis zu der Besprechung mit Delphine am sinnvollsten nutzen könnte, und beschloss, sich die kleine Insel noch einmal allein und ungestört anzusehen. Er wollte sie auf sich wirken lassen, bis in seinem Kopf Bilder davon erschienen, was sich auf dieser Insel abgespielt haben könnte.

Rasch warf er einen Blick auf seine Armbanduhr. Er konnte es zeitlich schaffen, wenn er sich sofort auf den Weg machte. Da es noch heißer geworden war, ging er nach oben ins Schlafzimmer und tauschte sein Hemd gegen ein T-Shirt. In der Küche belegte er ein halbes Baguette mit Salami und Käse und nahm eine Flasche Mineralwasser aus dem Kühlschrank. Danach verließ er das Haus und fuhr mit seinem verbeulten, himmelblauen Renault Express nach Barfleur.

Als er die schmale Straße zwischen dem Dünengürtel und dem Strand entlangfuhr, öffnete er das Seitenfenster und schaltete das Radio ein. Leise summte er ein melancholisches Chanson von Joe Dassin mit. Als er das Zentrum des malerischen Fischerdorfes erreichte, fand er einen Parkplatz auf dem Quai Henri Chardon direkt vor der Hafenbefestigung. Auf der anderen Straßenseite, in einem schmalen Granitsteinhaus, befand sich sein Lieblingsbistro, *Au Vent des Îles, Im Wind der Inseln.* Der Wirt Gaston erinnerte an einen Korsaren und schrieb gerade mit einem Stück Kreide das Tagesmenü auf eine Tafel, die die Form eines Surfbrettes hatte. Als er sich umdrehte, entdeckte er Lagarde und winkte ihm zu.

»Schön dich zu sehen, Philippe! Komm, trinken wir einen Pastis zusammen.«

Der Kommissar grüßte lächelnd zurück. »Keine Zeit, ich bin dienstlich unterwegs. Ein andermal gerne.«

Inzwischen war beinahe Hochflut, und die hereinbrechenden Wellen hatten die Boote aus dem Schlick gehoben, so dass sie jetzt auf dem unruhigen Wasser schaukelten. Barfleur war nicht nur für seine goldenen Muscheln bekannt, sondern auch für einen Tidenhub, der bis zu zwölf Meter erreichte. Bei Ebbe saßen die Boote im Schlamm fest.

Lagarde lief über die steinerne, von Algen überzogene Treppe zur Mole und stieg von dort aus über eine Leiter in sein korallenrotes Ruderboot. Mit wenigen Schlägen erreichte er sein Schiff, das an einer Boje ankerte. Es war ein robuster Dreikieler mit ausgebleichten, ehemals rosa Fendern, der hochseetauglich war. Über eine Leiter kletterte er an Bord und löste den Knoten des Taus. Er betrat den Steuerstand und startete den Motor.

Langsam steuerte er das Boot erst durch den Freizeithafen, dann durch den Fischereihafen. Links der

Hafenausfahrt wachte die granitsteinerne Kirche Saint-Nicolas, umgeben vom Friedhof der Seefahrer, über das Dorf, den Hafen und die Flotte. Vor dem Pier lag die Seenotrettungsstation, und direkt neben der Ausfahrt erhob sich stolz die Statue von Wilhelm dem Eroberer.

Als der Kommissar auf das offene Meer hinaussteuerte, fiel sein Blick auf den Leuchtturm von Gatteville, der in der Sonne lag und den Himmel zu berühren schien. Das Bündel an Lichtstrahlen, das er nachts aussendete, erreichte eine beachtliche Distanz von sechsundfünfzig Kilometern.

Das Schiff pflügte sicher durch die Wellen, auf denen weiße Schaumkronen saßen, und kam schnell vorwärts. Schon bald lagen die Marcouf-Inseln in flirrendem Licht vor ihm. Die größere Insel, die Île du Large, lag fünfhundert Meter östlich von der kleineren Île de Terre. Das Fort Circulaire erhob sich düster und abweisend auf dem von einem grünen Teppich überwachsenen steinernen Fundament. Scharen von weißen und schwarzen Vögeln umkreisten das Vogelschutzgebiet. Ihre Schreie hallten weit über das Meer.

Lagarde ankerte an der Mole der alten Festungsanlage und ging an Land. Kein weiteres Boot war zu sehen. Die Techniker der Spurensicherung hatten ihre Arbeit offenbar abgeschlossen und waren bereits abgefahren. Lagarde schien allein auf der Insel zu sein, weit und breit war kein Mensch zu sehen.

Zunächst lief er auf dem Trampelpfad zwischen Ginsterbüschen zu dem kleinen Strand, in dessen Nähe sich die Blockhütte befand. Die Decke war verschwunden, ebenso der Rucksack, die Champagnerflasche und die Gläser. Alle Beweismittel würden im Polizeilabor auf Spuren untersucht werden. Erneut studierte Lagarde das Muster der Blutspritzer auf den Kieselsteinen und der Erde sowie die größeren unförmigen Flecke. Bei kleineren Verletzungen der Halsschlagader kam es zu typischen Formbildungen und Tropfenmustern. Wenn jedoch eine Arterie durchtrennt wurde, ergaben sich andere Spuren. Das Bild, das sich ihm bot, schien beides zu umfassen.

Er riss sich von dem Anblick los und ging zur Hütte. Vorsichtig entfernte er das Polizeisiegel und trat ein. Aufmerksam ließ er seinen Blick durch den Innenraum wandern. Auf dem Überzug der Bettcouch befanden sich ebenfalls Blutflecke. Auf dem Holzboden und der Wand waren mit bloßem Auge jedoch keine Spuren zu erkennen. Die persönlichen Gegenstände der Opfer hatte die Spurensicherung ebenfalls vorerst zur Untersuchung mitgenommen, bevor sie dann den Angehörigen ausgehändigt wurden. In der abgestandenen Luft des Blockhauses lag noch immer ein leichter Verwesungsgeruch. Außerdem roch es nach Holz und Harz und leicht metallisch.

Die beiden sich überschneidenden roten Kreise an der Wand über dem Sofa zogen seinen Blick magisch an. Ob sie tatsächlich mit Blut gemalt waren, würden sie bald erfahren, aber er war schon jetzt überzeugt davon. Lagarde betrachtete die Buchstaben im Zentrum der Ringe und legte den Kopf schief. Ein A und ein S. War mit A Alice gemeint, Alice Ferrand? Aber warum dann ein S? Der tote Mann hieß Pierre mit Vornamen, das passte nicht. Das Bild sollte eine Botschaft sein, da war er sich sicher, aber welche? In der Lösung dieses Rätsels würde er vielleicht das Motiv erkennen.

Er riss seinen Blick von der Zeichnung los und wollte gerade überprüfen, welche Aussicht man aus dem Fenster hatte und ob man von außen in die Hütte sehen konnte, als genau in diesem Moment hinter der Düne ein rundes Gesicht erschien, das gleich darauf wieder verschwunden war. Lagarde rannte aus der Hütte, stürmte den Sandberg hinauf und blickte sich nach allen Seiten um, doch da war niemand.

Er lief weiter in das Wachhaus der alten Festung, wo es genügend Verstecke zu geben schien. Zwischen bröckelndem Mauerwerk blieb er stehen und lauschte. Außer dem Heulen des Windes und dem Kreischen der Vögel war nichts zu hören. Das Dach des Gebäudes war teilweise eingefallen, und er konnte das tiefe Blau des Himmels sehen. Nach und nach durchforschte er alle Ecken des maroden Bauwerks, sah hinter jeden Pfeiler und in alle Nischen, doch da war niemand, auch nicht im alten Wachturm.

Als sich plötzlich ein Kormoranschwarm, einem

dunklen Schatten gleich, Flügel schlagend und schrille Schreie ausstoßend auf den Zinnen des Turmes niederließ, konnte er den Motor des Bootes nicht hören, das sich von der Insel entfernte. Kopfschüttelnd trat er wieder in die Sonne. Hatte er sich geirrt? Nein, er wusste, was er gesehen hatte.

Nachdem er das Siegel am Blockhaus wieder angebracht hatte, begann er mit einem Rundgang über die Insel. Er bewegte sich langsam im Uhrzeigersinn und studierte die Umgebung sorgfältig. Delphine hatte mit ihrer Bemerkung bei ihrer Ankunft hier recht gehabt. Es gab nur Vögel, Felsen, Klippen, Flechten und Gestrüpp. An der Nordküste entdeckte Lagarde eine Bucht mit einem sichelförmigen Strand, der an schwarz schimmernde Quadersteine grenzte. Sonnenstrahlen setzten goldene Tupfen auf das türkise Wasser. Die steinerne Wand war höher als die anderen Felsen und verfügte über Ritzen und Ausbuchtungen.

Kurz entschlossen machte er sich an den Abstieg und hielt sich dabei an Flechten und verkümmerten Seekiefern fest. Nach wenigen Minuten sprang er auf den feinen Sand der Bucht. Langsam ging er an den Quadern vorbei und überprüfte jeden Spalt, jede Einkerbung, doch sie waren zu eng, um hineinzuschlüpfen. Am Ende der Wand entdeckte er eine senkrechte, mannshohe Öffnung im Fels und zwängte sich hindurch. Glatter schwarzer Stein hinderte ihn daran, weiterzugehen. Doch dann bemerkte er am

Fuß des Steines, verdeckt von dem stacheligen Gestrüpp einer Dünenrose, eine Höhlung. Sie war gerade hoch genug, dass er mit gebeugtem Oberkörper
hineingehen konnte. Nach etwa zwei Metern gelangte er in einen schemenhaft erkennbaren Raum und
richtete sich vorsichtig auf. Dabei stieß er mit dem
Kopf leicht an harten Fels. Er ärgerte sich, dass er keine Taschenlampe mitgenommen hatte. Als sich seine
Augen an die Dunkelheit gewöhnt hatten, sah er, dass
es sich um eine kleine Grotte handelte, in deren Mitte er stand. Die Wände glänzten feucht, von der Erde
stieg ein modriger Geruch auf, der Stein dämpfte alle
Geräusche, so dass das Rauschen des Meeres weit entfernt schien. Er begann die Felswände abzutasten und
entdeckte einen flachen Sims, auf dem etwas lag, das
sich glatt, weich und kühl anfühlte und eine längliche
Form von vielleicht zehn Zentimetern hatte. Er konnte im Dämmerschein unmöglich erkennen, was es war.
Rasch zog er einen Beweismittelbeutel aus der Hosentasche und tütete den Gegenstand ein. Nachdem
er die Grotte erkundet hatte, wollte er zurück ans Tageslicht gehen. Doch auf einmal ertönte ein schauerliches Krächzen, das von den Wänden widerhallte,
und etwas kratzte scharf über sein Gesicht. Erschrocken riss er den linken Arm hoch, um seinen Kopf zu
schützen, und spürte dabei etwas Weiches an seiner
rechten Hand. Lagarde erkannte den Umriss eines Vo-
gels, dessen Flügel hektisch flatterten, der kreischte

und sich mit Schnabel und Krallen verteidigen wollte. Seine gelben Augen leuchteten in der Dunkelheit. Lagarde nahm an, dass er aus Versehen in die Grotte gelangt war und den Ausgang nicht mehr fand. Lagarde wich vorsichtig zurück und machte sich auf den Rückweg.

Zurück in der Bucht, sah er sich das Fundstück an. Es war eine sandfarbene Tube mit der Aufschrift *Theatercreme,* sonst nichts, kein Produktname, keine Herstellerangabe, keine Anwendungsempfehlung. Er runzelte die Stirn. Was hatte das hier zu suchen? Möglicherweise hatte seine Entdeckung mit dem Fall gar nichts zu tun, und die Tube lag aus einem anderen Grund hier. Andererseits fragte er sich, warum jemand eine Tube Theatercreme in einer Höhle aufbewahren sollte. Auf jeden Fall musste die Tube labortechnisch untersucht werden, und die Spurensicherung sollte sich die Grotte vornehmen.

An der Ostseite der Insel ging er zurück, umrundete klaffende Spalten im Fels und versuchte die Vogelkolonie so wenig wie möglich zu stören. In einer schmalen Felsbucht am Südwestufer entdeckte er die *Adrien I,* das Boot von Alice Ferrand. Die Kollegen von der Spurensicherung hatten es gesichert, versiegelt und würden es abholen, damit es in Cherbourg untersucht werden konnte.

Mit einem Satz von einer Klippe sprang er an Bord und inspizierte das Boot. Auf beiden Seiten des Decks gab es je eine Bank, deren Sitzflächen hochgeklappt werden konnten. In den Kisten befanden sich Taue, Ersatzbojen, Leuchtraketen und lauter praktische Dinge, die ein Skipper normalerweise mit sich führte. Durch eine schmale Tür gelangte Lagarde in den Steuerstand, der mit einer Sitzgelegenheit und einem kleinen Tisch ausgestattet war. Auf dem Hocker lagen ein Kostüm und eine Bluse, auf den Planken sah er ein Paar Sandalen. Er nahm an, dass Alice Ferrand sich umgezogen hatte, bevor sie zu der Insel gefahren war. In der Blockhütte hatten sie Freizeitkleidung gefunden, die sie offenbar getragen hatte. Auf Pierre Basson konnte er keinen Hinweis finden. War das Paar gemeinsam oder getrennt zur Île de Terre gefahren? Falls Basson ein anderes Boot benutzt hätte, müsste es noch hier vor Anker liegen.

Ein Blick auf die Armbanduhr sagte Lagarde, dass er zurückfahren musste, wenn er rechtzeitig im Rechtsmedizinischen Institut von Cherbourg eintreffen wollte. Delphine konnte ziemlich verärgert reagieren, wenn man sie warten ließ und ihre Zeit stahl. Er ging von Bord und erklomm die Klippe. Dort stand er für einen Moment wie eine aus Holz geschnitzte Galionsfigur und blickte in die Ferne. Der Ozean sah aus wie eine marineblaue Decke mit eingewebten Diamanten, über der sich ein Himmel wie Seide wölbte. Doch am Horizont baute sich eine schwarze Wolkenfront auf, die sich rasch näherte. Ein Unwetter braute sich zusammen. Außerdem würde die Ebbe bald einsetzen, er musste zurück.

Als er an der Île du Large vorbeifuhr, warfen aufziehende Wolken lange Schatten auf das Fort von Napoleon, und plötzlich glaubte Lagarde in einer der halbmondförmigen Schießscharten eine Gestalt gesehen zu haben. Er griff nach seinem Fernglas und spähte hindurch. Die Schießscharten saßen dunkel in der imposanten senkrechten Mauer, kein Mensch war zu sehen. Hatte ihm der Schattenreigen einen Streich gespielt? Doch er hatte jetzt keine Zeit mehr, die Île du Large zu erkunden. Er musste so schnell wie möglich den Hafen von Barfleur erreichen. Er würde zu einem späteren Zeitpunkt noch mal zurückkehren.

Während Regen auf das Dach des Steuerstandes prasselte, sich auftürmende Wolken das Nachmittagslicht verdunkelten und Windböen am Schiff rüttelten, klingelte sein Handy. Er holte es aus der Hemdtasche und nahm den Anruf entgegen, mit der anderen Hand umklammerte er das Steuer. Es war Odette, seine Lebensgefährtin.

»Bonjour Philippe! Ich wollte fragen, ob wir heute Abend zusammen essen?«

»Sehr gerne, chérie, es wird aber spät.«

»Das macht nichts, ich bin doch sowieso im Restaurant. Was hast du denn noch vor?«

»Ich habe eine Besprechung mit Delphine in Cherbourg.«

»Ist etwas passiert?«

»Ja, ich erzähle es dir heute Abend.«

»Gut, ich muss mich jetzt um meinen Muschelfond kümmern. Sag mal, was ist das denn für ein Lärm im Hintergrund?«

»Ach, nichts weiter, die See ist ein wenig unruhig.«

»Willst du etwa sagen, dass du bei diesem Wetter mit deinem Boot unterwegs bist?«

»Ich war auf einer der Marcouf-Inseln, und auf der Rückfahrt bin ich von dem Unwetter überrascht worden. Mach dir keine Sorgen, ich werde bald den Hafen erreichen. Es ist alles in Ordnung.«

Skeptisches Schweigen folgte, dann meinte sie: »Es hört sich an, als wenn gleich die Welt unterginge.«

»Aber nein, es hört sich nur so an. Wir sehen uns später, ich freue mich auf dich.«

»Ich freue mich auch, pass auf dich auf.«

»Aber sicher.«

Während er sein Handy wieder einsteckte, erfasste eine Böe sein Schiff, das dadurch ins Schlingern geriet. Er musste hart gegensteuern, schließlich richtete sich das Boot wieder auf und setzte seinen Kurs fort. Endlich erreichte er die Hafeneinfahrt von Barfleur. Der Sog des ablaufenden Meeres war gewaltig. Im Hafenbecken betrug der Wasserstand höchstens noch eineinhalb Meter. An seiner Boje angelangt, ankerte er und ruderte zur Mole. Seine Öljacke schützte ihn notdürftig vor der Nässe und dem Wind. Nachdem er das

Ruderboot an einem Eisenring festgezurrt hatte, stieg er über die Leiter hoch und lief zu seinem Auto. Er zog die Öljacke aus, legte sie auf den Boden hinter den Sitzen und stieg ein. Durch die Windschutzscheibe sah er, wie Regenfäden waagrecht über die Straße peitschten und die Wedel der Stechpalmen durcheinanderwirbelten. Die Markisen der Restaurants waren eingerollt, kein Mensch war unterwegs. Als er losfuhr, stellte er die Scheibenwischer auf die höchste Stufe, trotzdem wurden sie den Wassermassen kaum Herr. Er drehte die Heizung voll auf und hoffte, dass seine klammen Hosenbeine ein wenig trocknen würden.

Es war fünf Minuten vor neunzehn Uhr, als er Cherbourg erreichte. Der Regen hatte nachgelassen, die Wolken lichteten sich allmählich, und es wurde wieder heller. Das Polizeipräsidium erhob sich auf einem Hügel über der Stadt und war ein funktionaler gläserner Bau. Im Kellergeschoss befand sich das Rechtsmedizinische Institut. Lagarde parkte auf einem ausgewiesenen Stellplatz, betastete prüfend seine Hosenbeine, zog sein T-Shirt zurecht und kämmte sich die Haare. So müsste es gehen.

Von der Anhöhe aus war der Blick auf die quirlige Hafenstadt und den Ärmelkanal überwältigend. Die stahlblaue See war noch immer in Aufruhr. Gewaltige Brecher donnerten gegen die halbkreisförmigen Molen der äußeren Reede, Gischtfontänen spritzten meterhoch auf. Weit draußen bewegten sich Containerschiffe wie in Zeitlupe. In der Nähe des Hafens ragte der Turm der *Basilique de Trinité* in den eisengrauen Himmel, westlich davon bildete der botanische Garten mit seinen tropischen Gewächsen eine grüne Insel im Dunst. Dahinter reihte sich eine Werft an die andere.

Hinter der Anmeldung des Rechtsmedizinischen Instituts saß eine junge Polizistin, die er noch nie gesehen hatte. Er zeigte ihr seinen Dienstausweis, und sie winkte ihn freundlich lächelnd durch und sagte: »Sie kennen sich ja hier aus.«

Eine breite steinerne Treppe führte in das Kellergewölbe und endete vor einem Flur, der kerzengerade durch das gesamte Gebäude verlief. Die Wände waren gefliest und wirkten kalt und abweisend, der Geruch von Desinfektionsmittel lag in der Luft. Es war kühl hier unten im Reich der Toten.

Der Kommissar spähte über den Rand der Milchglasscheibe in den Autopsiesaal. Der hohe ausgeleuchtete Raum war leer. Lagarde fand Delphine in ihrem Büro.

Die Rechtsmedizinerin musterte ihn verblüfft von oben bis unten. »Wie siehst du denn aus, bist du in das Unwetter geraten?«

»Ja, ich bin noch einmal auf die Insel gefahren, um mich in Ruhe umzusehen, dann kam der Sturm auf.«

»Möchtest du einen Mokka? Ich habe eine wunderbar würzige Arabica Mischung aus Costa Rica.«

»Sehr gerne.«

»Ich gehe nur rasch in die Teeküche und brühe ihn auf. Meine Assistentin und der neue Praktikant sind bereits nach Hause gegangen. Es ist ja auch schon lange Feierabend.«

Kurze Zeit später kam sie mit einem Tablett zurück und servierte den Mokka, der einen himmlischen Duft verströmte.

»Bist du mit den Untersuchungen fertig geworden?«, erkundigte sich Lagarde.

»Ja, vor ein paar Minuten.« Sie griff nach einer Mappe und schlug sie auf. »Fangen wir an.« Konzentriert rieb sie die Hände aneinander und sah auf ihre Notizen. »Beiden Opfern wurde die Kehle durchgeschnitten, höchstwahrscheinlich mit einem großen scharfen Messer. Die Schnittwunden sind glatt, nicht gezackt, vielleicht war es ein Fleischermesser oder ein Anglermesser. Durch den tiefen Schnitt wurden die zwei vorderen großen Hauptschlagadern durchtrennt. Wenn die Halsarterien durchschnitten werden, kommt es durch den massiven Blutaustritt und die Sauerstoffunterversorgung des Gehirns innerhalb von Sekunden zu einem Bewusstseinsverlust, daraufhin tritt der Tod ein. Die Luftröhre wurde ebenfalls durchtrennt, in den Lungen befand sich Blut. Bei dieser Tötungsart entstehen kaum Spritzer, es ist vielmehr so, dass das Blut in einem großen Schwall aus der Wunde herausfließt. Anders ist es bei kleineren Verletzungen der Halsarterien. Dabei entstehen umfangreiche Sprühmuster mit großen Mengen zum Teil winziger Tropfen.«

Lagarde hörte nachdenklich zu. »Braucht man für solch einen Schnitt viel Kraft?«

»Nein, wenn das Messer scharf ist, nicht. Jeder kann einen anderen Menschen auf diese Weise problemlos töten, wenn er nur entschlossen genug ist, und unser Täter war sehr entschlossen, da bin ich mir ganz sicher.«

»Hast du Abwehrspuren gefunden?«

»Nein, ich gehe davon aus, dass sie überrascht wurden.«

»Sie sahen den Täter nicht kommen?«

»Ich denke nicht. Hätten sie in diesem Fall nicht alles versucht, um ihr Leben zu retten?«

»Wir müssen die Ergebnisse der Spurensicherung abwarten, aber als ich heute Nachmittag noch einmal auf der Insel war, hatte es den Anschein, dass auf dem kleinen Strandabschnitt, wo die Decke lag, eine Menge Blut in das Erdreich geflossen ist.«

»Den Eindruck hatte ich heute Morgen auch.«

»Ein mögliches Szenario stelle ich mir so vor: Die beiden lagen auf der Decke, vielleicht auf dem Bauch, der Täter näherte sich von hinten, überrumpelte und tötete sie.«

»So könnte es gewesen sein. Wie schon gesagt, wenn sie ihn gesehen hätten, hätten sie sich doch gewehrt. Außerdem wurde einer von den beiden logischerweise zuerst getötet, der andere hätte auf jeden Fall Zeit gehabt, zu reagieren, durch Gegenwehr oder durch Flucht. Möglicherweise war er aber auch so entsetzt, dass er paralysiert war. Sie wurden kurz hintereinander getötet, wer zuerst, kann ich unmöglich sagen. Aber warten wir die Ergebnisse ab. Wenn die Schnittstellen nach unten zeigten, muss literweise Blut in den Boden eingedrungen sein.«

»Kannst du den Todeszeitpunkt eingrenzen?«

»Gestern Nachmittag zwischen sechzehn und achtzehn Uhr.«

Sie blätterte eine Seite weiter und fuhr mit fester Stimme fort. »Die beiden Opfer hatten ungeschützten, einvernehmlichen Geschlechtsverkehr, bevor sie getötet wurden. Nach der Menge des Spermas in der Vagina zu schließen, mindestens zweimal innerhalb von etwa einer Stunde. Das Labor hat die Spermaproben, die ich von beiden Leichen genommen habe, bereits untersucht. Sie sind identisch.«

»Das lässt den Schluss zu, dass die Opfer sich selbst entkleidet haben.«

»Davon kann man ausgehen.« Sie nahm einen Schluck Mokka und fuhr fort. »Die Male auf den Körpern wurden post mortem mit einem Messer zugefügt, aller Wahrscheinlichkeit nach mit der Tatwaffe. Die Klinge war ebenfalls glatt.«

»Also keine Folter?«

»Definitiv nein.«

»Dann stellen die Male eine Botschaft dar.«

»Ja, das denke ich auch.«

»Sie sehen aus wie Kreuze.«

Sie nickte. »Es könnten Kreuze sein.«

»Hast du sonst noch etwas herausgefunden?«

»Nein, außer, dass beide Opfer gesund waren. Sie hätten wahrscheinlich noch lange gelebt.«

»Hinweise auf den Täter hast du keine gefunden?«

»Leider nicht. Er muss Handschuhe getragen haben. Es gibt keine Hautschuppen, keine Haare, keine Fasern, nichts.«

»Schade. Danke, Delphine. Ich hätte dich gerne zum Abendessen eingeladen, aber ich bin mit Odette verabredet.«

»Kein Problem, ich habe auch eine Verabredung.« Zögernd sah sie ihn an, dann entschloss sie sich, mehr zu erzählen. »Ich habe doch bei diesem Fall in Gonneville einen Mann kennengelernt, erinnerst du dich?«

»Ja, natürlich, diesen Professor aus Paris.«

»Genau. Er kommt heute Abend und besucht mich für einige Tage.« Wieder verfiel sie in Schweigen, griff fahrig nach ihrer Zigarettenschachtel und zündete sich eine an.

Lagarde fragte sich, was sie ihm eigentlich erzählen wollte. »Das ist doch schön«, meinte er.

»Ja, schon, aber er hat mir bei meinem letzten Besuch in Paris einen Heiratsantrag gemacht.«

Jetzt war er vollkommen überrascht. Sie hatte noch nie über ihr Privatleben gesprochen. Delphine erzählte weiter, als müsste sie es einfach loswerden. »Bei seinem Besuch will er eine Antwort von mir haben. Was soll ich ihm denn nur sagen?« Hektisch fuhr sie sich durch die kurzen Haare, die daraufhin in alle Richtungen abstanden.

Lagarde lächelte. »Liebst du ihn?«

»Ich glaube schon, aber ich war immer Single. Ich schätze meine Unabhängigkeit, ein Eheleben kann ich mir überhaupt nicht vorstellen. Bisher war ich mit meinem Beruf verheiratet.«

»Bitte ihn doch noch um ein wenig Bedenkzeit, dann wird dir die richtige Entscheidung schon einfallen.«

Sie lächelte erleichtert. »Das mache ich, er hat bestimmt Verständnis dafür.«

»Das denke ich auch.«

Sie verabschiedeten sich, und er machte sich auf den Weg zu Odette.

Lagarde nahm die Nationalstraße, die über Saint-Pierre-Église in Richtung Barfleur führte. Der Weiler, wo sich Odettes Restaurant *Mirabelle* befand, lag westlich des Fischerdorfes inmitten von Apfelplantagen. Dorthin führte eine schmale Straße durch einen Buchenwald, an den sich ein Campingplatz anschloss. Als er sein Auto auf dem Parkplatz des Lokals abstellte, senkte sich die Dämmerung über das Cotentin.

Das *Mirabelle* war ein weit über Barfleur hinaus bekanntes Feinschmeckerrestaurant, das bei Einheimischen und Touristen sehr beliebt war. Odette führte es seit Jahren mit viel Engagement und einem untrüglichen Gespür dafür, was ihre Gäste schätzten. Vor einigen Jahren hatte sie von dem Gourmetführer Gault Millau eine Toque, bestehend aus vierzehn Punkten, für ihre hervorragende Küche verliehen bekommen.

Er folgte einem Kiesweg zwischen dem Haupthaus und einem flachen Wirtschaftsgebäude hindurch zur Terrasse des Lokals. Odette wohnte in dem ockerfarbenen Haus mit dem kompakten Turm. Im dahinter liegenden Anbau befand sich die Rezeption, und im Obergeschoss, entlang einer Holzgalerie, hatte sie vier Gästezimmer individuell gestaltet. In den Beeten, die den Pfad säumten, gediehen prächtige Sommerblumen, die einen süßen Duft verbreiteten und von milchig weiß schimmernden Glaskugeln sanft beleuchtet wurden. Alte Walnussbäume, Lärchen und Libanonzedern umgaben die Terrasse, auf der alle Tische besetzt waren. In den Ästen schaukelten bunte Lampions in der Abendbrise, aus Lautsprechern erklang leise Musik. Die Gäste unterhielten sich, lachten und genossen ihr Abendessen. Gegenüber lag das Restaurant, ein Rundbau aus groben Granitsteinen und einem kegelförmigen Schieferdach, der früher eine Schäferei gewesen war.

Lagarde konnte Odette nirgends entdecken und

warf einen Blick in den Gastraum. Dort stand sie hinter einem langen Holztisch und goss Champagner in Kristallflöten, während sie sich mit einem Paar mittleren Alters unterhielt. Sie hatte Philippe noch nicht bemerkt, und so hatte er Zeit, sie in Ruhe zu betrachten. Sie war schlank und fast so groß wie er. Die langen dunklen Haare hatte sie zu einem lockeren Chignon hochgesteckt, aus dem sich eine Strähne gelöst hatte und über ihre Wange fiel. Ihr Gesicht war zart und ebenmäßig, die großen braunen Augen glänzten im Kerzenschein. Sie hatte ihren sinnlichen Mund burgunderrot geschminkt, passend zu dem eleganten Hosenanzug, zu dem sie eine cremefarbene Seidenbluse trug. An den Ohren glitzerten silberne Kreolen, die er ihr geschenkt hatte.

Als er auf sie zuging, konnte er die Frage der Dame hören, mit der sie sich gerade unterhielt. »Stimmt es eigentlich, dass der Champagner zufällig erfunden wurde?«

Odette lachte. »Ja, Madame, das ist richtig. Vor gut dreihundert Jahren entstand der Champagner durch ein Missgeschick. Wein wurde zu früh in Flaschen abgefüllt und begann zu gären. Zunächst bemerkte es niemand, doch eines Tages kostete der Kellermeister Dom Pierre Pérignon davon und war restlos begeistert. So entstand der Champagner.«

Die Dame freute sich. »Was für eine schöne Geschichte.«

»Und sie ist wahr«, versicherte ihr Odette. Als sich die Gäste verabschiedeten, bemerkte Odette ihren Lebensgefährten. »Philippe, wie schön, da bist du ja.« Zärtlich tauschten sie Wangenküsschen, und er drückte sie an sich. »Wie geht es dir? Wie ich sehe, hast du den Sturm einigermaßen gut überstanden.« Wie schon Delphine zuvor musterte sie ihn von oben bis unten.

»Mir geht es prima, entschuldige bitte meinen Aufzug«, sagte er mit einem charmanten Lächeln. »Ich komme direkt aus Cherbourg und hatte keine Zeit mehr, mich umzuziehen.«

»Das macht doch nichts. Hauptsache, dir ist nichts passiert. Hast du Hunger?«

»Oh ja, ich war den ganzen Tag unterwegs und bin kaum zum Essen gekommen.«

»Auf der Terrasse wird gleich ein Tisch frei. Wir trinken etwas zusammen, dann kümmere ich mich um unser Essen. Ich habe fangfrischen Atlantikhummer aus der Markthalle und serviere ihn heute mit Olivenöl in der Pfanne gebraten und mit Calvados flambiert, was hältst du davon?«

»Das hört sich köstlich an.«

»Gut, dann geh doch schon mal vor. Ich komme gleich mit den Getränken. Möchtest du ein Glas Champagner als Aperitif?«

»Kann ich bitte erst ein kaltes Bier haben?«

Sie rollte gespielt mit den Augen, dann strahlte sie ihn an. »Kommt sofort.«

Lagarde setzte sich an den freien Tisch, der am Rand der Terrasse unter einem gewaltigen Walnussbaum stand, und streckte die Beine aus. Es war ein langer, ereignisreicher Tag gewesen. Odette kam mit den Getränken und setzte sich zu ihm.

»Wie war dein Tag?«, fragte er.

»Ich hatte viel Arbeit. Du siehst ja, wie viele Gäste gekommen sind. Die meisten hatten reserviert. Heute Morgen war ich in der Markthalle, und am Nachmittag hatte ich Streit mit Jacques.« Jacques war ihr ebenso begnadeter wie mimosenhafter Chef de Cuisine. Sie seufzte. »Natürlich ist er wieder davongelaufen, nachdem er seine Kochschürze auf den Boden geworfen hatte, hat mit Kündigung gedroht und hinter sich die Tür zugeknallt.«

»Und wer kocht jetzt?«

»Nach zwei Stunden ist er zurückgekommen und hat seine Arbeit unter der Bedingung wieder aufgenommen, dass ich mich nie wieder in die Zubereitung des Muscheljus einmischen werde.«

Philippe grinste amüsiert. »Du hast nachgegeben?«

»Nur kurzfristig, aber bei den vielen Reservierungen hätte ich die Küche ohne ihn nicht schaffen können.«

Sie tranken einen Schluck, und Odette sah ihn fragend an. »Was ist denn passiert, Philippe, warum warst du auf dieser Insel?«

»Dort wurden zwei Leichen gefunden.« Die Einzelheiten wollte er ihr ersparen.» Frank Lanoux hat mich gebeten, zumindest die Vorermittlungen zu übernehmen. Er hat im Moment sonst niemanden.«

Sie sah ihn mit großen Augen an.» Ein Doppelmord?«

»Ja.«

»Wie furchtbar. Weißt du schon, wie es dazu gekommen ist?«

»Nein, aber ein Mann wurde auf der Insel gesehen, von dem wir nur eine vage Beschreibung haben.«

»Du meinst, er ist der Täter?«

»Vielleicht, wir müssen ihn erst einmal finden.«

»Das schafft ihr schon.« Sie erhob sich. »Ich kümmere mich mal um das Essen, sonst verhungerst du mir noch. Möchtest du das komplette Menü?«

»Was gibt es denn alles?«

»Jakobsmuscheln auf Avocado-Mango-Salat, Hummer à l'Armoricaine, normannischen Rohmilchkäse und als Dessert Maronen-Espresso-Parfait mit karamellisierten Maronen und in Calvados eingelegten Herzkirschen. Dazu empfehle ich einen Chablis, Jahrgang 2012.«

»*Mon Dieu*, bitte das komplette Menü, Chérie.«

Sie gesellte sich wieder zu ihm, als er gerade den Nachtisch genoss. Inzwischen waren die meisten Tische verlassen, das Restaurant würde bald schließen.

»Das Menü war wie immer wunderbar«, lobte er sie. »Und das Dessert schmeckt großartig.«

»Danke.« Sie freute sich immer über Komplimente zu ihren Gerichten. Als er fertig war, wischte er sich den Mund mit der Serviette ab und legte sie auf den Tisch zurück. Dabei fiel sein Blick auf seine Hosentasche. Die Tube! Er hatte in der Eile vergessen, die Tube in das Labor zu bringen. Er würde sie morgen früh von einem Kurierfahrer abholen lassen. Spontan beschloss er, Odette nach ihrer Meinung zu fragen, und legte den Gegenstand im Beweismittelbeutel auf den Tisch. »Das habe ich auf der Insel gefunden, weißt du, wofür man das genau braucht?«

»Darf ich den Beutel anfassen?«

»Ja.«

»Theatercreme«, las sie laut vor. »Ich denke, das ist so eine Art Make-up, wie Frauen es benutzen, um den Teint ebenmäßig erscheinen zu lassen. Siehst du dort drüben?« Sie deutete auf ein Paar einige Tische weiter, das sich angeregt unterhielt und ein letztes Glas Wein genoss. »Sie verbringen einige Urlaubstage hier. Wir haben gestern einen Kaffee zusammen getrunken, und der Mann hat erzählt, dass er in Paris am *Théâtre Mogador* arbeitet. Das ist ein wunderschönes Theater, an dem hauptsächlich Musicals aufgeführt werden. Komm!«

Als sie an den Tisch traten, sah das Paar überrascht auf. Odette lächelte sie einnehmend an und stellte Philippe vor. Er zeigte dem Mann die Tube. »Können Sie mir sagen, was genau Theatercreme ist?«

»Ja, natürlich. Diese Creme benutzen Maskenbildner. Sie ist dafür gedacht, den Übergang zwischen einer Maske und dem Gesicht zu kaschieren, so dass man nicht sieht, dass es sich um eine Maske handelt. Dadurch entsteht ein ganzheitlicher Eindruck, als wäre das Gesicht echt.«

»Können das nur Maskenbildner?«

»Nein, im Grunde kann das jeder mit ein wenig Übung, vielleicht nicht so perfekt wie ein Maskenbildner.«

»Merci, Monsieur, Sie haben mir sehr geholfen.«

»Keine Ursache. Das Menü war übrigens hervorragend. *Bonne nuit.*«

»*Bonne nuit.*«

Odette und Philippe setzen sich wieder an ihren Tisch. »Hat dir das jetzt weitergeholfen?«, erkundigte sie sich.

»Ich weiß es noch nicht, aber es ist auf jeden Fall wichtig, diese Information zu haben.«

DAS GEHÖFT IN DEN MARSCHEN
DRITTER TAG

Annie Lucas, die Gendarmin aus Sainte-Mère-Égli-se, sprang voller Energie aus ihrem Bett und ging in die Küche, um Kaffee aufzusetzen. Um neun Uhr hatte Kommissar Lagarde eine Besprechung in der Polizeiwache angesetzt. Ihr Chef und sie sollten dabei sein, deshalb war sie aufgeregt. Sie hatte noch nie an einer solchen Besprechung teilgenommen. Auch fragte sie sich, welche Rolle sie dabei spielen sollte. Sie zog sich ihr T-Shirt über den Kopf, ging ins Badezimmer und stieg in die kleine Duschkabine. Die dampfende Tasse Kaffee stellte sie auf dem Waschbeckenrand ab.

Sie war einundzwanzig Jahre alt und schlank. Das hübsche Gesicht mit der zarten Nase, den vollen Lippen und dem energischen Kinn wurde von langen ebenholzbraunen Haaren umrahmt. Sie war in der Nähe von Saint-Etienne in einen Bauerndorf namens Ambert geboren und mit ihren Eltern und dem Bruder Grégoire behütet aufgewachsen. Die jüdische Familie ihres Großvaters war vor den Nazis von Lothringen nach Zentralfrankreich geflohen und hatte sich dort niedergelassen.

Annie hatte Abitur gemacht und danach die dreijährige Ausbildung zur Polizistin absolviert. Nachdem sie die Prüfung mit Auszeichnung bestanden hatte, konnte sie zwischen drei freien Stellen wählen. Ohne zu zögern hatte sie sich für Sainte-Mère-Église auf der Halbinsel Cotentin entschieden. Sie wollte einige Jahre praktische Berufserfahrung sammeln und danach die gehobene Laufbahn im Polizeidienst anstreben.

Ihre erste Stelle hatte sie vor sechs Wochen angetreten, und inzwischen hatte sie sich schon ein wenig eingelebt. Die Arbeit machte ihr Spaß, der Kollege war nett, und ihr Chef war ein warmherziger Mensch. Schritt für Schritt arbeitete er sie geduldig ein und erklärte ihr alles, was sie wissen musste, und darüber hinaus noch viel mehr. Sie hatte eine schöne Altbauwohnung in Sainte-Marie-Du-Mont gefunden und richtete sie nach ihrem Geschmack ein. In der kleinen Marina des Ortes lag ihr Meerkajak. Sie hatte es sich kurz nach ihrer Ankunft gekauft und eine Leidenschaft für diesen Sport entwickelt. In ihrer Freizeit liebte sie es, lange Touren entlang der Küste zu unternehmen. Auf das Meer hinaus traute sie sich noch nicht, denn es war hier wild und unberechenbar.

Nachdem sie ihre Uniform angezogen und gefrühstückt hatte, machte sie sich mit ihrem Fahrrad auf den Weg. Sie hatte es von ihren netten Vermietern geschenkt bekommen und fuhr bei jedem Wetter zu ihrer Einsatzstelle. Sie fand es herrlich, durch diese schöne ruhige Landschaft mit ihren Marschen, Flüsschen und Rübenäckern zu fahren. Unterwegs kaufte sie bei ihrem Lieblingsbäcker Croissants, wie sie es ihrem Chef versprochen hatte. In der Wache würde sie Kaffee kochen und für die Besprechung mit dem Kommissar alles vorbereiten.

Lagarde hatte gefrühstückt und sich anschließend auf den Weg gemacht. Vor seiner Gartenpforte hatte er den Polizisten Henri Servat getroffen. Er hatte ihm den Beweismittelbeutel mit der Tube übergeben und sich für seine schnelle Hilfe bedankt.

Kurz vor neun Uhr erreichte er Sainte-Mère-Église. Die Gendarmerie befand sich in der Nähe der Kirche in einer ruhigen Nebenstraße, wo er auch einen Parkplatz fand. Einen Moment blieb er stehen und sah sich um. Die Polizeiwache wurde von einem Spieluhrenladen und einem Café flankiert, das sich *Café Henri Matisse* nannte. Auf dem Gehweg standen zwei Bistrotische. Im Schatten saß eine alte Dame mit silbernen Löckchen in einem Rollstuhl, die von einem jüngeren Mann begleitet wurde, der seinen Strohhut tief ins Gesicht gezogen hatte. Am anderen Tisch saß ein älterer Herr mit einer Schiebermütze und las Zeitung. Unter seinem Stuhl döste ein weißer Spitz. Lagarde grüßte höflich, als er vorbeiging.

Die Gendarmerie war in einem schönen normannischen Fachwerkhaus untergebracht, das Erdgeschoss bestand aus braunem Granitgestein, der Aufbau war weiß verputzt und das kunstvoll gestaltete Fachwerk ochsenblutrot. Das Schieferdach glänzte im Sonnenlicht wie flüssiges Blei. Dahinter erhoben sich zwei Türmchen. Lagarde trat durch die schwere Eichentür und gelangte in ein Foyer. Der Empfangstresen war verwaist, das Telefon klingelte pausenlos. Eine Tür wurde geöffnet, und Ruet kam heraus. Er trug seine Uniformhose, die Hemdsärmel waren hochgekrempelt, die Krawatte saß locker. Seine grauen Haare, die er aus der hohen Stirn gekämmt hatte, wirkten etwas zerzaust. Auf der Nasenspitze saß eine schmal geränderte Brille. Er machte einen gehetzten Eindruck.

Als er den Kommissar bemerkte, erschien ein Lächeln auf seinem Gesicht, und er begrüßte ihn mit Handschlag. »Bonjour, Monsieur le Commissaire.« Er zeigte auf die offen stehende Tür. »Gehen Sie doch bitte schon vor, ich muss noch schnell das Telefonat annehmen.«

Lagarde betrat ein Büro, das mit einem einfachen Schreibtisch, auf dem sich Akten stapelten, einer Sitzgruppe und einem Rollschrank ausgestattet war. Durch die beiden Sprossenfenster drangen Sonnenstrahlen. Annie Lucas, die am Besprechungstisch saß, stand auf und begrüßte den Kommissar mit einem nervösen Lächeln.

»Nehmen Sie doch bitte Platz. Ich habe Kaffee gekocht und Croissants vom Bäcker geholt. Darf ich Ihnen eine Tasse einschenken?«

Lagarde setzte sich. »Das ist sehr nett, gerne.«

Ruet kam zurück und ließ sich seufzend auf einen Stuhl fallen. »Das Telefonat eben … Zwei Angler sind am Kanal von Ravenoville in Streit geraten und prügeln sich. Der Anrufer, ein gemeinsamer Freund von ihnen, hat mich gebeten zu kommen und den Streit zu schlichten. Ich habe ihm geantwortet, dass sie ihren Zwist selbst regeln sollen. Ich kann schließlich nicht an zwei Orten gleichzeitig sein.« Mit einem Taschentuch wischte er sich den Schweiß von der Stirn.

»Wie ist denn Ihre momentane Personalsituation?«, erkundigte Lagarde sich.

Ruet nahm einen Schluck Kaffee, den Lucas ihm eingeschenkt hatte. »Normalerweise sind wir zu dritt. Aber unser Kollege Delaporte hat ein paar Tage Urlaub genommen, um seine Tochter in Montpellier zu besuchen. Annie und ich kommen gut zurecht.« Er lächelte sie stolz an. »Sie ist eine sehr gute Gendarmin, obwohl sie erst vor einigen Wochen ihre erste Stelle bei uns angetreten hat.«

Eine leichte Röte überzog Lucas' Wangen. Es war offensichtlich, dass sie sich sehr über das Lob freute. Ruet fuhr fort.

»Aber jetzt dieser entsetzliche Doppelmord auf der Insel … Ich möchte Ihnen gerne unsere Unterstützung anbieten, aber wir sind nur zu zweit und müssen unsere Aufgaben erfüllen. Meistens handelt es sich um Verkehrsdelikte, häusliche Konflikte, Diebstähle und Auseinandersetzungen, nichts Aufsehenerregendes, aber jemand muss sich darum kümmern. Wie sieht es bei Ihnen aus?«

»Auch nicht so gut. Der zuständige Kommissar ist in Elternzeit, und eine Gendarmin aus Barfleur, die ich gerne zur Unterstützung dabeigehabt hätte, steht derzeit nicht zur Verfügung.«

Als Annie Lucas das Wort Gendarmin hörte, starrte sie ihn nachdenklich an. Während Ruet über das Personalproblem nachdachte, wurde die Tür aufgerissen, und ein Mann stürmte in das Büro. »Du musst endlich kommen, Arsène, die zwei schlagen sich noch tot.«

»Ich kann jetzt nicht, Maurice, du siehst doch, dass ich eine Besprechung habe. Sag den beiden, sie sollen sich sofort beruhigen, sonst sperre ich sie ein.«

»Okay, okay, aber ich hoffe, du kommst bald.«

Die Tür flog wieder zu. Ruet schüttelte verärgert den Kopf. »Wie im Kindergarten, diese Rabauken können nichts alleine regeln.« Er griff zerstreut nach einem Croissant und legte es auf seinen Teller. »Wir finden eine Lösung.«

Annie konnte sich nicht mehr beherrschen und platzte mit einer spontanen Idee heraus. »Ich könnte dem Commissaire doch helfen.« Sie setzte sich aufrecht hin und rückte entschlossen ihre Krawatte zurecht. »Das traue ich mir zu, und ich finde diese Herausforderung spannend.«

Ihr Chef sah sie verblüfft an. »Annie, du bist eine tüchtige, engagierte Polizistin, für die ich meine Hand ins Feuer lege, das ist schon richtig. Aber du bist Anfängerin, und ein Mordfall ist eine große Sache, das kann man nicht mit den Delikten vergleichen, mit denen wir es normalerweise zu tun haben.«

Lagarde beschloss einzugreifen. »Ich finde die Idee gut, wenn Sie Annie Lucas für ein bis zwei Wochen entbehren könnten. Ich brauche jemanden, der Gesprächsnotizen macht, Protokolle schreibt und bei Befragungen als Zeuge dabei ist. Manche Menschen fassen zu einer Frau eher Vertrauen als zu einem Mann. Gendarmin Lucas macht auf mich einen sehr kompetenten Eindruck. Warum nicht? Wir kommen schon zurecht.«

Annie schenkte ihm ein strahlendes Lächeln. Ruet blieb skeptisch. »Ich schaffe die Arbeit hier auch alleine, dann mache ich eben Überstunden, darum geht es nicht. Aber ich möchte nicht, dass Annie sich zu viel zumutet. Sie ist doch noch ein Küken, und Mordermittlungen sind gefährlich. Wenn ihr etwas zustieße, würde ich mir das nie verzeihen.«

»Ich werde auf sie aufpassen und sie keiner Gefahr aussetzen«, versprach Lagarde.

Lucas sah ihren Chef eindringlich an. »Bitte, Arsène, mir passiert schon nichts.«

Schließlich gab er nach. »Also gut. Dann stelle ich dich ab sofort frei, und du unterstützt den Commissaire bei seinen Ermittlungen.«

»Danke.« Aufregung und Freude waren ihr ins Gesicht geschrieben.

Ruet überlegte und sagte an Annie gewandt: »Ihr könnt das Büro von dir und Delaporte als Einsatzzentrale nehmen, dort habt ihr alles, was ihr braucht. Wenn mein Dienst es erlaubt, kann ich auch helfen.«

»Das ist sehr großzügig, Ruet«, erwiderte Lagarde. »Ich nehme Ihre Hilfe gerne an.«

Der Gendarm rieb sich zufrieden die Hände. »Dann wäre das geklärt. Wenn Sie nichts dagegen haben, fahre ich jetzt nach Ravenoville und kümmere mich um die Angler.«

Kurz darauf war Ruet aus der Tür.

Annie sah Lagarde erwartungsvoll an. »Wie gehen wir vor?«

»Der Obduktionsbericht liegt bereits vor. Wir machen eine Kopie für Sie, dann sind Sie auf dem aktuellen Stand.«

Sie nickte eifrig.

»Den Bericht der Spurensicherung und des Labors werden wir frühestens morgen erhalten. Die Ergebnisse werden uns bestimmt weiterhelfen. Wenn wir all diese Informationen haben, können wir den Tathergang rekonstruieren, das ist wichtig, weil es viel über den Täter aussagt.«

»Da gab es doch diese schrecklichen roten Kreise an der Innenwand der Blockhütte, und an den Leichen waren Schnitte.«

»Ja, damit befassen wir uns, wenn die Ergebnisse vorliegen. Die Zeugin Simone Groult hat auf der Île de Terre einen Mann beobachtet, der die Toten in der Hütte entdeckt und daraufhin furchtbar geschrien hat. Dann war er plötzlich verschwunden.«

»Ich habe ihre Aussage aufgenommen«, bestätigte Lucas.

»Wir müssen den Mann finden, wir brauchen unbedingt eine Aussage von ihm.«

»Denken Sie, er ist der Mörder?«

»Das ist im Moment reine Spekulation, aber er hat sich verdächtig verhalten und den Tatort fluchtartig verlassen.«

»Wenn er der Mörder ist, warum hat er dann so geschrien?«

»Das müssen wir herausfinden. Sie hatten auf der Insel die Vermutung, dass der Mann Mitglied im Vogelschutzverein sein könnte, weil Simone Groult ihn schon vorher auf der Insel gesehen hatte.«

»Ja.«

»An dem Punkt setzen wir an. Wir brauchen den Vorsitzenden des Vereins, damit er uns über die Mitglieder Auskunft gibt.«

»Der Vorsitzende ist Edmond-Marie«, wusste Annie. »Ein sehr netter älterer Herr. Am Anfang habe ich mich hier gelegentlich einsam gefühlt. In meinen Pausen bin ich dann manchmal in das Café *Henri Matisse* gegangen. Dort habe ich Edmond-Marie kennengelernt. Er ist Rentner und frühstückt dort fast jeden Tag, seit er seine Frau verloren hat. Er hat erzählt, dass er früher Fischer war und sich jetzt dem Schutz der Vögel widmet.« Sie lächelte. »Er hat mir Mut gemacht, das hat mir sehr geholfen.«

»Ein älterer Herr mit Schiebermütze und weißem Spitz?«

Sie sah ihn verwundert an. »Woher wissen Sie das?«

»Er saß vorhin im *Café Matisse* und hat Zeitung gelesen. Schauen wir doch, ob er noch da ist, und reden mit ihm.«

Edmond-Marie Frémaux hatte sich soeben entschlossen, ein zweites Stück von diesem köstlichen Zitronenkuchen zu bestellen, als sein Hund aufsprang und anfing zu kläffen. Frémaux sah auf. Vor ihm standen die Gendarmin Lucas und ein Mann in Zivil, den er nicht kannte.

Annie wartete, bis er seinen Spitz zurückgepfiffen und ihn beruhigt hatte, dann stellte sie Lagarde vor und fragte, ob sie sich dazusetzen dürften. Frémaux machte eine einladende Handbewegung zu den freien Stühlen.

Der Kommissar schätzte den Mann auf etwa Mitte siebzig. Aus seinem wettergegerbten Gesicht schauten ihn freundliche wasserblaue Augen an. Der Fischer winkte nach dem Kellner und bestellte Mokka und Wasser für seine Gäste. Er musterte Lagarde aufmerksam.

»Sie sind wegen des Verbrechens hier, nicht wahr?«

»Das ist richtig. Ich bin der leitende Ermittler, und Mademoiselle Lucas unterstützt mich.«

»Eine grauenhafte Sache, es steht ja in allen Zeitungen. Ich habe Alice Ferrand als unsere Bürgermeisterin sehr geschätzt, so wie viele andere Ortsbewohner auch. Es ist so tragisch, dass sie auf diese Weise aus unserer Mitte gerissen wurde. Ich vermag mir gar nicht vorzustellen, was dieser Schicksalsschlag für ihre Angehörigen bedeutet.«

»Ja, ein Mord wie dieser hat immer gravierende Folgen. Kannten Sie auch das zweite Opfer, Pierre Basson?«

»Nein, aber ein Rathausmitarbeiter hat erzählt, dass er dort hin und wieder als freiberuflicher Systemadministrator gearbeitet hat.«

»Wir sind gekommen, weil wir Sie um Ihre Hilfe bitten möchten. Sie sind der Vorsitzende des Vogelschutzvereins, hat Mademoiselle Lucas berichtet.«

»Das stimmt, schon seit vierzehn Jahren, selbstverständlich ehrenamtlich. Die Marcouf-Inseln gehören dem französischen Staat, und er hat die Île de Terre als Vogelschutzgebiet ausgewiesen. Unseren Mitgliedern und mir liegt der Schutz der Vögel sehr am Herzen. Wir zählen sie und dokumentieren den Bestand. Die Île de Terre ist heute Brut- und Rastplatz für über hundert Vogelarten, darunter Silber- und Graureiher, Kormorane, Möwen, Störche und Graugänse, um nur einige zu nennen. Beeindruckend ist nicht nur die Vielzahl der Arten, sondern auch die Menge der Vögel. Es sind im Frühjahr und im Herbst oftmals Tausende. Ich liebe es, sie zu beobachten.«

Lagarde nickte, das konnte er sich gut vorstellen.

Der ältere Herr fuhr fort. »Wie kann ich Ihnen behilflich sein?«

»Eine Zeugin hat auf der Insel einen Mann gesehen, mit dem wir sprechen wollen, da er etwas Wichtiges gesehen haben könnte. Sie hat erzählt, dass sie ihn vorher schon zwei- oder dreimal dort gesehen hat. Er ist angeblich groß, hat lange helle Haare, einen langen Bart und ist mittleren Alters. Er war mit einem Arbeitsoverall bekleidet, bei den vorherigen Begegnungen trug er einen Schutzhelm.«

Edmond-Marie sah ihn ratlos an. »Diese Beschreibung sagt mir momentan gar nichts. Aber ich führe genau Buch und habe von allen Mitgliedern ein Anmeldeformular mit den wichtigsten Daten und einem Passbild. Diesen Ordner kann ich Ihnen zeigen, vielleicht finden wir diese Person.«

»Das ist eine sehr gute Idee, den Ordner möchte ich gerne einsehen.«

Der Fischer lächelte. »Ich nehme an, sofort?«

»Wenn es möglich ist.«

»Selbstverständlich. Unser Verein hat im alten Rathaus von Sainte-Mère-Église zwei Räume zur Verfügung gestellt bekommen, ein Büro und einen kleinen Versammlungsraum. Dort befinden sich die Unterlagen. Es sind nur ein paar Hundert Meter.«

»Das wäre großartig.«

Edmond-Marie bezahlte, dann folgten sie einer schmalen Gasse, die von Wohnhäusern und Geschäften gesäumt war. Vor den Fassaden wuchsen blühende Pflanzen und Stechpalmen in Tontöpfen. Der Spitz schnupperte an jeder Ecke. Am Ende der Straße gab es einen kleinen Wochenmarkt, gegenüber lag das alte Rathaus, das *Hôtel de Ville*. Es handelte sich dabei um einen cremefarbenen, klassizistischen Bau mit einem Schieferdach, der einen vernachlässigten Eindruck machte. Die Vorderfront wurde durch einen gewaltigen steinernen Torbogen geteilt, in dem eine Marmortreppe zum Eingang führte. Über dem Bogen befand sich eine Inschrift, die auf das Baujahr des Hauses verwies, darüber, als Krönung, ein Ornament, das fast bis zum Giebel reichte.

»Alle Rathausmitarbeiter sowie der Bürgermeister sind vor etwa zwanzig Jahren in das neue Rathaus gezogen«, erklärte Frémaux. »Das alte Gebäude war marode, die Kosten für Instandhaltungsarbeiten und die Beheizung sind explodiert. Außerdem war es nicht barrierefrei. Danach wurde es notdürftig renoviert und

Vereinen zur Verfügung gestellt. Die Gemeindebücherei befindet sich auch darin sowie ein Kulturkreis und ein Jugendbüro. Kommen Sie, wir müssen in den zweiten Stock.«

Als sie ihm über die ausgetretene Holztreppe folgten, bemerkte Lagarde, wie schwer es dem Mann fiel, die Stufen zu erklimmen. Oben angelangt, sperrte er eine Tür auf und führte sie in einen kleinen Raum, der spartanisch eingerichtet war. Es gab Holzregale, auf denen sich Ordner reihten, einen Schreibtisch, daneben eine vertrocknete Topfpflanze und einen kleinen Tisch, um den sich vier Stühle gruppierten. Es roch muffig, durch das Bullaugenfenster drang wenig Licht. Staubpartikel schwebten durch den Raum.

Edmond-Marie bat sie, Platz zu nehmen, schaltete die Deckenbeleuchtung an und zog einen Ordner aus dem Regal. Er setzte sich zu ihnen an den Tisch und schlug den Ordner auf. Langsam blätterte er Blatt für Blatt um. »Wir haben aktuell einundvierzig Mitglieder«, erklärte er. »Sie scheiden in der Regel nur aus, wenn sie wegziehen oder versterben.« Lagarde und Annie besahen sich die Fotos und überflogen die Daten zu den Personen. Es waren ungefähr so viele Frauen wie Männer, alle Altersgruppen waren vertreten, doch die älteren Mitglieder überwogen. Simone Groult war auch dabei. Dann entdeckte Lagarde eine jüngere Ausgabe der Frau mit den silbernen Löckchen.

»Das ist doch die Dame, die vorhin im Café saß, richtig?«

Frémaux lächelte versonnen. »Ja, Sie haben recht, das ist Coralie Godard. Ich war einmal in sie verliebt, *mon Dieu*, ist das lange her. Sie ist Ehrenmitglied in unserem Verein. Vor etlichen Jahren ist sie leider an Altersdiabetes erkrankt. Schließlich musste sogar ein Fuß amputiert werden. Sie lebte alleine in ihrem Haus. Unsere Bürgermeisterin hat sich um sie gekümmert. Sie wollte einen Pflegedienst engagieren, um Coralie eine Heimunterbringung zu ersparen. Dann tauchte auf einmal ihr Sohn Antoine auf und zog bei ihr ein. Seitdem sorgt er liebevoll für sie.« Erschrocken hielt er inne. »Entschuldigung, jetzt habe ich mich in der Vergangenheit verloren, dabei haben Sie doch ein Verbrechen aufzuklären. Schauen wir die Akte weiter durch.«

Auf niemanden traf die Personenbeschreibung von Madame Groult auch nur annähernd zu, bis sie zum vorletzten Blatt kamen. Das Lichtbild zeigte einen Mann, der den Angaben zufolge siebenunddreißig Jahre alt war. Er hatte schulterlange rotblonde Haare und einen Bart. Sein Name war Marcel Lenoir. Annie tippte aufgeregt auf das Foto.

»Das könnte er sein.« Frémaux schüttelte bedauernd den Kopf. »Das ist unmöglich. Marcel hatte vor zwei Wochen einen Blinddarmdurchbruch und liegt im Krankenhaus von Cherbourg.«

Lagarde überlegte. »Gibt es noch einen Ordner mit ausgeschiedenen Mitgliedern?«

»In der Tat, ich habe alle Mitgliederbewegungen sorgfältig dokumentiert. Warten Sie, ich hole ihn.« Er brachte eine weitere Mappe und legte sie auf den Tisch. Auch darin wurden sie nicht fündig.

»Gibt es auch Leute, die sich ohne Mitgliedschaft auf der Insel aufhalten?«, wollte Lagarde wissen.

»Oh ja, manchmal sind Biologiestudenten dort, die die Vögel beobachten und erforschen. Sie bleiben einige Zeit, dann reisen sie wieder ab. Es reicht, dass sie sich bei uns melden, damit wir Bescheid wissen. Dann gibt es Vogelliebhaber, die einfach dort hinfahren, obwohl das Betreten verboten ist. Wir haben kaum Möglichkeiten, dagegen vorzugehen, weil uns die Mittel dazu fehlen. Auch Touristen halten sich nicht immer an die Vorschriften.« Er bemerkte die Enttäuschung auf Annies Gesicht. »Es tut mir leid, dass ich Ihnen nicht helfen konnte.«

»Da kann man nichts machen«, meinte Lagarde. »Wir finden den Mann schon noch. Vielen Dank für Ihre Hilfe.«

»Gerne. Wenn ich noch irgendwie helfen kann, sagen Sie mir einfach Bescheid.«

»Das machen wir.«

»Ich habe hier noch etwas zu erledigen und hoffe, dass Sie alleine hinausfinden. Die Treppe, wissen Sie ...«

»Aber natürlich, au revoir, Monsieur Frémaux.«

»Au revoir.«

Der Mann blickte ihnen nach. Wie gerne hätte er der Polizei geholfen ...

Als Lagarde und Annie wieder auf der Straße standen, machte sie ein ratloses Gesicht. »Wie können wir diesen Mann nur finden?«

»Wir fahren zu Simone Groult und reden noch einmal mit ihr. Vielleicht fällt ihr doch noch etwas ein, ein winziges Detail, das uns hilft, ihn zu finden. Mein Auto steht vor der Gendarmerie.«

Im Fischerhäuschen stand Simone auf einer Leiter und klebte Abdeckband an den Rand der Zimmerdecke. Sie wollte die Küche neu streichen, und ihre Tante hatte sich für den Farbton sonnengelb entschieden. Eugénie saß am Küchentisch, sah ihr zu und trank einen Schluck Mokka. »Vorhin war Benoît am Telefon und wollte dich sprechen. Ich habe gesagt, du seist nicht hier, wie du es verlangt hast.«

Simone unterbrach ihre Arbeit und sah sie überrascht an. »Ich habe es nicht verlangt, ich habe dich darum gebeten.«

»Er klang irgendwie seltsam, als ob ihn etwas bedrückt. Vielleicht solltest du doch einmal mit ihm reden.«

»Nein, das kommt nicht in Frage.«

»In Ordnung, es ist schließlich dein Leben. Es war

nur so eine Idee.« Sie beschloss das Thema zu wechseln. »Zum Mittagessen könnte ich Omeletts mit frischen Pfifferlingen zubereiten und einen Salat aus dem Garten dazu machen. Ich decke den Tisch auf der Veranda, das Wetter ist herrlich heute.«

»Du verwöhnst mich, ich liebe Omeletts in jeder Variation. Was hältst du davon, wenn wir heute Nachmittag eine kleine Spritztour machen? Wir könnten nach Lessay fahren und die Abteikirche besichtigen. Sie soll sehr schön sein.« Simone hatte sich einen Reiseführer über das Cotentin besorgt und schon viele interessante Ziele entdeckt. »Am Nachmittag findet dort ein Antiquitätenmarkt statt. Wir stöbern ein bisschen und gehen dann gemütlich Kaffee trinken und Kuchen essen.«

Ihre Tante freute sich sehr über diesen Vorschlag. Seit ihre Nichte bei ihr wohnte, war ihr Leben viel abwechslungsreicher geworden. Sie würde schon einmal den Tisch decken und im Garten Blumen für einen Strauß pflücken. Mühsam erhob sie sich.

Als sie gerade auf der Terrasse die orangen und gelben Spitzdahlien in einer Vase arrangierte, hörte sie, wie sich ein Wagen näherte und kurz darauf das Motorengeräusch verstummte. Auf dem schmalen Weg zwischen den Häusern erklangen Schritte, und schon kamen eine Gendarmin und ein Mann im Anzug um die Ecke und grüßten höflich.

Lagarde stellte sie vor und zeigte seinen Ausweis.

»Wir möchten mit Madame Simone Groult sprechen. Ist sie da?«

»Ja, ich hole sie.« Sie deutete auf die Sitzgruppe. »Nehmen Sie doch bitte Platz.«

Eine Minute später kam sie mit ihrer Nichte zurück, die die Polizisten sofort wiedererkannte und überrascht wirkte. »Bonjour! Wir haben uns auf der Vogelschutzinsel kennengelernt, nachdem dieses entsetzliche Verbrechen geschehen ist. Was kann ich für Sie tun?«

»Wir möchten gerne noch einmal in Ruhe mit Ihnen sprechen«, erklärte Lagarde.

»Aber natürlich.« Sie setzte sich zu den Polizisten an den Tisch.

»Ich hole Zitronenlimonade und Kekse für unsere Gäste«, verkündete Eugénie und verschwand im Haus. Als sie kurze Zeit später mit einem Tablett zurückkam, blickte sie unschlüssig in die Runde.

»Darf sich meine Tante dazusetzen?«, fragte Simone.

»Ich habe nichts dagegen«, erwiderte der Kommissar. »Wie geht es Ihnen, Madame Groult?«

»Nicht so gut. Ich habe heute Nacht kaum geschlafen. Wenn ich eingenickt bin, hatte ich Alpträume. Was gestern auf der Île de Terre geschehen ist, geht mir nicht mehr aus dem Kopf, die Bilder verfolgen mich.«

Der Kommissar nickte. »Das kann ich gut verstehen, aber wir müssen trotzdem einige Fragen stellen.«

»Selbstverständlich.«

»Ist Ihnen noch etwas eingefallen? Zum Beispiel etwas, dem Sie zunächst keine Bedeutung beigemessen haben, oder eine Beobachtung, die Ihnen erst später wieder in den Sinn gekommen ist? Ein Hinweis, der uns weiterhelfen könnte, irgendetwas, das Sie gesehen oder gehört haben vielleicht?«

Simone dachte nach und schüttelte dann den Kopf. »Leider nein, Monsieur le Commissaire, ich war völlig verstört.«

»Wir suchen nach dem Mann, den Sie gesehen haben. Können Sie ihn genauer beschreiben?« Er zählte die Merkmale auf, die sie bereits gestern auf der Insel Annie gegenüber genannt hatte. »Vielleicht noch eine Beobachtung darüber hinaus? Es ist ganz wichtig, dass wir mit ihm sprechen.«

»Wissen Sie, es ging alles so schnell. Plötzlich stand er hinter mir, dann rannte er in die Hütte und schrie, und auf einmal war er verschwunden.« Traurig sah sie auf das kleine Eiland, das sich dunkel gegen den lichtblauen Himmel abhob. »Ich weiß nicht, ob ich da jemals wieder hinfahren kann.«

Eugénie machte einen abwesenden Eindruck. Sie schien über etwas nachzudenken, dann wandte sie sich eifrig an den Kommissar. »Meine Nichte und ich haben überhaupt nicht darüber gesprochen, wie der Mann ausgesehen hat. Sie war völlig schockiert, und ich habe versucht, sie zu trösten. Ich glaube aber, ich kenne den Mann. Der Beschreibung nach ist es Gavin, da bin ich mir ziemlich sicher.«

Ihre Nichte sah sie erstaunt an. »Du kennst den Mann?«

»Ja.«

»Wer ist Gavin?«, fragte Lagarde.

»Gavin Cordelier, ein seltsamer Kauz. Er ist der Sohn von Alphonse Cordelier, einem der größten Landwirte hier in der Gegend. Er hat als Kind ein Trauma erlitten. Als er fünf Jahre alt war, wurde seine Mutter Gabrielle vor seinen Augen von einem Kleinlaster überfahren und starb noch an der Unfallstelle. Der Fahrer beging Fahrerflucht und wurde nie gefunden. Gavin ist über diese Tragödie nie hinweggekommen. Seit diesem Tag spricht er nur noch das Nötigste und ist ein Einzelgänger geworden. Ich glaube, dass er ein intelligenter junger Mann ist, freundlich und hilfsbereit. Als mein Gartenzaun nach einem Unwetter beschädigt war, hat er ihn für mich repariert und sich geweigert, Geld dafür zu nehmen. Also habe ich ihn als Gegenleistung zum Mittagessen eingeladen. Dabei hat er Vertrauen zu mir gefasst und ein wenig über sein Leben erzählt. Er hilft seinem Vater in der Landwirtschaft, geht angeln, fischen und beobachtet gerne Vögel. Manchmal hilft er auch dem Friedhofsgärtner. Hin und wieder schlägt er etwas über die Stränge, hat zum Beispiel einmal die Wolle der Nachbarsschafe rosa und grün angesprüht.«

»Wo wohnt dieser Gavin Cordelier?«

»Auf einem Gehöft außerhalb von Foucarville, ungefähr dreieinhalb Kilometer südlich von hier, immer der Küstenstraße folgen. Sie können es nicht verfehlen. Auf dem Dach der Scheune steht ein großer blauer Wetterhahn.«

»Danke, Madame Eugénie, auch für die erfrischende Limonade. Wir werden das überprüfen.«

Das Gehöft von Alphonse Cordelier war ein mittelalterlicher Bauernhof mit einer ehemaligen Befestigungsanlage und wurde von einem Wassergraben umgrenzt. Ein Kanal, über den eine Brücke führte, trennte das Wohnhaus von den Ställen, der Werkstatt und dem Gesindehaus. Auf dem Scheunendach drehte sich der Wetterhahn. Das Wohngebäude bestand aus einem quadratischen Turm und zwei Flügeln aus Granitstein. Pappeln reihten sich auf der nördlichen Seite des Grundstücks, dahinter breiteten sich Gemüseäcker aus. Zum Eingang des Bauernhofes führte eine schmale asphaltierte Straße.

Lagarde parkte vor einer Brücke, die über einen Graben zum Wohngebäude führte. Sie stiegen aus und sahen sich um. Im Hof standen zwei neuwertige Traktoren vor der Scheune, ein Mähdrescher und ein Pferdefuhrwerk. Autos waren keine zu sehen. Außer dem Gezwitscher der Vögel war es still, das Anwesen wirkte verlassen.

Die Polizisten gingen über die ehemalige Zugbrücke zur Eingangstür, und Lagarde drückte auf den Klingelknopf. Als sich nichts rührte, klingelte er erneut. Offenbar war niemand zu Hause.

»Schauen wir uns in den Wirtschaftsgebäuden um«, schlug er vor. »Vielleicht ist dort jemand.«

Annie nickte.

Während sie gemeinsam den Hof überquerten, folgte ihnen ein Augenpaar, das sie nicht bemerkten.

Lagarde öffnete eine Tür, durch die sie in den Kuhstall gelangten. Auf beiden Seiten des Ganges standen etwa zwanzig Kühe. Ihre Boxen waren sauber, und frisches Stroh lag vor ihnen. Einige käuten wieder, andere glotzten die Eindringlinge an. Lagarde und Annie liefen über den Gang und gelangten durch eine niedrige Holztür in eine Scheune, in der Strohballen gestapelt waren.

»Bonjour!«, rief Lagarde. »Polizei! Ist hier jemand?«

Plötzlich kam von oben ein knackendes Geräusch, und er hob seinen Blick. Über der Luke zur Tenne stand ein blonder bärtiger Mann, der sie böse anstarrte und eine Schrotflinte auf sie richtete.

»Verschwindet von meinem Hof!«, schrie er.

Lagarde packte Annie am Arm und zog sie blitzschnell mit sich hinter eine Trennwand in Deckung.

»Bewegen Sie sich nicht vom Fleck«, wies er sie flüsternd an. Er zog seine Waffe, entsicherte sie und spähte um die Ecke. »Gendarmerie!«, rief er. »Nicht schießen! Werfen Sie die Waffe auf den Boden der Scheune und nehmen Sie die Arme hoch.«

Stattdessen hob der Mann jedoch den Lauf der Flinte und feuerte in Richtung des Daches. Der Knall war ohrenbetäubend. Annie fuhr zusammen und kauerte sich hinter einen Reifenstapel. Der Mann ließ die Waffe fallen, drehte sich um und verschwand aus Lagardes Blickfeld.

Der Kommissar hastete die Leiter hinauf und rief: »Sofort stehen bleiben, bleiben Sie stehen!« Als er die Tenne erreicht hatte, sah er gerade noch, wie der Mann aus einem Dachfenster sprang. Er rannte darauf zu und schaute nach unten. Der Flüchtende landete auf Strohballen, rappelte sich schnell wieder auf und sprintete über einen Feldweg auf einen großen Bewässerungskanal zu, wo an einem Anleger ein Sportboot lag.

Lagarde sprang ihm hinterher, rollte sich ab und nahm die Verfolgung auf. Der Mann war schnell, doch Lagarde holte Meter für Meter auf. Als der Abstand zwischen ihnen gering genug war, sprang er ihn an und warf ihn um. Unsanft drehte er ihm den rechten Arm mit einem Polizeigriff auf den Rücken. Der Mann heulte auf wie ein wildes Tier.

Lagarde zog ihn auf die Beine, packte seinen Arm und führte ihn zum Hof zurück. Dort setzte er ihn auf eine Bank.

»Sie brauchen keinen weiteren Fluchtversuch zu

unternehmen, es wäre sinnlos.« Annie stand im Rahmen der Stalltür und sah ihn verunsichert an.

»Kommen Sie, Lucas«, rief er ihr zu. »Wir reden
jetzt mit dem Mann.«

Zögernd kam sie näher.

»Er kann Ihnen nichts tun, keine Angst. Ist alles in
Ordnung mit Ihnen?«

Sie nickte. Ihr Gesicht war noch immer blass von
dem Schreck. Die beiden setzten sich auf die Sitzbank gegenüber des Mannes. Der starrte sie hasserfüllt
an.

Annie holte Notizbuch und Stift aus der Jackentasche und hoffte, dass der Kommissar nicht bemerkte,
dass ihre Hände immer noch zitterten.

Lagarde zeigte ihm den Dienstausweis und fragte:
»Wie heißen Sie?«

Er bekam keine Antwort.

»Wenn Sie nicht mit mir reden, nehme ich Sie mit,
dann bleiben Sie in einer Zelle, bis Sie Ihre Meinung
ändern. Schließlich haben Sie meine Kollegin und
mich mit einer Waffe bedroht.«

»Ich will in keine Zelle, und auf die Entfernung
hätten Ihnen die Schrotkugeln nichts anhaben können. Ich wollte Sie nur erschrecken, der Hof ist Privatgrundstück.«

»Meine Kollegin trägt Uniform. Es ist doch offensichtlich, dass sie Gendarmin ist.«

»Trotzdem können Sie nicht einfach hier eindringen. Wenn mein Vater nicht zu Hause ist, bin ich für das Gehöft verantwortlich.«

Lagarde musterte ihn. Er war um die dreißig Jahre alt, mindestens eins neunzig groß, hatte wellige, hellblonde Haare, die ihm bis zu den Schultern reichten, einen hellen Bart und wache Augen. »Sie sind Gavin Cordelier, nicht wahr?«

Der Mann schwieg.

»Wenn Sie nicht in eine Zelle wollen, dann sollten Sie in Ihrem eigenen Interesse mit uns sprechen. Ansonsten fahren wir jetzt zur Polizeidienststelle.«

»Also gut, ich bin Gavin Cordelier. Was wollen Sie von mir?«

»Wir ermitteln im Fall des Doppelmordes auf der Île de Terre. Eine Zeugin hat Sie gestern dort gesehen. Sie haben die Opfer gefunden, ist das richtig?«

Er nickte. »Ja.«

»Was haben Sie dort gemacht?«

»Ich bin öfter dort, um Vögel zu beobachten, aber diesmal habe ich Alice gesucht, Alice Ferrand.«

»Sie kennen Alice Ferrand?«

»Ja, natürlich, jeder hier kennt sie.«

»Warum haben Sie sie gesucht?«

»Ich habe mir Sorgen um sie gemacht.«

»Weshalb?«

»Sie ist nicht, wie sonst, zum Rathaus gefahren. Das macht sie jeden Werktag pünktlich um halb acht.«

»Woher wissen Sie das?«

»Ich beobachte sie oft.«

Lagarde war überrascht. »Warum tun Sie das?«

Der junge Mann blinzelte nervös. »Das ist schwer zu erklären.«

»Versuchen Sie es. Bleiben Sie ruhig und lassen Sie sich Zeit, wir hören Ihnen zu.«

Cordelier zögerte, dann begann er stockend zu erzählen.

»Meine Mutter ist vor sechsundzwanzig Jahren bei einem Unfall ums Leben gekommen, damals war ich fünf Jahre alt. An dem Tag hat sie ein blaues Kleid getragen, ein Blau wie von Vergissmeinnicht, das weiß ich noch genau. Sie war wunderschön, und ich habe sie sehr geliebt. Jeden Tag besuche ich ihr Grab und rede mit ihr. Ich erzähle ihr, was ich gemacht habe, frage sie, ob ihr meine Frisur gefällt, wenn ich beim Friseur war, solche alltäglichen Sachen eben. Finden Sie das merkwürdig?«

»Nein, überhaupt nicht.«

»Ich stelle mir auch immer vor, wie sie jetzt aussehen und was sie tun würde.« Er verstummte. Nach einer Weile erzählte er weiter. »Sie hätte mir bestimmt gesagt, dass ich mit Ihnen reden soll. Vor der Bürgermeisterwahl bemerkte ich ein Wahlplakat von Alice Ferrand. Sie sah schön aus, genauso, wie ich mir meine Mutter vorstelle, wenn sie noch leben würde. Deshalb habe ich oft Alice' Nähe gesucht und sie beobachtet, ohne sie zu belästigen. Ich glaube nicht, dass sie es überhaupt bemerkt hat. Ich wollte auf sie aufpassen, verstehen Sie? Ich wollte sie nicht auch noch verlieren.« Seine Augen schwammen in Tränen, er schluckte. »Ich habe versagt, jetzt habe ich auch sie verloren. Ich habe sie geliebt wie eine zweite Mutter.«

Annie starrte ihn verblüfft an.

»Haben Sie Alice Ferrand vor zwei Tagen auch beobachtet?«, fragte Lagarde.

»Ja, sie ist mit ihrem Liebhaber auf die Île de Terre gefahren. Das machten sie alle zwei Wochen.« Eindringlich sah er Lagarde an. »Ich habe sie nicht beobachtet, wenn sie sich liebten. Ich bin kein Spanner. Ich habe ihre Privatsphäre respektiert, aber es war offensichtlich, dass sie ein Liebespaar waren. Wenn sie ihn in der kleinen Bucht bei Quinéville abgeholt hat, haben sie sich zur Begrüßung leidenschaftlich geküsst.«

»Steht dort das Auto des Mannes?«

»Heute Morgen stand es noch dort, ein weißer Citroën.«

»Alice Ferrand war verheiratet.«

»Ja, ich weiß, mit dem Bistrowirt in Sainte-Mère-Église. Ich habe mir immer vorgestellt, dass er Alice langweilt und sie sich deshalb einen Liebhaber gesucht hat. Das kann man doch verstehen, oder nicht?«

»Waren Sie vorgestern auch auf der Insel?«

»Leider nicht. Wäre ich dort gewesen, hätte ich sie beschützen können. Ich habe überhaupt nicht damit gerechnet, dass ihr dort etwas passieren könnte, denn sie war ja nicht allein auf der Insel.«

»Haben Sie ein Alibi für vorgestern Nachmittag?«

»Nein. Erst habe ich am Kanal geangelt, dann bin ich Alice' Boot mit meinem Traktor bis zur Bucht gefolgt, und daraufhin bin ich in den Forst von Fresville und habe nach Wildschweinspuren gesucht. Ich war die ganze Zeit allein.«

»Jagen Sie Wildschweine?«

»Ja, das machen viele Bauern hier. Die Tiere richten immensen Schaden auf den Gemüseäckern an. Aber sie sind sehr schlau, oft entdeckt man auf der Pirsch kein einziges Wildschwein.« Zum ersten Mal lächelte er.

»Ist es nicht verboten, zu dieser Jahreszeit Wildschweine zu jagen?«, erkundigte sich Lagarde.

Der junge Mann zuckte mit den Schultern. »Nein, im August ist es erlaubt, aber wen interessiert das schon?«

Mit betrübtem Blick sah er in die Ferne. »Seit ich zwölf bin, suche ich den Mörder meiner Mutter. Jetzt werde ich auch noch Alice' Mörder suchen. Wenn ich sie finde, werden sie büßen. Ich werde sie umbringen.«

Lagarde verschlug es für einen Moment die Sprache. »Das werden Sie nicht. Es ist Aufgabe der Polizei, den Täter zu finden, der den Doppelmord begangen hat, und ein Gericht wird über seine Strafe entscheiden.«

Gavin gab ihm keine Antwort.

»Können Sie sich vorstellen, was auf der Insel passiert ist?«

»Ich habe wirklich keine Ahnung und auch keinen Verdacht, wer so etwas tun könnte.«

»Haben Sie etwas bemerkt, das uns weiterhelfen könnte?«

»Nein.«

»Haben Sie jemanden gesehen, der als Täter in Frage käme?«

Er schüttelte den Kopf.

»Ich möchte Sie bitten, morgen Vormittag in die Gendarmerie von Sainte-Mère-Église zu kommen. Es wird ein Protokoll erstellt, das Sie unterschreiben müssen, und bringen Sie Ihren gültigen Jagdschein mit.«

»In Ordnung.«

»Und ich muss Sie auffordern, die Gegend nicht zu verlassen. Es kann sein, dass wir noch mehr Fragen an Sie haben.«

»Ich bin immer hier.«

Lagarde und Annie verabschiedeten sich und gingen zum Auto.

»Warum haben Sie ihn nicht verhaftet?«, fragte sie.

»Wir haben keine Beweise gegen ihn.«

»Aber er hat doch auf uns geschossen.«

»Nein, das hat er nicht, er hat in die Luft geschossen.«

»Aber er hat gedroht, zwei Menschen umzubringen, wenn er sie findet.«

»Wegen solcher Drohungen wird niemand festgenommen, Lucas, da müsste man ja halb Frankreich einsperren.«

»Aber er wollte Wildschweine töten.«

»Er hat gesagt, dass er keines erwischt hat.«

»Glauben Sie ihm das?«

»Wir suchen einen Mörder, Lucas, keinen Wilderer.«

Sie schüttelte den Kopf. »Kriminalpolizeiliche Arbeit habe ich mir ganz anders vorgestellt.«

Lagarde lachte. »Wir werden schon noch ein richtig gutes Team, warten Sie es ab.«

»Und was machen wir jetzt?«

»Jetzt gehen wir Mittagessen und besprechen unsere weitere Strategie. Ich möchte Sie gerne einladen, wenn ich darf. Kennen Sie hier in der Nähe ein gutes Restaurant?«

»Am Hafen von Sainte-Marie-Du-Mont habe ich eines gesehen, das mir gut gefallen hat.«

»Dann fahren wir doch dahin. Wir halten vorher aber noch bei der Bucht von Quinéville und sehen nach, ob das Fahrzeug von Pierre Basson tatsächlich dort steht. Es muss zur Untersuchung in die Polizeiwerkstatt von Cherbourg, ebenso wie der Wagen von Alice Ferrand.«

Sie stiegen ein, und Lagarde steuerte das Auto aus dem Hof. Gavin saß noch immer auf der Bank und sah ihnen mit finsterer Miene hinterher.

Auf der Küstenstraße waren es nur einige Kilometer bis Quinéville, südlich davon befand sich eine kleine Bucht, die von Strandkiefern und Felsquadern gesäumt war. Als sie langsam daran vorbeifuhren, entdeckte Annie einen weißen Fleck zwischen den grünen Baumfächern und Sträuchern.

Sie stiegen aus und bahnten sich einen Weg durch das Gestrüpp. Pierre Basson hatte seinen Wagen ein Stück in den Hain gefahren, damit er nicht auffiel. Lagarde war sich sicher, dass es sein Auto war, er erkannte das Kennzeichen wieder, das er in der Blockhütte auf dem Fahrzeugschein gelesen hatte.

Das Restaurant, das Annie empfohlen hatte, lag direkt am Hafen und hieß *Baie Des Veys*. Im Hafenbecken schaukelten Fischerboote, Segler und Motorboote, auch einige Yachten waren darunter. Von der Terrasse aus hatte man einen schönen Blick auf die sanft geschwungene Küste und den Ärmelkanal. Le Havre und das gewaltige Mündungsdelta der Seine konnte man nur in der Ferne erahnen.

Sie fanden einen freien Tisch unter einem Sonnenschirm. Eine Kellnerin brachte die Speisekarten und machte sie auf das Tagesmenü aufmerksam, das mit Kreide auf einer Schiefertafel geschrieben stand: Artischocken nach Art des Hauses, Entrecôte mit Pommes Frites und Salat, Käse, und als Dessert Crêpes, gefüllt mit Heidelbeeren, Mandeleis und Schlagsahne. Sie entschieden sich dafür. Lagarde bestellte für sich ein Glas Rotwein, Annie wollte lieber Mineralwasser.

Während sie ihr verspätetes Mittagessen genossen, kamen sie auf den Fall zu sprechen. Annie zog die Stirn kraus.

»Ich finde, dieser Gavin ist ein sonderbarer junger Mann, sehr verschlossen. Vielleicht ist er so geworden, weil er als Kind seine Mutter verloren hat.«

»Das glaube ich auch.«

»Seine Erklärung, warum er Alice Ferrand beobachtete, hat mich sehr erstaunt.«

»Sie ist in der Tat sehr ungewöhnlich, aber auf seltsame Art auch nachvollziehbar.«

»Was denken Sie – hat er die Wahrheit gesagt, oder könnte er unser Täter sein?«

»Um diese Frage zu beantworten, ist es noch viel zu früh. Wir brauchen mehr Informationen und müssen mit den Menschen sprechen.«

»Ich verstehe, und wie gehen wir jetzt weiter vor?«

»Ich möchte mich heute gerne noch mit François Ferrand unterhalten, anschließend machen wir Feierabend. Es ist wichtig, dass ein Ermittler auch Zeit hat, um die vielen Eindrücke und Aussagen zu verarbeiten und einzuordnen.«

Annie nickte mit ernstem Gesichtsausdruck. »In Ordnung.«

»Ich wünsche mir, dass wir uns mit Vornamen ansprechen. Gendarmin Lucas dauert zu lange, wenn es kritisch wird, so wie vorhin bei unserem Einsatz auf dem Gehöft, und Lucas hört sich barsch an, das gefällt mir nicht. Sind Sie einverstanden?«

»Ja«, sagte sie stolz. »Philippe.«

Die Ermittler trafen François Ferrand in seinem Bistro. Er stand hinter der Theke und zapfte ein Bier für einen Gast. Als er aufblickte, sahen sie an seinem Gesichtsausdruck, dass er sie wiedererkannte. Kurz nickte er ihnen zu.

»Bonjour, ich bin gleich bei Ihnen.« Er stellte das Glas vor einem Mann ab, der am Stammtisch saß, und kam dann zurück.

»Können wir uns hier irgendwo ungestört unterhalten?«, fragte Lagarde.

»Selbstverständlich, dahinten ist ein kleiner Raum. Ich sage nur kurz meiner Bedienung Bescheid, dass sie den Ausschank mit übernehmen soll.« Sie folgten ihm durch einen Flur in ein Zimmer, das offenbar als Büro diente. Es gab einen Schreibtisch und Regale. In einer Sitzecke nahmen sie Platz.

Der Wirt war schwarz gekleidet und sah übernächtigt und blass aus, die Augen waren rot gerändert. Zusammengesunken saß er auf dem Stuhl. Lagarde sah ihn ernst an.

»Ich möchte Ihnen unser aufrichtiges Beileid aussprechen, Monsieur Ferrand.«

»Merci bien.«

»Dürfen wir Ihnen einige Fragen stellen, oder sollen wir lieber ein andermal wiederkommen?«

»Bleiben Sie nur, es wird schon gehen. Sie wundern sich sicher, dass ich mein Bistro nicht geschlossen habe, aber ich dachte, dass mich die Arbeit ein wenig ablenken würde.«

»Nach unseren bisherigen Untersuchungen gehen wir davon aus, dass der Mann, der bei Ihrer Frau in der Hütte gefunden wurde, ihr Geliebter war. Wussten Sie, dass Ihre Frau einen Liebhaber hatte?«

Er starrte auf den Teppich und schüttelte kaum merklich den Kopf.

»Nein, das wusste ich nicht. Als ich die beiden im Blockhaus gesehen habe, war ich völlig erschüttert. Niemals wäre mir in den Sinn gekommen, dass Alice mich betrügt.«

»Hat Ihre Frau Ihnen gegenüber erwähnt, dass etwas vorgefallen ist? Wurde Sie bedroht?«

»Nein, davon hat sie nichts gesagt.«

»Hat sie sich anders verhalten als sonst?«

»Sie war wie immer, fröhlich, charmant, guter Dinge. Mir ist nichts aufgefallen.«

»Hatte sie Feinde oder Neider, weil sie die Wahl gewonnen hat?«

»Das kann ich mir nicht vorstellen, sie war sehr beliebt.«

»Wir müssen Ihnen diese Frage stellen. Wo waren Sie vorgestern zwischen sechzehn und achtzehn Uhr?«

Das Gesicht des Wirtes lief rot an. »Was ist denn das für eine Frage? Sie glauben doch nicht etwa, dass ich etwas mit dem Verbrechen zu tun habe! Ich habe meine Frau geliebt!«

»Das ist eine reine Routinefrage, Monsieur Ferrand.«

»Ich war hier. Ich bin fast immer hier, meine Freunde am Stammtisch können das bestätigen.«

»Gut, wir werden sie bei Gelegenheit fragen.«

»Tun Sie das. Wann kann ich meine Frau beerdigen?«

»Die Gerichtsmedizin hat sie noch nicht freigegeben, das kann noch ein paar Tage dauern. Ich sage Ihnen Bescheid, wenn es soweit ist.«

»Danke.«

Lagarde wollte die Befragung soeben beenden, als ein Rumpeln aus dem Flur ertönte und ein Junge an der offen stehenden Tür vorbeilief, der sie nicht beachtete.

»Adrien!«, rief Ferrand. »Komm doch bitte, die Polizei ist da.«

Der Junge trat mit abweisendem Gesichtsausdruck ein. Seine Augen waren völlig verweint. Lucas schätzte ihn auf ungefähr vierzehn Jahre.

»Kommst du aus der Schule, Adrien?«, fragte Ferrand.

Der Junge sah seinen Vater mit blitzenden Augen an, dann schrie er los. »Schule? Wie kommst du denn darauf? Meinst du, ich gehe zur Schule, wenn Maman tot ist? Ich gehe nie mehr zur Schule, ist mir doch egal! Und du bist an allem schuld! Nie hast du dich um Maman gekümmert, hast dich nur hier in deiner dämlichen Kneipe aufgehalten und mit deinen Kumpels gebechert. Da musst du dich nicht wundern, dass sie sich einen Liebhaber gesucht hat. Und jetzt ist sie tot.« Er schluchzte und stürmte aus dem Zimmer. Sein Vater sah ihm bestürzt nach, machte jedoch keine Anstalten, ihm zu folgen, und sah den Kommissar traurig an. »Entschuldigen Sie den Wutausbruch meines Sohnes. Er ist völlig außer sich. Er hat seine Mutter über alles geliebt.«

»Ich kann das verstehen«, versicherte Lagarde. »Haben Sie noch mehr Kinder?«

»Ja, eine siebzehnjährige Tochter, Charline.«

»Ist sie da?«

»Nein, sie macht, was sie will. Meistens übernachtet sie bei ihrem Freund.«

»Wir möchten gerne mit ihr sprechen. Können Sie uns den Namen und die Adresse des Freundes geben?«

»Leider nein. Sie hat nur ein paarmal einen Greg erwähnt, der in Carentan wohnt, mehr weiß ich nicht.«

»Haben Sie ihre Handynummer?«

Er seufzte. »Nein.«

Lagarde legte eine Visitenkarte auf den Tisch.

»Charline soll mich bitte so schnell wie möglich anrufen. Wenn wir noch Fragen an Sie haben, dann melden wir uns. Und wenn Ihnen noch etwas einfällt, rufen Sie uns bitte an.«

DER WANDTEPPICH VON BAYEUX
VIERTER TAG

Lagarde und Annie hatten sich zu ihrer Besprechung um neun Uhr in der Gendarmerie von Sainte-Mère-Église getroffen und ihre Einsatzzentrale so eingerichtet, dass ihnen alles, was sie für ihre Ermittlungen brauchten, zur Verfügung stand. Der Kommissar hatte Croissants mitgebracht, Annie war für den Kaffee zuständig.

Jetzt saßen sie am Besprechungstisch. Vor ihnen lagen die Berichte des Polizeilabors und der Spurensicherung, die heute Morgen per Fax eingetroffen waren. Lagarde fasste die Ergebnisse zusammen.

»Auf der karierten Decke und auf der Bettcouch befanden sich Spermaspuren von Pierre Basson. Blut von beiden Opfern wurde auf dem Sofa und der Decke nachgewiesen. Eine große Menge Blut ist außerdem auf dem Strandabschnitt ins Erdreich gesickert. Die zwei Kreise an der Holzwand sowie die Buchstaben darin wurden mit dem Blut der Opfer gemalt. Auf den sichergestellten Gegenständen befanden sich Fingerabdrücke der Opfer, ebenso im Blockhaus. Es wurden jede Menge Fingerabdrücke und Hinweise auf regelmäßige Nutzung der Hütte gefunden. Ob welche vom Täter dabei sind, konnte zum jetzigen Zeitpunkt aber nicht festgestellt werden. Es kann auch sein, dass es keinerlei Spuren von ihm gibt.« Sie sahen sich an.

»Wie ist das möglich?«, fragte Annie stirnrunzelnd. »Keine Haare, keine Hautschuppen?«

»Das kommt häufig vor, wenn es sich um eine vorsätzliche Tat handelt. Der Täter achtet darauf, keine Spuren zu hinterlassen, und schützt sich dementsprechend, mit einer Mütze beispielsweise. Die Ringe und die Buchstaben wurden mit dem Finger gemalt, dabei hat er wohl Handschuhe getragen.«

»Was ist mit dem Messer, das er verwendet hat?«

»Damit kommen wir nicht weiter. Solche Messer kann man überall kaufen.«

Er richtete den Blick zurück auf den Bericht. »Auf der *Adrien I* wurden Fingerabdrücke von Pierre Basson sichergestellt. Das bestätigt die Aussage von Gavin Cordelier, dass die Opfer zusammen auf die Insel gefahren sind.«

Annie dachte über diese Informationen nach. »Die beiden wurden auf der Decke am Strand getötet, nicht in der Hütte. Das heißt, der Fundort ist nicht der Tatort.«

Er nickte zustimmend. »Genau. Aber aus welchem Grund wurden sie in die Hütte gebracht? Die Rechtsmedizinerin sagt, dass es kurz nach der Tat geschehen sein muss, sonst hätten die Vögel sich auf die Leichen gestürzt und sie in kürzester Zeit übel zugerichtet.«

»Vielleicht wollte der Täter nicht, dass sie verletzt werden?«

»Guter Gedanke, Annie. Weshalb nicht?«

»Wegen der Botschaft in der Hütte, sie war wichtig.«

Lagarde war verblüfft über die Schlussfolgerungen der jungen Frau. Sie verfügte über kriminalistisches Gespür. »Das denke ich auch. Sie wirkten wie aufgebahrt, und wir können davon ausgehen, dass der Täter sie so arrangiert hat.«

Jetzt wandten sie sich den Fotos zu, die Annie von einem Laptop auf einen Flachbildschirm übertragen hatte. Sie öffnete ein Bild nach dem anderen. Konzentriert betrachteten sie die Kreise aus dem Blut der Opfer, die roten Buchstaben A und S sowie die kreuzförmigen Male auf den Leibern.

»Was hat das wohl zu bedeuten?«, fragte Annie.

»Der Täter wollte eine Nachricht hinterlassen, für uns oder die ganze Welt. Es muss immens wichtig für ihn gewesen sein, schließlich hat es ihn Zeit gekostet. Jemand hätte ihn überraschen können. Diese Botschaft gibt uns wahrscheinlich einen Hinweis auf das Motiv.«

»Welches Motiv vermuten Sie?«

»Das kann ich jetzt noch nicht sagen, aber es sieht so aus, als wäre der Täter erfüllt von Hass und unbeschreiblicher Wut gewesen. Es war etwas Persönliches, das ihn angetrieben hat.«

»Meinen Sie damit, dass er die Toten gekannt hat?«

»Das ist nicht zwingend. Ich meine damit, dass das Motiv persönlich war.«

Es klopfte an der Tür, und Ruet steckte den Kopf herein. »Bonjour. Haben Sie alles, was Sie brauchen?«

»Danke«, erwiderte Lagarde. »Wir sind bestens ausgerüstet.«

»Übernehmen Sie die Ermittlungen?«

»Ja, ich habe gestern mit dem Polizeipräsidenten telefoniert und die Situation mit ihm besprochen. Er hat sich sehr darüber gefreut, dass Gendarmin Lucas mich unterstützen wird. Er bedankt sich für Ihr Entgegenkommen.«

»Aber das ist doch selbstverständlich. Ich habe heute ein wenig Luft, zumindest sieht es bisher so aus. Kann ich Ihnen etwas abnehmen?«

Lagarde überlegte und schüttelte dann den Kopf. »Das ist sehr freundlich von Ihnen, aber im Moment ist es nicht erforderlich. Annie und ich wollen nach unserer Besprechung nach Bayeux fahren und mit Pierre Bassons Frau sprechen. Wir haben um elf Uhr dreißig einen Termin mit ihr vereinbart.«

Ruet tippte an den Rand seiner Mütze und lächelte. »Na dann viel Erfolg.«

Nachdem die Ermittler ihre Besprechung beendet hatten, verließen sie die Gendarmerie und gingen zu Lagardes Auto, das er vor dem Café *Henri Matisse* geparkt hatte. Er startete den Motor, fuhr über die Hauptstraße durch den Ort und bog dann links ab. Nach kurzer Zeit erreichten sie die Autobahnauffahrt, und Lagarde zog an der Mautstation ein Ticket. Nach Bayeux waren es ungefähr vierzig Kilometer.

Die Sonne brannte vom azurblauen, wolkenlosen Himmel. Lagarde öffnete das Seitenfenster einen Spalt breit und konzentrierte sich auf den dichten Verkehr. Annie überarbeitete ihre Notizen und warf ab und zu einen Blick aus dem Fenster. Schon bald erreichten sie die *Côte de Nacre*, die Perlmuttküste, westlich der Orne-Mündung, deren weite Strände im Juni 1944 als Landeplätze der Alliierten in die Geschichte eingegangen waren und jetzt wieder den Badegästen gehörten. An den Schauplatz der Weltgeschichte erinnerten Memorials, Soldatenfriedhöfe und Museen.

Bei Isigny-sur-Mer konnten sie einen Blick auf die Küste werfen, an der grün überwachsene Felsformationen von weißsandigen Buchten unterbrochen wurden. Der Ozean erstreckte sich in Türkis- und Blautönen bis zum dunstigen Horizont. Sanfte bewaldete Hügel zogen an ihnen vorbei, zwischen den Baumkronen blitzten immer wieder schieferglänzende Türmchen von Herrenhäusern hervor.

Nach einer halben Stunde erreichten sie Bayeux, eine beschauliche Kleinstadt mit einer prächtigen Kathedrale, einem der schönsten Märkte der Normandie und dem weltberühmten siebzig Meter langen Wandteppich, auf dem die Geschichte des Normannenherzogs Wilhelm der Eroberer zu sehen war.

Das Haus von Pauline und Pierre Basson befand sich im Osten des Städtchens in der Rue Saint-Laurent, einer ruhigen Nebenstraße, die von Pappeln gesäumt war. Die Nummer einundzwanzig war ein blau lackiertes Holzhaus mit einem Schindeldach und einem roten Kamin, das von einem gepflegten Garten umgeben war. In einem Carport stand ein tomatenroter Fiat Barchetta Cabriolet.

Sie stiegen aus und gingen über einen aus Mosaiken gelegten Weg zur Haustür. Daneben erhob sich ein Walnussbaum, dessen Stamm ein buntes Strickkleid trug. Lagarde klingelte, und kurz darauf öffnete eine Frau die Tür, die sie mit ernstem Gesicht begrüßte. »Bonjour, Sie sind die Polizisten aus Sainte-Mère-Église, nicht wahr?«

Lagarde stellte sich und seine Kollegin vor, und sie zeigten der Frau ihre Dienstausweise. Sie warf nur einen kurzen Blick darauf.

»Kommen Sie doch bitte herein.« Sie führte sie durch einen Korridor auf die Terrasse, die von einer Markise beschattet wurde. »Ich dachte, wir setzen uns nach draußen. Es ist so schönes Wetter heute.«

Sie zeigte auf eine Sitzgruppe aus Korbmöbeln. Der Glastisch war für drei Personen gedeckt. »Nehmen Sie doch bitte Platz. Darf ich Ihnen einen Kaffee anbieten, dazu ein Wasser?«

»Gerne«, antwortete Lagarde. »Eine Tasse Kaffee wäre schön.« Er betrachtete den Garten mit Rabatten voll blühender Blumen, einem Gemüsebeet, auf dem sich Bohnenstangen erhoben, und Kräutern in Tontöpfen. Auf dem Rasen standen ein Trampolin, eine Schaukel und eine Tischtennisplatte.

Schließlich wandte er seine Aufmerksamkeit der zierlichen Frau zu. Er schätzte sie auf Mitte dreißig. Die kurzen karottenroten Haare umrahmten zerzaust ein verhärmtes Gesicht mit ersten Falten, einem verkniffenen Mund und glanzlosen, wassergrünen Augen. Er wunderte sich darüber, dass sie Kleidung in kräftigen Farben trug, keine Spur von Trauerkleidung.

»Ich möchte Ihnen zunächst unser aufrichtiges Beileid aussprechen, Madame Basson.«

»Danke.« Sie presste die Lippen zusammen. »Eine sehr einfühlsame Polizistin hat mir erzählt, dass Pierre einem Verbrechen zum Opfer gefallen ist. Was ist denn passiert?«

»Er wurde mit einem Messer getötet, auf einer Vogelschutzinsel vor der Ostküste des Cotentin.«

Entsetzt keuchte sie auf und rang um Fassung. »Das kann doch nicht sein. Sind Sie sicher, dass es sich um Pierre handelt?«

Er zeigte ihr den Personalausweis, den sie auf der Insel gefunden hatten. Die Frau schlug ihn auf und starrte auf das Passbild.

»Er ist es tatsächlich«, murmelte sie mit heiserer Stimme.

»Ich muss Sie auch bitten, so bald wie möglich nach Cherbourg in die Rechtsmedizin zu kommen, um ihn zu identifizieren. Ich werde einen Termin für Sie vereinbaren.«

»Ja, natürlich.« Sie sah ihn fragend an. »Ich verstehe das nicht. Was hat er denn auf dieser Insel gemacht? Er war doch beruflich unterwegs, im Außendienst. Mein Mann war selbständiger Computerspezialist und hat sich in öffentlichen Einrichtungen und kleineren Firmen um die Computer gekümmert.«

»Er war nicht alleine dort, sondern in Begleitung einer Frau. Sie wurde auch getötet. Wir gehen davon aus, dass sie ein Liebespaar waren. Sie waren nackt und hatten vor ihrem Tod Geschlechtsverkehr.«

Madame Bassons Gesicht verlor jede Farbe. Sie sah aus wie ein Gespenst. Fahrig griff sie nach ihrem Glas und trank einen Schluck Wasser. Während sie auf den Boden starrte, sagte sie: »Er hat mir versprochen, dass er damit aufhört. Geschworen hat er es mir.«

»Was hat er Ihnen versprochen?«

»Er hat versprochen, dass er aufhört, mich zu betrügen. Seit Jahren machte er das, immer wieder, überall, wo er arbeitete, suchte er sich eine Geliebte. Irgendwann ist mir aufgefallen, dass er nach Parfüm roch, wenn er heimkam. Er war oft stundenlang telefonisch nicht zu erreichen, häufig hat er in Hotels übernachtet, obwohl sein Einsatzort nicht weit von hier entfernt war.«

Sie wischte sich eine Träne von der Wange.

»Einmal ist unser jüngster Sohn Marc von der Schaukel gefallen und hat sich den Arm gebrochen, und ich konnte Pierre nicht erreichen. Er hat auch nicht zurückgerufen. Ich bin mit Marc ins Krankenhaus gefahren, und er hat nach seinem Vater geschrien. Es war einfach schrecklich. Da war er auch bei einer seiner Gespielinnen.«

Sie schüttelte den Kopf.

»Er konnte nicht damit aufhören. Mein Mann war ein notorischer Fremdgeher. Haben Sie schon einen Verdacht, wer es gewesen sein könnte?«

»Wir haben die Ermittlungen gerade erst aufgenommen, aber ich versichere Ihnen, dass wir alles tun werden, um den Täter zu finden.«

Sie nickte.

Lagarde änderte die Strategie und ging auf ihr Privatleben ein. »Sie haben ein schönes Haus. Ist es gemietet, oder gehört es Ihnen und Ihrem Mann?«

Zynisch lachte sie auf. »Es gehört ihm, nicht mir. Er hat es von einer Großtante geerbt.«

»Wie viele Kinder haben Sie denn?«

Auf einmal wurde ihr Gesichtsausdruck weicher.

»Ich habe drei Kinder. Marc ist sieben Jahre alt, Magalie ist neun und Michel zehn.«

»Wo sind sie?«

»Sie sind für zwei Wochen in einem Sommerferiencamp in der Nähe von Granville, danach fängt die Schule wieder an.«

»Wer veranstaltet dieses Ferienlager?«

»Die Pfadfinder, meine Kinder sind begeisterte Mitglieder.«

»Sind Sie berufstätig, Madame Basson?«

»Nein, bisher war es wegen meiner Kinder nicht möglich. Aber seit einiger Zeit baue ich mir ein kleines Geschäft auf. Ich möchte mein eigenes Geld verdienen und unabhängig sein.«

»Und was machen Sie?«

»Zuerst habe ich damit angefangen, selbstgemachte Marmeladen, Chutneys und Liköre auf dem Wochenmarkt zu verkaufen, das läuft gut. Dann habe ich noch zusätzlich Häkel- und Strickware angeboten. Inzwischen verkaufe ich meine Produkte auch online und verdiene noch besser. Außerdem habe ich einen Blog, auf dem ich Rezepte veröffentliche.« Sie lächelte stolz. »Mittlerweile werbe ich schon für einige Lebensmittelproduzenten und bekomme pro Verbraucherklick zwei Cent. Das hört sich nach wenig an, da kommt aber ganz schön was zusammen. Ich habe mir von diesem Verdienst einen Traum erfüllt. Haben Sie den Sportwagen im Carport gesehen? Natürlich hat es

nur für die Anzahlung gereicht, die Raten muss ich ab-
stottern. Pierre hat mir immer versprochen, dass er mir
so ein Auto schenkt, aber er hat es nie gemacht.« Ein
verbitterter Zug erschien um ihren Mund. »Er hat sein
ganzes Geld in seine Geliebten investiert.«

»Kennen Sie eine Frau namens Alice Ferrand? Sie
war mit Ihrem Mann zusammen und wurde ebenfalls
getötet. Sie war die Bürgermeisterin von Sainte-Mère-
Église.«

»Sieh an, er hatte sogar eine prominente Geliebte.
Darauf war er bestimmt sehr stolz, schließlich hatte
er einen eigenartigen Standesdünkel. Nein, ich kenne sie nicht, und ich habe auch noch nie von ihr gehört.«

»Lesen Sie keine Zeitung?«

»Nein, nie. Ich habe mit meinen Kindern, meinem
Haushalt und meinem Geschäft genug zu tun.«

»Haben Sie eine Vermutung, wer Ihrem Mann das
angetan haben könnte?«

Mit einem höhnischen Gesichtsausdruck erwiderte
sie seinen Blick. »Vielleicht war es einer der Ehemän-
ner, denen Pierre und seine Geliebten Hörner auf-
gesetzt haben?«

»Haben Sie konkrete Anhaltspunkte?«

»Nein, überhaupt nicht. Ich weiß gar nichts. Pierre
und ich hatten uns ziemlich auseinandergelebt und
haben nicht mehr viel miteinander geredet.«

»Ich muss Ihnen diese Frage stellen, es ist reine

Routine. Wo waren Sie vor drei Tagen zwischen sechzehn und achtzehn Uhr?«

Sie zuckte mit keiner Wimper und reagierte nicht im Geringsten empört, im Gegensatz zu François Ferrand.

»An dem Tag bin ich in das Sommercamp gefahren und habe meine Kinder besucht. Wir waren den ganzen Nachmittag am Strand.«

»Gut, Madame Basson, zunächst habe ich keine Fragen mehr. Wenn uns noch etwas einfällt, melden wir uns. Ich lasse Ihnen meine Visitenkarte da und bitte Sie, mich anzurufen, wenn Ihnen noch etwas einfällt.«

»Selbstverständlich, Monsieur le Commissaire.«

»Merci für die freundliche Bewirtung.«

»*De rien.*«

Sie begleitete die Polizisten bis zur Gartenpforte. Als sie wegfuhren, sah sie ihnen lange nach. Ihr Gesichtsausdruck war unergründlich.

Da Zeit für das Mittagessen war, schlug Lagarde vor, in die Altstadt von Bayeux zu fahren und dort ein schönes Restaurant zu suchen. Sie fanden einen Parkplatz in der Nähe des Kunstmuseums, gingen durch verwinkelte Gassen und bewunderten hervorragend erhaltene Fachwerkhäuser mit Holzschnitzereien. Eines verfügte sogar über eine Sonnenuhr. In der *Rue des Bouchers*, der Fleischerstraße, entdeckten sie eine Brasserie, die ihnen gefiel. Sie hieß *Le Donjon* und war in einem schiefen Fachwerkhaus untergebracht.

Unter einem roten Schirm gab es einen freien Zweier-tisch. Annie wählte Strandschnecken mit Knoblauch-Zitronen-Mayonnaise und gegrillten Wolfsbarsch auf Frühlingszwiebeln und Schmortomaten. Lagarde ent-schied sich für Hummersalat und Kalbsbries auf Mor-chelcreme.

Während sie aßen, sprachen sie über die Befragung von Pauline Basson.

»Das Verhältnis zwischen dem Ehepaar war nicht besonders gut«, meinte Lucas.

»Nein, sie hatten sich offenbar nicht mehr viel zu sagen.«

»Ich hatte auch nicht den Eindruck, dass sie wirk-lich um ihren Mann trauert.«

»Den Eindruck hatte ich auch nicht. Es war auch keine Anteilnahme zu spüren, nur Verbitterung und enttäuschte Erwartungen. Sie wusste seit längerer Zeit, dass er sie betrog, nur von Alice Ferrand hatte sie noch nie etwas gehört.«

»Vielleicht hatte sie sich damit abgefunden, dass ihr Mann untreu ist, oder sie war resigniert. Es könn-te auch sein, dass ihr die Affären ihres Mannes irgend-wann gleichgültig waren und sie sich auf ihr neues Le-ben als unabhängige Geschäftsfrau konzentriert hat.«

»Oder sie waren ihr nie egal, und sie hat ihn dafür ge-hasst. Ich frage mich, ob sie wirklich nicht wusste, wer Alice Ferrand war. Wir müssen ihr Alibi überprüfen.«

»Ist sie verdächtig?« Annie sah ihn erstaunt an.

»Die Alibis der Personen aus dem näheren Umfeld der Opfer werden immer überprüft.«

»Natürlich, ich kümmere mich darum.«

»Danke, Annie.«

Als sie zum Abschluss des Menüs Apfelkuchen und Mokka genossen, fragte die Polizistin: »Wie gehen wir weiter vor?«

»Wir fahren zum Rathaus von Sainte-Mère-Église und versuchen, mehr Informationen über Alice Ferrand zu bekommen.«

Sie betraten die mit Holz getäfelte Eingangshalle des Rathauses von Sainte-Mère-Église, in der eine angenehme Kühle herrschte, und studierten die Tafel mit den aufgelisteten Ämtern und den jeweiligen Zimmernummern. Alice Ferrands Büro lag rechterhand im Erdgeschoss, die Tür zum Vorzimmer war offen. Auf dem Messingschild neben dem Türrahmen stand: *Sophie Portelli, Sekretariat der Bürgermeisterin.*

Hinter einem abgerundeten Schreibtisch saß eine Frau und telefonierte. Sie war etwa dreißig Jahre alt, die blonden schulterlangen Haare fielen um ein hübsches pausbäckiges Gesicht. Sie war sehr blass und hatte gerötete Augen. Im Revers ihres schwarzen Kostüms steckte eine weiße Rose. Sie sprach mit von Trauer belegter Stimme in den Hörer: »Ja, es ist so entsetzlich, wir können es noch gar nicht fassen. Was für ein schrecklicher Verlust.« Dabei sah sie auf, nahm die Besucher wahr und nickte ihnen lächelnd zu. Kurz darauf beendete sie ihr Telefonat.

»Bonjour, was kann ich für Sie tun?«

Lagarde stellte sie vor und wies sich aus. »Wir ermitteln in dem Doppelmordfall auf der Vogelinsel und möchten gerne mit Ihnen sprechen. Sie sind doch die Sekretärin von Alice Ferrand?«

Sie nickte mit traurigem Gesichtsausdruck, stand auf und deutete auf eine Sitzgruppe vor einer Wand, an der Veranstaltungsplakate hingen.

»Setzen wir uns doch.« Sie schloss die Tür. »Darf ich Ihnen etwas anbieten? Unsere Cafeteria ist schon geschlossen, aber ich kann in der Teeküche gerne einen Kaffee für Sie kochen, oder möchten Sie lieber ein Mineralwasser?«

Als Lagarde und Annie dankend ablehnten, setzte sie sich zu ihnen und sah sie fragend an. »Wie kann ich Ihnen helfen?«

Lagarde drückte zunächst sein Beileid aus. Madame Portelli holte ein Taschentuch aus ihrer Jacke und wischte sich die Tränen aus dem Gesicht.

»Vielen Dank, die ganze Belegschaft steht unter Schock. Wir trauern alle um Alice und verstehen überhaupt nicht, wie so etwas möglich ist, so ein grausames Verbrechen … Wer hat ihr das nur angetan? Sie war überall beliebt, sie hat ihr Amt sehr ernst genommen und war überaus engagiert, oft war sie die Letzte, die das Rathaus am Abend verließ. Als ich erfuhr, was geschehen war, hatte ich einen Kreislaufkollaps und bin zusammengebrochen. Dann habe ich mich wieder aufgerafft. Jemand muss ja die Stellung halten, das bin ich ihr schuldig.«

»Gibt es eine Vertretung?«

»Wir haben einen zweiten Bürgermeister, Patrice, den Sohn des Metzgers. Aber er ist noch jung und unerfahren und mit den vielfältigen Anforderungen überfordert, deshalb braucht er meine Hilfe. Wir müssen wenigstens das Tagesgeschäft am Laufen halten, bis wir wissen, wie es weitergeht.«

»Wie war Ihr Verhältnis zu Madame Ferrand?«

»Es war sehr gut, respektvoll im Umgang, vertrauensvoll und offen. Wir haben uns gut verstanden und duzten uns auch. Wissen Sie, ich war vorher die Sekretärin des alten Bürgermeisters. Das war viel aufreibender, er war cholerisch, neigte zu Wutausbrüchen und erzählte gerne Altherrenwitze, über die man lachen sollte.«

»Haben Sie und Ihre Chefin auch manchmal über private Angelegenheiten gesprochen?«

»Ja, ab und zu. Der arme François … er hat sie so sehr geliebt, er muss völlig verzweifelt sein.«

»Führten die beiden Ihrer Ansicht nach eine gute Ehe?«

»Ich hatte schon den Eindruck, ja. Alice hat nur einmal erwähnt, dass ihr Mann sehr eifersüchtig sei.«

»Ihren Sohn haben wir bereits kennengelernt. Er scheint ein netter Junge zu sein.«

»Das ist er auch. Adrien hat seine Mutter vergöttert. Wie soll er jetzt ohne sie zurechtkommen? Er geht in dieselbe Schule wie mein Sohn Pascal. Die Jungs sind ab und zu nach der Schule hier vorbeigekommen und wir haben gemeinsam Mittag gegessen und immer viel Spaß gehabt.« Sie schluckte. »Damit ist es jetzt vorbei.«

»Was wissen Sie über Charline, die Tochter von Madame Ferrand?«

»Sie ist jetzt siebzehn und in einer schwierigen Phase. Es gab oft Streit. Manchmal ist sie einfach nicht nach Hause gekommen und machte, was sie wollte. Sie redete nicht mit ihren Eltern und wollte die Schule schmeißen. Alice hat sich große Sorgen um sie gemacht.«

Sie sah ihn mit feuchten Augen an.

»Wann wird sie denn beerdigt?«

»Sie wurde von der Rechtsmedizin noch nicht freigegeben. Sobald es so weit ist, wird ihr Mann informiert, so dass er die Beerdigung vorbereiten kann.«

Sophie Portelli nickte. »Die Rathausmitarbeiter wollen auch dazu beitragen, dass es ein würdevolles Begräbnis wird.«

Lagarde kam auf den zweiten Toten zu sprechen. »Der Mann, der mit ihr auf der Insel war, hieß Pierre Basson.«

»Ich weiß, von den Verbrechen wurde in allen Medien berichtet.«

»Kannten Sie ihn?«

»Ja, er war bereits seit längerer Zeit als selbständiger Systemadministrator für uns tätig, ein sympathischer, kompetenter Mann.«

»Wussten Sie, dass die beiden ein Liebespaar waren?«

»Nein, aber mir ist aufgefallen, dass er alle zwei Wochen kam, obwohl er etliche Arbeiten auch von zu Hause aus hätte erledigen können.«

»Haben Sie sich nicht darüber gewundert?«

»Eigentlich nicht. Ich nahm an, er ist einfach besonders sorgfältig und kümmert sich lieber vor Ort um das Computersystem. So konnte er auch manche Dinge persönlich erklären und Fragen beantworten.«

»Gab es Gerüchte?«

»Ich war loyal Alice gegenüber, aber ich gebe zu, dass unter manchen Kollegen getuschelt wurde. Es war offensichtlich, dass sich die beiden sehr gut verstanden.«

»Sind in letzter Zeit ungewöhnliche Dinge passiert, ist Ihnen etwas Eigenartiges aufgefallen oder zu Ohren gekommen?«

Sie musste nicht überlegen. »Oh ja, da gab es eine merkwürdige Sache. Jeden Montagmorgen, wenn ich um halb acht Uhr meinen Dienst antrat, lag vor der Tür meines Büros ein Rosenbouquet. Es waren immer erlesene blutrote Rosen, zusammengehalten von einer Spitzenbordüre und einer weißen Schleife.«

»Wie lange ging das schon so?«

»Ich schätze, ungefähr sechs bis sieben Wochen.«

»Für wen war dieses Bouquet bestimmt? Lag eine Karte dabei?«

»Die Blumen waren für Alice, und jedes Mal war eine Karte aus festem cremefarbenen Karton dabei, auf der immer derselbe, auf einem Computer geschriebene Text stand: ›Schöne Alice, Du gehörst mir.‹«

Lagarde und Annie sahen sich verblüfft an.

»Hat sich Madame Ferrand über die Blumen gefreut?«

»Nein, überhaupt nicht. Sie hat sie jedes Mal in den Papierkorb geworfen.«

»Und dann?«

Sie errötete. »Ich habe sie wieder herausgeholt und mit nach Hause genommen. Es wäre doch schade um die schönen Rosen gewesen.«

»Ist Madame Ferrand das nicht aufgefallen?«

»Ich glaube, es war ihr egal. Hauptsache, die Blumen waren weg.«

»Wissen Sie, was sie mit den Karten gemacht hat?«

»Sie hat sie mit den Rosen weggeworfen.«

»Haben Sie sie noch?«

»Leider nicht, die Karten sind alle im Müll gelandet.«

»Wissen Sie, wer das Bouquet vor die Tür gelegt hat?«

»Nein, wir haben es nie herausgefunden, obwohl

wir uns sogar einmal auf die Lauer gelegt haben. Es war wirklich mysteriös.«

Das fand Lagarde auch, vor allem die Botschaft.

»Hatte die Bürgermeisterin Feinde?«

»Nicht, dass ich wüsste.« Sie überlegte einen Moment. »Oder doch, warten Sie, einer fällt mir ein.«

»Wer?«

»Der alte Bürgermeister, Gérard Albert, war enorm wütend auf sie, weil er vor einem Jahr die Wahl verloren hat und er ihr die Schuld dafür gab. Er beschuldigte sie, mit unlauteren Mitteln gegen ihn gearbeitet zu haben.«

»Und was sollen das für unlautere Mittel gewesen sein?«

»Kurz vor der Wahl gab es bei uns in der Gegend einen großen Skandal wegen Tierquälerei und Umweltverschmutzung. Tierschützer sind nachts in den Schweinestall von Albert eingedrungen, haben Fotos von den Missständen gemacht und sie der Presse zugespielt. Es waren schreckliche Bilder, Schweine mit eitrigen Wunden, apathisch im eigenen Kot liegend, völlig verwahrlost und eng zusammengepfercht. Mein Sohn Pascal isst seitdem kein Fleisch mehr. Außerdem wurde Albert beschuldigt, Gülle in einen Wasserlauf des Naturschutzgebietes geleitet zu haben, so dass es zu einem Fischsterben kam.« Empört schüttelte sie den Kopf. »Der alte Bürgermeister hatte äußerst gute Beziehungen zum Veterinäramt, aber nachdem die Fotos in der Presse erschienen waren, konnten sie die Augen nicht mehr länger abwenden. Unter dem Druck der Öffentlichkeit mussten sie den Mastbetrieb schließen.«

»Und was hat das mit Alice Ferrand zu tun?«

»Albert war fest davon überzeugt, dass Alice den Tierschützern einen Tipp gegeben hat, um ihn als Tierquäler zu brandmarken, damit sie die Wahl gewinnt. Als seine Schweine abtransportiert wurden, soll er gebrüllt haben: ›Dieser hinterhältigen Möchtegern-Provinzpolitikerin drehe ich den Hals um‹.«

Lagarde runzelte die Stirn. »Können Sie uns bitte die Adresse von Gérard Albert aufschreiben?«

»Selbstverständlich.« Sie notierte sie auf einem Blatt Papier und reichte es ihm.

»Danke, Madame Portelli, das sind interessante Informationen für uns. Gibt es sonst noch etwas, das wir wissen sollten?«

»Im Moment fällt mir nichts ein.«

»Ich lasse Ihnen meine Karte hier, Sie können mich jederzeit anrufen.«

»Das mache ich.«

Lagarde erhob sich.

»Ich begleite Sie nach draußen. Um vier Uhr habe ich Dienstschluss, und mein Sohn wartet zu Hause auf mich. Wir wollen zusammen einkaufen.«

Sie schloss die Bürotür ab, und gemeinsam gingen sie durch die Eingangshalle. Durch ein Fenster sah der

Kommissar einen Mann in Arbeitskleidung, der den Hinterhof fegte.

»Wer ist das?«, fragte er.

»Das ist der Gehilfe unseres Hausmeisters, Carl. Er ist frühs der Erste und abends der Letzte. Manchmal denke ich, dass er außer seiner Arbeit nichts hat.«

Vor dem Eingangsportal verabschiedeten sie sich und wünschten einander einen schönen Nachmittag.

Annie sprudelte los. »Dieser alte Bürgermeister hat Alice Ferrand gedroht, sie zu töten! Wir reden doch jetzt bestimmt mit ihm?«

»Ja, aber erst sprechen wir mit Carl.« Sie umrundeten das Gebäude und fanden den Hausmeisterhelfer im kleinen Park des Rathauses in einem Schuppen, dessen Tür offen stand. In dem Raum wurden Gartengeräte und Werkzeug aufbewahrt. Es gab einen Bollerofen für kalte Tage und eine Sitzecke. Der Mann stellte gerade den Besen und die Kehrichtschaufel an ihren Platz, als er die Polizisten im Türrahmen bemerkte, auf sie zukam und sie freundlich anlächelte, als freute er sich über den Besuch. Annie fiel auf, dass er beim Laufen Probleme hatte. Er humpelte leicht und ging nach vorne gebeugt. Er war von großer kräftiger Statur, korpulent, und hatte dichtes dunkles Haar. Während sie ihn eingehend betrachtete, fragte sie sich, was Philippe von dem Mann wollte.

»Dürfen wir Sie kurz sprechen, Monsieur Carl?«, fragte der Kommissar und wies sich aus.

»Aber immer.« Der Mann kratzte sich am Kopf.

»Sie sind der Gehilfe des Hausmeisters, ist das richtig?«

»Ich bin seine Vertretung, ohne mich geht hier gar nichts.« Er warf sich in die Brust und lachte laut auf, so dass Annie erschrocken zusammenfuhr.

»In Ordnung«, erwiderte Lagarde. »Dann haben Sie doch bestimmt auch einen Generalschlüssel, richtig?«

»Selbstverständlich, den brauche ich auch. Fast jeden Morgen sperre ich das Hauptportal auf. Der Hausmeister trinkt gern mal einen über den Durst und verschläft deshalb ab und zu, dann bin ich der Chef. Auf mich kann man sich hundertprozentig verlassen.«

»Das glaube ich sofort. Der Mann, der seit einigen Wochen frühmorgens Blumen für die Bürgermeisterin brachte, der konnte sich auch auf Sie verlassen, nicht wahr? Sie haben ihn nicht verraten.«

Monsieur Carl strahlte und klopfte dem Commissaire auf die Schulter. »*Bien sûr*!«

Dann dämmerte es ihm, was er gerade gesagt hatte, und er gab stotternd eine Erklärung ab. Ängstlich zog er die Schultern hoch. »Es war doch nichts Schlimmes, Monsieur le Commissaire. Er hat mir gesagt, er sei ein Rosenkavalier und wolle ihr eine Freude machen, weiter nichts.«

»Er hat die Blumen gebracht, und Sie haben sie vor die Tür gelegt?«

»Genau so war es. Niemand hat mich dabei gesehen. Um diese Zeit war ich meistens noch alleine im Rathaus.«

»Wo haben Sie die Blumen entgegengenommen?«

»Er hat hinter der Kirche am Friedhof geparkt, und ich habe sie geholt. Das war clever, dort ist um diese Zeit kein Mensch.«

»Dieser Mann war bestimmt großzügig und hat ganz schön was springen lassen, stimmt's?«

Monsieur Carl schüttelte sich vor Lachen. »Einen Fünfziger pro Strauß! Na, wenn das kein gutes Geschäft ist.« Dann erschrak er. »Das ist doch nicht verboten, oder?«

Lagarde schüttelte beruhigend den Kopf. »Nein, nein, das interessiert uns auch nicht. Wir interessieren uns für diesen Mann. Kennen Sie ihn?«

»Ich habe ihn schon einige Male im Rathaus gesehen, alle paar Wochen. Er ging jedes Mal mit anderen in den Sitzungssaal im ersten Stock. Ich glaube, er kam wegen der Sitzungen. Mein Kollege hat dann immer ein Schild an die Tür gehängt. Bezirksamt, oder so ähnlich.«

»Kennen Sie den Namen dieses Mannes?«

»Nein.«

»Wie sieht er aus?«

»Blendend! Jung, schlank, sportliche Figur, angenehmes Gesicht. Ach ja, und er hat eine Glatze.« Kurz überlegte er. »Kennen Sie die Krimiserie *Kojak* mit Telly Savalas in der Hauptrolle? Genauso sieht er aus.«

Er wurde nachdenklich. »Jetzt ist es wohl vorbei mit dem schönen Nebenverdienst. Unsere arme Chefin ist tot, jemand hat sie umgebracht. Das tut mir sehr leid, sie war immer so nett zu mir.«

»Ja, damit ist es jetzt vorbei. Eine Frage habe ich noch: Wissen Sie, welchen Wagen der Mann fuhr? Können Sie sich an das Kennzeichen erinnern, das Modell, die Farbe?«

»Leider nein, es war eine große schwarze Limousine. Mehr kann ich Ihnen nicht sagen.«

»Also gut, Monsieur Carl, das war es schon, wir wollen Sie nicht länger aufhalten. Sie haben doch bestimmt noch viel Arbeit.«

»Oh, ja, ich muss noch den Rasen mähen und die Blumen gießen.«

»Ich möchte Sie bitten, morgen gegen zehn Uhr in die Gendarmerie zu kommen. Wir werden versuchen, die Identität des Rosenkavaliers herauszufinden, und wir müssen ein Protokoll zu Ihrer Aussage machen. Ist das zeitlich für Sie möglich?«

»Aber sicher, immer zu Diensten.«

»Großartig, dann bis morgen früh.«

Als sie zum Auto gingen, kam Annie aus dem Staunen nicht mehr heraus. »Wie sind Sie denn auf diesen Monsieur Carl gekommen?«

Lagarde grinste. »Kriminalistische Eingebung.«

»Toll!«

Der Bauernhof von Gérard Albert lag drei Kilometer nördlich von Sainte-Mère-Église in einer weiten Wiesenlandschaft, auf der sich Bauminseln erhoben. Ein lang gezogener Schotterweg führte zur Einfahrt, und Lagarde stellte das Auto im Hof neben der Umfriedungsmauer ab. Das gesamte Anwesen bildete ein Trapez. Das Wohnhaus, ein wunderschöner normannischer Fachwerkbau mit himmelblauen Sprossenfenstern und Erkern, vor denen Geranien blühten, bildete mit einem Nebengebäude die linke Flanke. Gegenüber lag ein großer Stall. Die beiden Häuser wurden durch eine Scheune und zwei kleinere Nebengebäude verbunden, die südliche Seite war von einer Mauer begrenzt. Im Schatten einer gewaltigen Rosskastanie parkte ein silberner Mercedes.

Als Lagarde an der Haustür klingelte, öffnete niemand. Er besah sich das Kennzeichen des Wagens und machte Annie darauf aufmerksam. »Sehen Sie, das Nummernschild hat seine Initialen. Vermutlich ist er in der Nähe. Schauen wir, ob wir ihn irgendwo finden.«

Sie begannen die Suche in dem riesigen Stall. Alle Boxen für die Schweine standen leer, und noch immer lag der Geruch von Jauche und Ammoniak in der Luft. Niemand war zu sehen. Auch in den Wirtschaftsräumen hielt sich kein Mensch auf. Das Tor einer von Weinlaub überwachsenen Garage war verschlossen. Kurzerhand stieg Lagarde auf einen Holzstapel und

spähte durch ein kleines, von Spinnweben verhange-
nes Fenster. Mitten im Raum, zwischen verrosteten
Eggen und Stapeln alter Reifen, stand im Dämmerschein ein Fahrzeug, das mit einer Plane abgedeckt
war. Die Karosserie war aus gewelltem Blech und weiß
lackiert, in der Mitte der Motorhaube zeigten zwei
übereinander liegende Dreiecke nach oben.

Lagarde lächelte. Es handelte sich um einen alten
Citroën H. Ein herrliches Gefährt, so etwas gab es
heutzutage nicht mehr. Er hatte vor langer Zeit einmal
mit dem Gedanken gespielt, sich so ein Auto zu kaufen und es zu einem Campingbus umzubauen.

Schließlich riss er sich von dem Anblick los und
kletterte auf den Boden zurück. Auch in der Garage war niemand. Ein schmaler Durchgang führte auf
eine Wiese, von wo aus sich ein Pfad zu einem Weiher
schlängelte, der in der Sonne glitzerte.

»Schauen wir uns noch beim Weiher um«, schlug
Lagarde vor. »Vielleicht haben wir Glück und finden
Albert dort.«

Der alte Bürgermeister saß vor einem Häuschen,
einer Miniaturausgabe des Wohngebäudes, auf einer
Bank, hielt eine Flasche Bier in der Hand und starrte
auf eine gegenüberliegende buttergelbe Kapelle mit
einer schlichten Marienfigur. Der dicke Mann mit den
weißen Haaren, der gewaltigen Nase und dem Dop-
pelkinn trug eine Arbeitshose und ein geripptes Un-
terhemd, und als er Schritte hörte, sah er auf.

Die Polizisten grüßten höflich und wiesen sich aus. Der Mann warf kaum einen Blick auf die Ausweise und nickte ihnen nur mit regloser Miene zu.

»Das war mir klar, dass Sie irgendwann auftauchen würden. Der Buschfunk funktioniert wie immer zuverlässig. Sie kommen wegen des Mordes an Alice Ferrand und ihrem Liebhaber.« Das war eine Feststellung, keine Frage. Der Mann deutete auf eine Gruppe Gartenstühle. »Setzen Sie sich doch. Möchten Sie ein kaltes Bier?«

Dankend lehnten sie ab. Albert streckte den rechten Arm aus und zeigte auf seinen Stall. »Er ist leer«, sagte er mit heiserer Stimme. »Sie haben ihn gegen meinen Willen leer geräumt, alle meine Schweine sind weg. Quiekend vor Angst wurden sie einfach abtransportiert. Nie im Leben hätte ich gedacht, dass mir so etwas widerfahren könnte, mir, dem alten Bürgermeister von Sainte-Mère, einem erfolgreichen Kommunalpolitiker mit Kontakten bis in die höchsten Kreise. Über ein Jahr ist das jetzt her. Damals ist eine Welt für mich zusammengebrochen.«

»Aber wenn man den Fotos in den damaligen Zeitungen Glauben schenken darf, haben Sie Ihre Schweine nicht artgerecht gehalten«, wandte Lagarde ein.

»Unsinn, natürlich wurden sie artgerecht gehalten. Sehe ich aus wie ein Tierquäler? Meinen Sie, in der Fleischerzeugerbranche kann man sich dergleichen

erlauben? Diese ganze Angelegenheit wurde hoch-
gepuscht, um mir schweren Schaden zuzufügen, und
es ist gelungen. Mein Ruf ist ruiniert, und ich habe
mein Amt verloren. Wissen Sie, wie lange ich Bürgermeister war? Über dreißig Jahre.« Er trank einen
großen Schluck. »Jetzt stehe ich vor dem Nichts.
Natürlich bekomme ich eine Pension, und mit der
Schweinezucht habe ich viel Geld verdient, aber was
die Leute nie berücksichtigen, ist die Tatsache, dass
man auch viel Geld investieren muss.« Stöhnend blinzelte er in die Sonne. »Haben Sie eine Vorstellung,
wie Jacqueline mich terrorisiert, seit sie das Geld nicht
mehr mit vollen Händen zum Fenster hinauswerfen
kann? Jacqueline ist meine zweite Frau. Meine Babet-
te, Gott sei ihrer Seele gnädig, hätte Verständnis für
mich gehabt und zu mir gehalten.« Er schnaubte empört. »Aber nicht Jacqueline. Als ich ihr mitteilte, dass
der geplante Urlaub auf Réunion ausfallen müsste,
hätte sie mir fast den Kopf abgerissen. Jetzt ist sie in
Cherbourg zum Shoppen. Wahrscheinlich wird mich
der Schlag treffen, wenn ich die Beträge sehe, die von
meinem Konto abgebucht wurden.«

Er trank die Flasche leer.

»Wahrscheinlich wird sie mich bald verlassen. Auch
egal, es ist ohnehin alles aus.«

Lagarde beschloss seinen Redefluss zu unterbrechen. »Sie haben damals behauptet, Madame Ferrand
hätte den Tierschützern einen Tipp gegeben.«

»Natürlich, sie wollte mir schaden, um Bürgermeisterin zu werden. Das ist ihr ja auch trefflich gelungen.«

»Können Sie diese Anschuldigung beweisen?«

»Nein, aber wer soll es denn sonst gewesen sein?«

»Haben Sie für den Nachmittag, an dem das Verbrechen geschehen ist, ein Alibi?«

Albert sah ihn verdutzt an. »Sie verdächtigen mich? Einen integren Altbürgermeister, der sich noch nie etwas zu Schulden kommen ließ?«

»Sie haben ein Motiv, Monsieur.«

Er seufzte. »Ich habe kein Alibi. Ich war alleine hier, wie jeden Tag. Jacqueline war wie so oft einkaufen. Hören Sie, das ergibt doch keinen Sinn. Warum sollte ich über ein Jahr warten? Und warum sollte ich auch ihren Liebhaber töten? Er hat doch mit der ganzen Sache nichts zu tun. Da hätte es andere Gelegenheiten gegeben. Nein, ich habe mit dieser ganzen unglückseligen Angelegenheit abgeschlossen und akzeptiert, dass ich im Ruhestand bin. Ich habe in meinem Leben genug gearbeitet, das können Sie mir glauben.«

»Wenn ich richtig informiert bin, haben Sie damals damit gedroht, Alice Ferrand den Hals umzudrehen?«

»Sie wissen doch, wie das so ist … Das ist mir in meinem Zorn herausgerutscht, das habe ich doch nicht ernst gemeint.«

»Kannten Sie Pierre Basson?«

»Nein, er hat erst nach meiner Amtszeit die Computer gewartet. So einer Verschwendung von Steuergeldern hätte ich nicht zugestimmt. Bei mir hat diese Aufgabe ein junger Mann aus der Kfz-Meldestelle erledigt.«

»Gut, Monsieur Albert. Wenn noch Fragen auftauchen, wissen wir ja, wo wir Sie finden. Einen schönen Nachmittag.«

»Ebenso.«

Als Annie und Lagarde sich voneinander verabschiedet hatten, startete er sein Auto. Er wollte nach Hause, sich mit einem Milchkaffee auf die Terrasse setzen und seine Notizen durchgehen. Sie hatten viele neue Informationen in Erfahrung gebracht. Dann klingelte sein Handy, und er stellte den Motor wieder aus. Auf dem Display stand Odettes Name.

»Salut, Odette.«

»Salut, Philippe. Störe ich gerade?«

»Du störst nie.«

»Das ist lieb. Bist du noch in Sainte-Mère-Église?«

»Ja, ich wollte gerade losfahren.«

»Pass auf, ich habe für heute Abend die Reservierung einer Gesellschaft, die Entrecôte essen möchte. Jetzt habe ich gerade mit meinem Metzger in Carentan telefoniert, damit er mir Fleisch liefert. Er ist der Einzige, der im Cotentin Fleisch von Charolais-Rindern verkauft.« Dabei handelte es sich um eine weiße, kräftige Rinderart, die im Burgund lebte. Das Fleisch war extrem mager, verfügte über eine geringe Marmorierung und schmeckte sehr aromatisch.

»Er hat mir mitgeteilt, dass sein Auslieferer erkrankt ist und er zum siebzigsten Geburtstag seiner Schwiegermutter muss. Ich brauche das Fleisch aber unbedingt. Deshalb meine Bitte: Kannst du mir fünf Kilo besorgen und es mir vorbeibringen? Es reicht, wenn du bis zwanzig Uhr kommst. Geht das?«

»Natürlich, Chérie, ich fahre sofort los.«

»Du bist ein Schatz und hast was gut bei mir.«

Er grinste. »Ich werde dich heute Abend daran erinnern.«

Sie lachte. »Wüstling.«

Lagarde machte sich auf den Weg. Als er Sainte-Mère hinter sich gelassen hatte und auf die Landstraße einbog, ließ er das Seitenfenster herunter und schaltete das Radio an. Die helle Stimme von France Gall sang *Ella, elle l'a*, eine Hommage an die begnadete Sängerin Ella Fitzgerald. Lagarde pfiff mit, der Seewind fuhr durch sein Haar, und er blinzelte in die Sonne.

Nach zwanzig Minuten erreichte er Carentan. Der Ort lag wenige Kilometer südlich der Baie des Veys inmitten von Weiden und Mooren. Das Stadtbild wurde von der gotischen Kathedrale *Notre-Dame* beherrscht. Die Adresse, die Odette ihm gegeben hatte, führte ihn ins Zentrum zu einer Metzgerei in der Rue de l'Église in der Nähe des *Hôtel de Dey*, in dem der berühmte französische Schriftsteller Honoré de Balzac einen

Roman geschrieben hatte. Er zog ein Parkticket und lief an einem Salon de Thé vorbei zum Eingang der Metzgerei. Während er in der Schlange wartete, sah er sich aufmerksam um. Hier gab es nicht nur Fleisch, sondern auch Schinken und Würste, die von der Decke hingen, Terrinen mit Pasteten sowie Dosen mit Sülzen und Gänseleberpastete. Ein aromatischer Duft zog durch den Raum und machte Appetit. Als er an der Reihe war, gab er seine Bestellung auf. Er verstaute die Ware im Kofferraum und sah auf seine Armbanduhr. Die Zeit würde noch für einen Café au lait reichen, und so setzte er sich kurzentschlossen unter eine rote Markise an einen freien Tisch vor dem Salon de Thé. Von dort aus hatte er einen schönen Blick auf die Kirche, die Fachwerkhäuser und das geschäftige Treiben.

Nachdem eine Bedienung den Kaffee gebracht hatte, widmete er sich seinen Aufzeichnungen. Er fragte sich, welche Gefühle Pauline Basson gegenüber ihrem Mann hegte und was die Überprüfung ihres Alibis ergeben würde. Am meisten war ihm ihre Verbitterung in Erinnerung geblieben. Die Sekretärin war offenbar tatsächlich loyal gegenüber ihrer Chefin gewesen. Richtig gespannt war er auf den Rosenkavalier. Es wäre nur eine Frage der Zeit, bis sie ihn finden würden. Was den alten Bürgermeister betraf, war er sich nicht sicher, wie er ihn einschätzen sollte. Denn er hatte recht, warum hätte er ein Jahr auf seine Rache warten sollen? War ein aktueller Auslöser hinzugekommen?

Er würde später weiter darüber nachdenken, jetzt war es höchste Zeit aufzubrechen. Als er gerade die Rechnung bezahlte, sah er auf der gegenüberliegenden Straßenseite Annie, die langsam den Gehweg entlangging und sich von ihm entfernte. Sie hatte sich umgezogen und trug jetzt Jeans, ein blauweiß gestreiftes Hemd und Sandalen. Die langen Haare glänzten in der Sonne und fielen ihr über den Rücken. Trotz der Sonnenbrille hatte er sie sofort erkannt.

Er stand auf und überquerte die Straße, ohne sie aus den Augen zu lassen. Plötzlich blieb sie abrupt vor einem Lokal stehen, blickte durch die Glastür, erstarrte für einen Moment und trat schließlich entschlossen ein. Auf dem Schaufenster stand in goldenen Lettern *Casablanca-Bar*. Durch die Scheibe sah er, wie sie zielstrebig auf einen Klavierspieler zuging und ihn ansprach. Der Mann sah auf und starrte sie überrascht an. Dann erschien ein strahlendes Lächeln auf seinem Gesicht, er stand auf und umarmte sie, als wollte er sie gar nicht mehr loslassen. Er schien sich bei seinen Zuhörern zu entschuldigen, dann setzten sich die beiden an einen Tisch, fassten sich an den Händen und unterhielten sich. Ihre Umgebung nahmen sie nicht mehr wahr. Der Kommissar drehte sich um und lief zu seinem Auto. Mit wem sich Annie traf, ging ihn überhaupt nichts an.

DAS NAPOLEONISCHE FORT
FÜNFTER TAG

Über den Îles de Marcouf ging die Sonne auf und ließ die bemoosten Wehrmauern des Forts smaragdgrün leuchten. Der Himmel war wolkenlos, von Westen her wehte eine steife Brise den Geruch von Fisch heran. Ein Schwarm Silbermöwen steuerte auf die Küste zu.

Als Lagarde um Punkt neun Uhr das Besprechungszimmer der Gendarmerie betrat, telefonierte Annie gerade und winkte ihm aufgeregt zu. Er ging in die Teeküche, setzte Kaffee auf und legte die Rosinenschnecken, die er beim Bäcker geholt hatte, in ein Körbchen. Mit einem Tablett kehrte er zurück, setzte sich zu der Gendarmin an den Tisch und schenkte Kaffee ein.

Nach wenigen Minuten beendete sie das Telefonat und informierte ihn mit funkelnden Augen, was sie herausgefunden hatte.

»Pauline Basson war nicht im Ferienlager bei ihren Kindern. Ich habe gerade mit der Leitung gesprochen. Eltern können ihre Kinder nicht einfach abholen und etwas mit ihnen unternehmen. Sie müssen sich zwingend bei einem Betreuer melden und Bescheid sagen, was sie vorhaben. Dieses Vorgehen ist sehr wichtig, damit es nicht zu Aufsichtspflichtverletzungen kommt. Selbst wenn Madame Basson sich darüber hinweggesetzt hätte, hätte sie nichts mit ihren Kindern machen können, weil sie an dem Tag nicht im Camp waren. Ihre Gruppe hat einen ganztägigen Ausflug auf die Chausey-Inseln unternommen.«

»Gut gemacht, Annie! Wir werden Madame Basson auf die Wache bestellen und noch einmal mit ihr reden.«

Auf dem Tisch lagen die Berichte der Spurensicherung und des Labors, die am frühen Morgen per Fax gekommen waren. Annie las die Ergebnisse vor. Bei der Untersuchung von Pierre Bassons Wagens war nichts Auffälliges gefunden worden. Nachdem Lagarde die Grotte entdeckt hatte, waren die Techniker noch einmal auf der Vogelinsel gewesen und hatten einen Spürhund mitgenommen. In der Höhle hatten sie eine Zigarettenkippe, eine Wasserflasche und die Schnalle eines Neoprenanzugs gefunden. Die Kippe war vom Salzwasser aufgeweicht, so dass keine Spuren darauf festgestellt werden konnten. Auf der Wasserflasche und der Schnalle gab es keine Fingerabdrücke, auf der Tube mit der Theatercreme hingegen schon. Sie waren jedoch nicht registriert und konnten deshalb nicht zugeordnet werden. Bei der Untersuchung von Alice Ferrands Fahrzeug war ein Peilsender, ein hochmodernes GPS zur Fahrzeugortung, gefunden worden.

Lagarde und Annie warfen sich verblüffte Blicke zu.

»Ein Peilsender?« Annie schüttelte verwundert den Kopf. »Warum denn das?«

»Vielleicht wollte ihr eifersüchtiger Ehemann sie überwachen?«

»Das wäre aber echt übel. Dann muss es ja zumindest einen Verdacht gegeben haben.«

»Ja, das ist möglich. Wir sprechen später mit Ferrand und konfrontieren ihn damit. Hat die Tocher, Charline Ferrand, sich inzwischen gemeldet?«

»Nein.«

»Wir bitten die Gendarmerie von Carentan um Amtshilfe. Sie sollen nach ihr Ausschau halten, in Discos, angesagten Kneipen und so weiter. Wir müssen dringend mit ihr sprechen, womöglich weiß sie etwas Wichtiges.« Er überlegte. »Wo bekommen wir auf die Schnelle ein Bild von ihr her?«

»Sie hat bestimmt eine Facebook-Seite. Einen Moment.« Es dauerte nicht lange, und sie drehte den Bildschirm so, dass Lagarde das Foto sehen konnte. Eine junge Frau lehnte lässig an einem Baum und lachte in die Kamera, im Hintergrund erkannte er ein türkises Meer. Sie war schlank und trug Leggins und ein Hemd, beides schwarz, auf dem ein silbernes Pentagramm prangte. Auffällig waren ihre wilden roten Locken, die von einem schwarzen, mit einer

Schleife verzierten Reif aus der Stirn gehalten wurden. Das herzförmige Gesicht und die Stupsnase waren mit Sommersprossen übersät.

»Ein hübsches Mädchen«, stellte Annie fest.

»Wir müssen sie so schnell wie möglich finden.«

»Ich kümmere mich darum.«

Gerade als Lagarde nach einem Gebäckstück griff und hungrig hineinbiss, klopfte jemand energisch an der Tür. Kurz darauf wurde sie geöffnet, und herein kam Monsieur Carl. Es war auf die Sekunde genau zehn Uhr.

»Bonjour allerseits«, sagte er und lachte in die Runde. »Stets zu Ihren Diensten.«

Annie bot ihm einen Platz sowie eine Tasse Kaffee an und versorgte ihn mit einer Schnecke. Dann erklärte sie ihm, worum es ging.

»Sie haben gestern erwähnt, dass auf einem Schild an der Tür zu dem Sitzungssaal, in den der Mann mit den Rosen regelmäßig ging, von einem Bezirksamt die Rede war.« Sie zog den aufgeklappten Laptop zu sich heran und tätigte einige Mausklicks. »Schauen Sie bitte, auf der Homepage von der Bezirksverwaltung in Saint-Lô befinden sich Porträtfotos von allen Angestellten. Insgesamt sind es siebenunddreißig. Ich werde Ihnen jetzt ein Bild nach dem anderen zeigen, und Sie sehen sie sich in Ruhe an. Wenn wir Glück haben, finden wir den Mann mit Ihrer Hilfe. Alles klar, Monsieur Carl?«

»Aber sicher doch, legen Sie los. Ich bin bereit.«

Konzentriert betrachtete er eine Fotografie nach der anderen, bei zwei oder drei rieb er sich nachdenklich die Stirn und schüttelte dann den Kopf, doch schließlich deutete er entschlossen auf die neunundzwanzigste Ablichtung.

»Das ist er.«

»Sind Sie sicher?«

»Hundertprozentig. Ich sage doch, wie der junge Kojak.«

Annie las vor, was unter dem Bild stand: »Leiter des Bauamtes, Stéphane Poullain.« Sie lächelte Monsieur Carl an. »Das haben Sie großartig gemacht, vielen Dank für Ihre Hilfe.«

»Keine Ursache, der Polizei hilft man doch gerne.«

»Ich gehe noch mit Ihnen in das Vorzimmer wegen des Protokolls.«

Die beiden verließen den Raum. Der Commissaire blickte unterdessen grübelnd auf die Berichte. Einen Peilsender an einem Fahrzeug anzubringen, war kein Kavaliersdelikt. Jemanden heimlich zu überwachen, war grundsätzlich verboten und aus juristischer Sicht nur in bestimmten Fällen möglich. Aber der Kauf entsprechender Geräte war im Internet sehr einfach, zumal sie inzwischen von vielen Firmen unter dem Begriff »Flottenmanagement« eingesetzt wurden, das bedeutete totale Überwachung. Lagarde war sich sicher, dass François Ferrand dafür verantwortlich war, und er beschloss, dass sie ihn als Nächstes aufsuchen würden.

Vor dem Bistro *Le Bœuf Rouge* saßen einige Gäste beim Frühstück, während Arbeiter, die Pause machten, ihre Zigaretten rauchten, Mokka tranken und lautstark über die Gewerkschaften diskutierten. Ein älterer Herr war in eine Tageszeitung vertieft. Vor ihm stand der erste *Petit Rouge*, ein Achtel Rotwein.

Lagarde und Annie betraten den Schankraum und sahen sich suchend um. Er war leer bis auf eine Bedienung, die die Theke mit einem Tuch blank wischte. Die dralle kleine Frau mit der komplizierten Hochsteckfrisur grüßte sie freundlich und sah sie fragend an. »Was kann ich für Sie tun?«

Die beiden wiesen sich aus. »Wir wollen mit Monsieur Ferrand sprechen, ist er da?«, erkundigte sich Lagarde.

Sie schüttelte den Kopf. »Er ist oben in der Wohnung. Heute ist ja nicht viel los.«

»Wie kommen wir da hin?«

»Am Ende des Flurs befindet sich eine Treppe, die in den ersten Stock führt. Dann halten sie sich rechts, und schon stehen Sie vor der Eingangstür. Das Ehepaar hat die Wohnung vor einigen Jahren gekauft. Sie ist riesig und verfügt über eine Dachterrasse, sehr schön.«

»Danke, Madame …?«

»Beatrice Lemaître. Meine Gäste nennen mich Bea.«

»Madame Lemaître, Sie haben Alice Ferrand doch sicher gekannt?«

»Ja, natürlich, aber gesehen habe ich sie nicht oft. Ich habe meistens tagsüber Dienst, da war sie immer im Rathaus oder unterwegs. Ich bin sehr betroffen über ihren Tod. So etwas Schreckliches ist bei uns noch nie passiert. Mein Chef tut mir so leid, er ist nur noch ein Schatten seiner selbst. Ich habe richtig Angst, dass er bald zusammenbricht. François hat Alice sehr geliebt.«

»Gab es Spannungen zwischen dem Paar?«

»Wie schon gesagt, ich habe die beiden nur selten zusammen gesehen, aber bei diesen Gelegenheiten schien mir die Ehe ruhig und harmonisch.«

»Können Sie sich erinnern, ob Monsieur Ferrand am Tag des Verbrechens, sagen wir zwischen fünfzehn und neunzehn Uhr, hier im Bistro war?«

»Da brauche ich nicht nachzudenken. An diesen Nachmittag kann ich mich sehr gut erinnern, weil mein Chef nämlich auf einmal verschwunden war. Mir ist es erst gar nicht aufgefallen, aber dann kamen immer mehr Gäste, und ich bin nur noch hin und her gerannt. Die Arbeit war kaum noch zu schaffen. Auf seinem Handy war er nicht erreichbar. Ein Gast, Jacques Fitoussi, hat mir schließlich geholfen, die Getränke eingeschenkt und das Bier gezapft.«

»Ab wann ungefähr war er verschwunden?«

»Schwer zu sagen, ich denke ab sechzehn Uhr auf alle Fälle.«

»Wann kam er zurück?«

»Gegen achtzehn Uhr.«

»Hat er Ihnen gesagt, wo er war?«

»Er hat mir erzählt, dass er beim Bäcker war, weil das Baguette ausgegangen war. Der hat ihn auf einen Pastis eingeladen, und sie haben sich verquatscht und die Zeit vergessen, das Baguette übrigens auch.« Sie zögerte. »Ich will nichts Schlechtes über meinen Chef sagen, aber diese Geschichte kann nicht stimmen. Die Frau des Bäckers ist meine beste Freundin, und sie hat mir an dem Tag gesagt, dass ihr Mann mit Fieber im Bett liegt.«

»Ist Ihnen etwas an Ihrem Chef aufgefallen?«

»Ich hatte keine Zeit, mich damit zu beschäftigen, das Bistro war gerammelt voll, die Terrasse ebenso. Aber als er zapfte, ist mir aufgefallen, dass seine Hände zitterten.«

Eine Gruppe Mountainbiker ließ sich in bester Stimmung auf der Terrasse nieder. Madame Beatrice wies in ihre Richtung. »Haben Sie noch weitere Fragen, Monsieur le Commissaire? Ich muss mich um die Gäste kümmern.«

»Im Moment nicht, danke, Madame Lemaître. Wir wissen ja, wo wir Sie finden.«

Sie nickte ihnen kurz zu und eilte auf die Terrasse.

Lagarde und Annie stiegen in den ersten Stock und klingelten an der Wohnungstür. Der Wirt öffnete und sah sie an.

»Haben Sie herausgefunden, wer meine Frau getötet hat?«

Lagarde schüttelte den Kopf. »Bisher noch nicht, Monsieur Ferrand, aber wir tun alles, was wir können, das versichere ich Ihnen.«

»Ich weiß. Gestern Abend habe ich einen Anruf von der Polizei in Cherbourg bekommen. Alice ist von der Rechtsmedizin freigegeben worden. Daraufhin habe ich gleich unseren Abbé aufgesucht und ihn informiert. Morgen Vormittag wird die Beerdigung stattfinden.« Seine Stimme klang unendlich traurig.

»Dürfen wir hereinkommen?«, fragte Lagarde. »Wir wollen mit Ihnen reden.«

»Selbstverständlich. Gehen wir doch auf die Dachterrasse.«

Als sie auf die Terrasse traten, war Annie begeistert. In Pflanzenkübeln gediehen Oleander, Zitronen- und Orangenbäume, sogar ein Olivenbaum mit winzigen Früchten war dabei. Man hatte einen Blick auf die Hausdächer, den Kirchturm und die grüne Marschlandschaft mit ihren Schafherden. Sie setzten sich um einen Tisch unter einen Sonnenschirm.

Ferrand trug einen schwarzen Anzug und schwitzte. »Worüber möchten Sie mit mir sprechen? Ich habe doch schon alles gesagt, was ich weiß.«

Darauf ging der Commissaire nicht ein. Annie zog die Stirn kraus und zückte ihr Notizbuch und einen Kugelschreiber.

»Monsieur Ferrand«, begann Lagarde, »die Polizeitechniker haben am Wagen Ihrer Frau, genauer gesagt im Radkasten, einen Peilsender gefunden.«

Der Wirt zeigte keine Reaktion.

»Auf dem Gerät sind Fingerabdrücke. Ich denke, es wird nicht notwendig sein, sie mit den Ihren abzugleichen, was meinen Sie?«

Er erstarrte, dann rieb er sich mit der Handfläche über das Gesicht. Sein Blick war leer.

»Meine Frau und ich führten eine gute Ehe, doch im Laufe der Jahre drifteten unsere Interessen immer mehr auseinander. Wir waren beide so beschäftigt.« Er lächelte wehmütig. »Dennoch habe ich sie immer geliebt. Es bricht mir das Herz, dass ich sie verloren habe. Allerdings muss ich einräumen, dass ich immer schon einen Hang zur Eifersucht hatte. Als Alice vor einigen Monaten ins Gästezimmer zog und sich von mir distanzierte, haben bei mir alle Alarmglocken geschrillt. Ich war mir sicher, dass sie einen Liebhaber hat. Vor etwa zwei Wochen bin ich dann auf die dumme Idee mit dem Peilsender gekommen. Ich habe ihn in unserem Familienwagen installiert, das Alice immer benutzte. Ein Mini-Laptop mit Empfänger und Navi befindet sich in meinem Auto, einem kleinen Kastenwagen mit Werbung für mein Bistro. Am Tag des

Verbrechens habe ich mit ihrer Sekretärin telefoniert und erfahren, dass meine Frau das Rathaus verlassen hat und irgendwohin fahren wollte. Daraufhin habe ich mich in meinen Kastenwagen gesetzt, das Gerät eingeschaltet und bin dann dem Signal gefolgt. Es führte mich zum Hafen von Ravenoville-Plage. Da dachte ich mir schon, dass Alice mit dem Boot raus-fahren will. Ich parkte in einiger Entfernung und be-obachtete sie mit einem Feldstecher. Tatsächlich ging sie an Bord und fuhr Richtung Norden. Ich folgte ihr mit einigem Abstand auf dem schmalen Küstenweg. Schließlich verschwand das Boot in der Bucht von Quinéville. Ich parkte in der Nähe und lief durch das Wäldchen, bis ich die Bucht einsehen konnte. Dort versteckte ich mich hinter einem Baumstamm. Was ich sah, hat mir das Herz gebrochen. Ein Mann ging an Bord, und sie küssten sich leidenschaftlich.« Er ver-stummte und wischte sich mit einem Taschentuch den Schweiß von der Stirn. »Der Mann hat sie gestreichelt, überall, meine Alice … Dann sind sie in Richtung der Vogelschutzinsel aufs Meer hinausgefahren.«

Lagarde ergriff das Wort. »Was haben Sie daraufhin gemacht? Sind Sie zum nächsten größeren Hafen ge-fahren, haben sich ein schnelles Boot gemietet und sind den beiden gefolgt? Als sie beobachtet haben, wie sie Sex miteinander hatten, waren Sie rasend vor Eifersucht und beschlossen sie zu töten, war es so, Monsieur Ferrand?«

Der Wirt sah ihn entgeistert an. »Nein, so war es nicht! Niemals hätte ich meiner Alice etwas angetan! Ich bin ihnen nicht gefolgt, ich war erschüttert, wie gelähmt, außerdem bin ich ein lausiger Skipper, das hätte ich gar nicht geschafft.«

»Was haben Sie stattdessen gemacht?«

»Als sich meine Erstarrung löste, bin ich in eine Fischerspelunke nach Quinéville gefahren und habe ein paar Pastis gekippt. Dann musste ich zurück in mein Bistro. Bea, meine Kellnerin, hat schon auf mich gewartet und war ziemlich sauer auf mich, weil ich sie alleine gelassen hatte, wo doch so viel Trubel herrschte.«

»Gibt es Zeugen für Ihren Besuch in dieser Kneipe?«

»Der Wirt wird sich bestimmt an mich erinnern.«

»Wir werden das überprüfen.«

»Tun Sie das.«

»Wir brauchen ein Foto von Ihnen.«

Der Wirt überlegte. »An der Pinnwand in der Küche hängt ein Schnappschuss von mir.« Er holte ihn und zeigte Lagarde das Bild. Darauf waren drei Männer abgebildet, die auf der Terrasse des Bistros um einen Tisch saßen, sich zuprosteten und in die Kamera lachten. Neben Ferrand saß Jacques Fitoussi.

Lagarde bedankte sich und fuhr mit der Befragung fort. »Ist Ihnen in der Bucht etwas aufgefallen?«

»Ja, das ist mir später wieder eingefallen, als ich nicht mehr ganz so durcheinander war. Als ich mit dem

Fernglas die *Adrien I* beobachtete, habe ich auch einen Blick auf die Küstenlinie geworfen. Ungefähr zweihundert Meter entfernt von mir stand eine Frau, verborgen hinter einem Felsen, und starrte auf das Boot. Auch sie hatte ein Fernglas dabei.«

»Können Sie die Frau beschreiben?«

»Sie war klein. Ihre roten Haare trug sie kurz, und sie war gekleidet wie ein Papagei.«

Lagarde und Annie wechselten einen raschen Blick.

»Haben Sie gesehen, ob die Frau mit einem Auto gekommen ist?«

»Beim Wegfahren habe ich ein Auto bemerkt, das ganz in ihrer Nähe parkte. Deshalb nahm ich an, dass es ihres sei. Es war ein roter Sportwagen Cabriolet, so ein Flitzer. Die Marke kann ich Ihnen nicht sagen, damit kenne ich mich nicht aus. Aber das Kennzeichen habe ich mir gemerkt, weil die Buchstabenfolge ungewöhnlich war, dreimal M.«

Lagarde schüttelte nachdenklich den Kopf. Annie schien alarmiert, auch sie hatte begriffen. Das Nummernschild von Madame Bassons Wagen hatte genau diese Buchstabenfolge. Lagarde vermutete, dass es die Anfangsbuchstaben der Namen ihrer Kinder waren: Marc, Magalie und Michel. Auch sie war also an der Bucht gewesen und hatte mit ansehen müssen, wie ihr Mann eine andere Frau küsste.

»Danke, Monsieur Ferrand. Sagen Sie, ist Ihr Sohn zu Hause?«

»Ja, Adrien hat sich in sein Zimmer verkrochen und weint um seine Mutter. Mein Junge ist untröstlich, er geht nicht in die Schule und weigert sich, etwas zu essen. Mit mir reden will er auch nicht. Ich weiß nicht mehr, was ich mit ihm machen soll.«

»Dürfen wir mit ihm sprechen?«

»Ja, aber ich weiß nicht, ob er das will. Kommen Sie bitte, ich zeige Ihnen, wo sein Zimmer ist.«

Er klopfte zaghaft an die Tür seines Sohnes. »Adrien? Die Polizei ist da und möchte mit dir reden. Dürfen wir reinkommen?«

Zunächst blieb es still, dann erklang eine dünne Stimme. »Ja, bitte.«

Gemeinsam traten sie in das abgedunkelte Zimmer. Erst, als sich ihre Augen an das Dämmerlicht gewöhnt hatten, sahen sie die zusammengekauerte Gestalt auf dem Bett. Lagarde stellte sie vor und fragte, ob er Licht machen dürfe. Daraufhin klickte ein Schalter, und die Nachttischlampe verbreitete einen gelben Schein. Adrien hatte die Bettdecke bis zum Kinn hochgezogen. In seinem Blick lag Verzweiflung, die Wimpern glänzten feucht. Seine Haare waren zerzaust. Die Ähnlichkeit mit seiner Mutter war offensichtlich. Er war wirklich ein hübscher Junge.

Ferrand betrachtete ihn voller Sorge. »Soll ich dir eine Suppe kochen oder einen Schokoladenpudding?«

Der Junge schniefte. »Vielleicht später ein Schälchen Pudding, aber mir ist übel.«

»Ich bringe dir Kamillentee und Pudding, dann geht es dir bald besser.« Ferrand entschuldigte sich und eilte aus dem Zimmer, erleichtert, dass sein Sohn endlich bereit war, eine Kleinigkeit zu sich zu nehmen.

Lagarde fragte, ob sie sich zu ihm ans Bett setzen dürften. Adrien nickte, und der Kommissar begann behutsam mit dem Gespräch. »Es tut mir sehr leid, dass du deine Maman verloren hast.«

»Werden Sie ihren Mörder finden?«

»Wir tun alles, was wir können, versprochen.«

»Okay.«

Der Commissaire wollte im Moment nicht weiter auf die Trauer des Jungen eingehen. Er versuchte stattdessen, ihn mit gezielten Fragen abzulenken. »Ist dir mal jemand aufgefallen, der deine Mutter nicht gemocht haben könnte, oder der vielleicht einen Grund hatte, wütend auf sie zu sein?«

»Klar, der alte Bürgermeister Gérard Albert hat sie gehasst, weil sie ihn bei der Wahl besiegt hat. Selbst Maman hatte nicht wirklich damit gerechnet.«

»Gibt es sonst noch jemanden?«

»Nein, sonst fällt mir niemand ein. Gavin war ein harmloser Spinner und ein toller Kumpel, wir haben nachts schon zusammen Wildschweine gejagt. Er hat Maman verehrt, das weiß ich genau.«

»Ist dir in letzter Zeit irgendetwas aufgefallen, das anders war als sonst? Es kann jede unbedeutende Kleinigkeit sein.«

Adrien fuhr sich mit der Hand durch das Haar und dachte nach. »Etwas war da schon.«

»Uns interessiert alles, was dir aufgefallen ist.«

»Vor einigen Wochen habe ich einen Mann in der Nähe des Strandes gesehen.«

»Welchen Strand meinst du?«

»Eine weite Bucht südlich von Ravenoville-Plage, Utah Beach. Dort gehen meine Freunde und ich am liebsten hin. Es gibt hohe Wellen und kräftigen Wind, ideale Bedingungen zum Surfen.«

»Und da hast du einen Mann gesehen?«

»Ja, er ist mir aufgefallen, weil er sich versteckt hat. Wir haben Fußball gespielt und den Ball verschossen. Daraufhin bin ich durch das Gestrüpp gerannt, um ihn zu suchen. Auf einer Anhöhe steht ein Monument aus dem Zweiten Weltkrieg. Hinter der Tafel saß ein Mann und beobachtete den Strand durch ein Fernglas.«

»Kannst du beschreiben, wie er aussah?«

»Er trug einen Strohhut, eine schwarze Sonnenbrille und um den Hals hatte er einen Schal geschlungen. Das fand ich merkwürdig bei der Hitze. Als er mich sah, ist er aufgestanden und eilig davongegangen.«

»Kannst du dich erinnern, welche Kleidung er anhatte?«

»Ich habe nicht darauf geachtet. Ich glaube, er trug eine Jeans und ein T-Shirt, aber ich bin mir nicht sicher.«

»Und wie ging es dann weiter?«

»Einige Tage später sah ich ihn erneut, diesmal verborgen hinter einer Düne, als ich Strandnelken für Maman pflücken wollte. Wieder ist er abgehauen. Ich habe meinen Kumpels davon erzählt, und sie fanden sein Verhalten auch sehr merkwürdig.«

»Ist der Mann wieder aufgetaucht?«

»Nein, wir haben ihn nicht mehr gesehen.«

»Fällt dir sonst noch etwas ein?«

»Nein, das war alles.« Er sah Lagarde hoffnungsvoll an. »Kommen Sie morgen zu ihrer Beerdigung?«

Lagarde nickte. »Ja, und meine Kollegin auch. Du kannst dich darauf verlassen.«

Ein zaghaftes Lächeln huschte über Adriens Gesicht. »Dann bis morgen. Eine Bitte habe ich noch.«

»Ja?«

»Können Sie meine Schwester suchen? Ich brauche sie.«

»Das machen wir.«

Im Korridor trafen sie auf Ferrand, der ein Tablett mit Tee und Pudding balancierte. Lagarde erkundigte sich, ob seine Tochter Charline sich inzwischen bei ihm gemeldet habe. Der Wirt verneinte und wirkte sehr besorgt.

»Sie ruft einfach nicht an, und ich weiß nicht, wie ich sie erreichen kann. Ich muss ihr doch sagen, dass morgen die Beerdigung stattfindet. Ich habe den Eindruck, dass sie zwischendurch hier im Haus war, aber ich habe sie nicht gesehen.«

Lagarde versuchte, ihn zu beruhigen. »Wir haben die Gendarmerie von Carentan um Amtshilfe gebeten. Sie suchen nach ihr. Wenn sie sich dort aufhält, werden sie sie finden.«

»Danke, Monsieur le Commissaire.«

»Dürfen wir uns ihr Zimmer ansehen?«

»Selbstverständlich. Es ist das letzte auf der linken Seite. Macht es Ihnen etwas aus, wenn Sie das ohne mich machen? Ich möchte mich jetzt gerne um meinen Sohn kümmern.«

»Nein, gehen Sie nur. Wir melden uns, wenn wir fertig sind.«

Charlines Zimmer war größer als das ihres Bruders, und es verfügte über einen kleinen Dachbalkon, von dem aus man bis zur Küstenlinie schauen konnte. Im Gegensatz zu der hellen, freundlichen Einrichtung von Adriens Zimmer machte es einen düsteren Eindruck. Der Bettkasten und eine Kommode waren schwarz lackiert, der Kleiderschrank war mit perlvioletter Folie beklebt. Nur die durch ein Fenster eindringenden Sonnenstrahlen verliehen dem Raum eine heitere Note. An der Wand über dem Bett hing ein schwarzes Tuch mit einem fluoreszierenden Pentagramm. Bei den aufgereihten Büchern im Regal handelte es sich hauptsächlich um Liebesromane, dazwischen standen einige Gedichtbände. Auf dem Schreibtisch stapelten sich Schulbücher und Hefte mit Eselsohren. Im Schrank fanden sie einige Sommerkleider, ansonsten hauptsächlich dunkle Jeans und T-Shirts sowie ein Paar Springerstiefel.

Einer Eingebung folgend, hob Lagarde die Matratze hoch und fand auf dem Lattenrost ein in purpurrotes Seidenpapier eingeschlagenes Buch. Er zeigte es Annie.

»Was ist das?«, fragte sie.

»Schauen wir mal.«

Lagarde schlug es auf und las vor, was mit lila Tinte schwungvoll auf der ersten Seite geschrieben war: »Tagebuch von Charline Ferrand.«

Sie setzten sich nebeneinander auf die Bettkante und blätterten es durch. Die Eintragungen erstreckten sich über mehrere Monate und waren sporadisch. Meistens ging es um Auseinandersetzungen mit ihrer Mutter. Die beiden hatten häufig Streit gehabt. Charline äußerte sich empört über die Regeln ihrer Mutter: regelmäßig in die Schule gehen, abends nicht zu spät nach Hause kommen, das Zimmer aufräumen, im Haushalt helfen. Einmal hatte sie ihrer Tochter die Zigaretten weggenommen und sie im Kaminofen verbrannt. Charline sah sich als freier Mensch, der tun und lassen konnte, was er wollte. Einige Male stand dick unterstrichen auf dem Papier: »Ich hasse meine Mutter!«

Annie schüttelte zweifelnd den Kopf. »Ich weiß nicht, ob sie das ernst meint. In dem Alter habe ich meine Mutter auch manchmal gehasst. Ich glaube, es war so eine Art Teenagerrevolution. Dabei wollte sie immer nur mein Bestes.«

»Das kann durchaus sein«, stimmte Lagarde ihr zu. »Dennoch müssen wir so schnell wie möglich mit ihr sprechen.«

»Ja, hoffentlich finden die Kollegen in Carentan sie bald. Ich habe den Eindruck, dass Adrien sie wirklich dringend braucht.«

Sie blätterten auf der Suche nach weiteren Informationen Seite für Seite um. Dabei erfuhren sie, dass die junge Frau im Juni einen Mann kennengelernt und sich unsterblich in ihn verliebt hatte. Er hieß Greg, mehr war nicht über ihn zu erfahren. Dann stießen sie auf einen Eintrag, der drei Tage nach dem Tod ihrer Mutter geschrieben worden war. Sie musste also zu Hause gewesen sein. Ihre Worte gaben Anlass zur Besorgnis: »Ich weiß, wer Maman getötet hat.«

Erschrocken sahen sie sich an. »Sie könnte in Gefahr sein«, mutmaßte Annie.

»Wenn sie sich bis morgen nicht meldet, starten wir einen offiziellen Suchaufruf.«

Der letzte Eintrag bezog sich auf ein Ereignis, das für Charline wohl ein absolutes Highlight war, auf das sie sich total freute: eine Superparty zur Geisterstunde, wenn der Wolfsmond am Himmel steht. Dahinter hatte sie geschrieben: »Î. d. L.«

»Was ist mit dieser Abkürzung gemeint?«, überlegte Annie. »Der Ort, wo die Party stattfindet?«

»Île du Large?«

»Ja, klar.«

»Aber wann steht der Wolfsmond am Himmel, was soll das bedeuten?«

Annie klärte ihn auf. »Vom Wolfsmond hat mir meine Oma oft erzählt. Man nennt den Vollmond so, wenn er nah, hell und riesig ist. Die Ureinwohner Amerikas, die Indianer, haben behauptet, dass die Wölfe in diesen mystischen Nächten besonders laut und bedrohlich heulen.«

Davon hatte Lagarde noch nie gehört. »Und wann wird es den nächsten Wolfsmond geben?«

Eifrig tippte Annie auf ihrem Smartphone herum und starrte Lagarde dann überrascht an. »Heute Nacht ist es wieder so weit.«

Sie tauschten einen Blick.

»Was machen wir jetzt mit dieser Information?«, wollte die Gendarmin wissen.

»Ich werde darüber nachdenken.«

Nachdem sie das Zimmer verlassen hatten, trafen sie im Flur auf François Ferrand. Er machte einen etwas entspannteren Eindruck. »Adrien hat eine Kleinigkeit gegessen und schläft jetzt. Mein armer Junge ist völlig fertig. Ein wenig Ruhe wird ihm guttun. Ich muss jetzt ins Bistro.«

»Ich habe noch eine Frage, Monsieur Ferrand«, sagte Lagarde.

»Ja, bitte?«

»Die Möbel im Zimmer Ihrer Tochter sind zum Teil schwarz gestrichen, an der Wand hängt ein Tuch mit einem Pentagramm, und ihre Kleidung ist überwiegend dunkel. Haben Sie eine Erklärung dafür?«

Er winkte ab. »Das hat weiter nichts zu bedeuten. Viele junge Leute in Frankreich sind zurzeit auf dem Gothic-Kult-Trip, das hat Charline mir erklärt. Sie ziehen sich schwarz an, hören seltsame Lieder und lesen sich gegenseitig Gedichte über den Tod vor. Ein Teenagerspleen, den sie bald wieder vergessen wird. Eigentlich ist sie ein vernünftiges Mädchen.«

»In Ordnung. Danke, Monsieur Ferrand. Dann sehen wir uns morgen auf der Beerdigung.«

Als sie den Gastraum des Lokals durchquerten, fiel Lagarde noch eine Frage ein. Er ging hinüber zu Beatrice, die hinter dem Tresen Getränke einschenkte.

»Haben Sie noch einen Moment für uns, Madame Lemaître?«

Müde lächelte sie ihn an. »Bien sûr.«

»Ist Ihr Chef ein guter Skipper?«

Spontan musste sie lachen. »Nein, überhaupt nicht. Er ist das geborene Landei und hält sich am liebsten in seinem Restaurant auf. Alice hat einmal gesagt, dass sie ihn nicht gerne ans Steuer lasse, weil sie Angst habe, dass sie sonst kentern.«

»Danke, das war es schon.«

Sie verabschiedeten sich.

Nachdem sie das Lokal verlassen hatten, blieben sie auf der Terrasse in einer ruhigen Ecke stehen und besprachen ihr weiteres Vorgehen. Lagarde rief bei der Bezirksverwaltung in Saint-Lô an und erfuhr von einer Empfangskraft, dass der Leiter des Bauamtes, Stéphane Poullain, beim Mittagstisch war und um vierzehn Uhr wieder in seinem Büro sein würde.

»Gehen wir eine Kleinigkeit essen«, schlug er vor. »Anschließend fahren wir nach Saint-Lô, einverstanden?«

»Einverstanden.«

Sie entschieden sich für das Café *Henri Matisse* und gingen zu Fuß dorthin. Unter einem Schirm fanden sie einen freien Tisch. Nachdem sie ihre Bestellung, ein Käseomelette für Annie und einen Croque Monsieur für Lagarde, aufgegeben hatten, sprachen sie über den Fall.

Annie meinte: »Wenn es stimmt, was Beatrice Lemaître berichtet hat, hätte François Ferrand es zeitlich schaffen können, auf die Vogelinsel und wieder zurückzufahren.«

»Sie hat aber auch gesagt, dass er nicht besonders gut Boot fahren kann, und dann wäre es in diesem Zeitfenster nicht so einfach gewesen. Da müsste einfach jeder Griff sitzen, und man muss schnell und sicher fahren können.«

»Was halten Sie von dem Mann mit dem Strohhut, den Adrien gesehen hat?«

»Das muss überhaupt nichts bedeuten. Womöglich ist die Phantasie mit den Jungs durchgegangen, und sie haben sich etwas zusammengereimt. Es könnte ein Naturliebhaber gewesen sein, der sich die Gegend anschaut.«

»Oder ein Spanner.«

»Ausschließen können wir das nicht.«

»Von der Beschreibung her könnte es so ziemlich jeder Mann gewesen sein.«

»Das stimmt, sie hilft uns nicht weiter.«

»Finden Sie nicht, dass Monsieur Ferrand das Schwärmen seiner Tochter für diesen Gothic-Kult etwas verharmlost hat?«

»Da bin ich mir nicht sicher. Ich habe kürzlich einen Bericht darüber gelesen. Die meisten Anhänger sind wirklich harmlos. Es gibt aber eine Abspaltung, die Satanskult und Okkultismus zelebriert und der ultrarechten Szene zuzuordnen ist. Von dieser Gruppe geht ein gewisses Gefahrenpotential aus.«

»Echt? Das ist ja interessant.«

Lagarde winkte den Kellner herbei und bestellte zwei Mokka. Als sie gerade serviert worden waren, stürzte Gavin um die Ecke und blieb keuchend vor ihrem Tisch stehen. Sein Gesicht war rot vor Anstrengung, die Augen glänzten unnatürlich.

»Ich muss dringend mit Ihnen sprechen«, wandte er sich an Lagarde. »Es ist sehr wichtig.«

»Ja, bitte, setzen Sie sich doch zu uns.«

Der Mann sank auf einen Stuhl und wirkte sehr auf-geregt.

»Darf ich Ihnen etwas zu trinken bestellen?«, er-kundigte sich der Commissaire.

»Nein, danke. Sie waren doch vorgestern auf un-serem Bauernhof, und wir haben über Alice gespro-chen.«

»Ja.«

»Und wir haben uns auch über meine Mutter un-terhalten.« Er sah Lagarde eindringlich an. »Unser Gespräch hat mich sehr beschäftigt und aufgewühlt. Nachts habe ich von dem Unfall geträumt und bin schreiend und schweißgebadet aufgewacht. Vergange-ne Nacht habe ich wieder geträumt und mich erinnert. Stellen Sie sich das vor, nach so vielen Jahren … Ich konnte nie sagen, was für ein Auto meine Mutter tot-gefahren hat, auch der Polizei konnte ich damals nicht weiterhelfen. Die Erinnerung war wie ein schwarzes Loch. Ich sah immer nur meine Mutter, die reglos auf der Straße lag. Jetzt ist mir eingefallen – ich bin ganz sicher –, dass der Wagen des Fahrerflüchtigen weiß war, an zwei Buchstaben auf dem Nummernschild kann ich mich ebenfalls erinnern.«

»Sie haben die Buchstaben erkannt?«

»Ich konnte mit fünf Jahren bereits lesen, meine Mutter hatte es mir beigebracht. Es waren ein G und ein A.«

Als Lagarde die Buchstaben hörte, erstarrte er.

Gavin sprang hektisch auf. »Jetzt habe ich endlich einen Anhaltspunkt, um den Todesfahrer zu finden, und wenn ich ihn habe, bringe ich ihn um.«

Hastig ging er davon. Auf Lagardes Ausruf, er solle die Sache der Polizei überlassen, reagierte er nicht, und bald war er in einem schmalen Durchgang zwischen zwei Häusern verschwunden. Annie sah ihm verblüfft nach.

»Das hat er doch nicht ernst gemeint?«

»Ich weiß es nicht.«

»Wer weiß schon, ob es dieses Fahrzeug überhaupt noch gibt? Schließlich liegt der Unfall sechsundzwanzig Jahre zurück.«

»Es existiert, und es steht in der Garage des alten Bürgermeisters, Gérard Albert. Auf dem Kennzeichen des Mercedes' in seinem Hof standen die gleichen Buchstaben, G und A.«

»Was?«

»Wir müssen mit ihm sprechen, aber zuerst fahren wir nach Saint-Lô, sonst ist der Leiter des Bauamtes schon in den Feierabend gegangen.«

Die Polizisten erreichten die Hauptstadt des Département Manche nach einer guten halben Stunde. Sie lag auf einer Anhöhe oberhalb des Flusses Vire inmitten einer Heckenlandschaft. Das Gebäude, in dem die Bezirksverwaltung untergebracht war, befand sich im Osten der Stadt in der Nähe des berühmten, von Napoleon gegründeten Gestüts Haras de Saint-Lô. Dort konnten Pferdeliebhaber Zuchthengste verschiedener Rassen bewundern.

Neben der Bezirksverwaltung gab es einen großen Besucherparkplatz, auf dem sie das Auto abstellten. Sie betraten das moderne, lichtdurchflutete Haus, dessen Eingangshalle für Ausstellungen genutzt wurde. Hinter dem Empfangstresen saß ein junger Mann, der sie höflich begrüßte. Lagarde zeigte seinen Dienstausweis und brachte sein Anliegen vor.

»Wir möchten mit Monsieur Poullain sprechen. In welchem Zimmer finden wir ihn?«

Die Empfangskraft sah etwas im Computer nach. »Das geht jetzt leider nicht, er ist in einer Besprechung. Ich kann aber gerne einen Termin vereinbaren. Was halten Sie von morgen Vormittag um zehn Uhr fünfzehn?«

»So lange kann ich nicht warten, ich muss jetzt sofort mit ihm sprechen.«

»Das ist unmöglich. Die Besprechung ist sehr wichtig, da kann ich ihn nicht herausholen.«

»Doch, das können Sie, ich bestehe darauf.«

»Aber …«

»Kein Aber, oder wollen Sie eine Ermittlung behindern?«

Seine Wangen färbten sich rot. »In Ordnung, ich hole ihn, aber auf Ihre Verantwortung.«

Wenige Minuten später kam er mit einem vor Wut

schäumenden Stéphane Poullain zurück, der Lagarde unwirsch anfuhr.

»Was fällt Ihnen ein? Ich bin ein sehr beschäftigter Mann.«

Lagarde ging nicht darauf ein und zückte erneut seinen Ausweis. »Wo können wir uns ungestört unterhalten?«

»Gehen wir in mein Büro. Ich hoffe sehr, dass Sie einen gewichtigen Grund haben, ansonsten werde ich mich über Sie beschweren.«

Poullains Amtszimmer lag im ersten Stock, war sehr geräumig und mit schönen antiken Möbeln eingerichtet. An der Wand hinter dem Schreibtisch hing ein goldgerahmtes Ölbild, das die Klosterkirche Sainte-Croix unter einem wolkenverhangenen Himmel zeigte.

Der Leiter des Bauamtes setzte sich auf seinen Bürostuhl und bot den Polizisten die Stühle gegenüber an. Inzwischen hatte er sich beruhigt und fragte, ob er ihnen etwas zu trinken anbieten dürfe, was sie dankend ablehnten. Lagarde fragte sich, ob der Mann mit seiner dunklen Kleidung seiner Trauer Ausdruck verleihen wollte. Monsieur Carl hatte recht gehabt, dieser Mann mit der Glatze und den markanten Gesichtszügen sah dem Schauspieler Telly Savalas zum Verwechseln ähnlich. Lagarde eröffnete das Gespräch.

»Wir ermitteln in den Mordfällen Alice Ferrand und Pierre Basson. Sie wurden vor vier Tagen auf der Vogelschutzinsel Île de Terre getötet.«

Der Mann nickte. »Ich habe davon gehört, alle Medien berichteten darüber. Was für ein scheußliches Verbrechen ...«

»Kannten Sie die beiden Opfer?«

»Nein.«

Annie sah ihn erstaunt an. Er log unverfroren.

Lagarde fuhr unbeirrt fort. »Ein Zeuge konnte bestätigen, dass Sie ihm jeden Montag ein Rosenbouquet für Alice Ferrand übergeben haben, das er vor die Tür ihrer Sekretärin legen sollte.«

Poullain wurde blass, dann schimpfte er: »Dieser Idiot! Ich habe ihn teuer dafür bezahlt, dass er den Mund hält!«

»Sie kannten sie also doch.«

»Ja.«

»Und Pierre Basson?«

»Ihn kannte ich wirklich nicht.«

»Warum haben Sie Madame Ferrand Blumen geschenkt?«

Er seufzte. »Wir haben uns vor knapp drei Monaten auf einer Tagung in Le Havre kennengelernt. Abends haben wir an der Hotelbar etwas zusammen getrunken und uns gut unterhalten. Na ja, wir haben etwas zu viel getrunken, und schließlich sind wir in ihrem Zimmer gelandet und haben die Nacht zusammen verbracht.« Er lächelte versonnen. »Es war eine sehr leidenschaftliche Nacht. Ich wollte Alice unbedingt wiedersehen, aber sie lehnte das entschieden ab. Sie sagte, es wäre ein One-Night-Stand gewesen, weiter nichts. Sie sei verheiratet und wolle mich nicht wiedersehen.«

»Sind Sie dann auf die Idee mit den Rosen gekommen?«

»Ja, ich hatte mich in sie verliebt und wollte sie für mich gewinnen.«

»Hat es funktioniert?«

»Nein, leider nicht. Sie wollte keinen Kontakt mehr zu mir. Sie hat sogar gesagt, dass ich aufhören solle, sie zu belästigen.«

»Sie haben aber nicht aufgehört.«

»Ich wollte die Hoffnung nicht aufgeben und habe es eben weiter versucht.«

»Das klingt für mich nach Stalking, vor allem, wenn man Ihre wiederholte Nachricht auf dem Kärtchen berücksichtigt: ›Du gehörst mir‹.«

Der Mann brauste auf. »Das ist doch Unsinn, was Sie da reden! Ich habe ihr den Hof gemacht, auf respektvolle Weise, sonst nichts.«

»Man könnte auch sagen, Sie haben sie nicht in Ruhe gelassen.«

»Diese Unterstellung weise ich entschieden zurück.«

»Spinnen wir den Faden weiter. Sie haben herausgefunden, dass sie einen anderen Liebhaber hatte. Sie waren sehr eifersüchtig, und vor vier Tagen sind Sie den beiden auf die Insel gefolgt und haben sie getötet.«

Poullain sprang auf, so dass sein Stuhl gegen einen

Rollschrank krachte, und funkelte den Commissaire zornig an. Annie fuhr erschrocken zusammen.

»Was reden Sie denn da! Das können Sie nicht beweisen, weil ich überhaupt nichts getan habe! Passen Sie auf, was Sie sagen!«

»Wo waren Sie vor vier Tagen zwischen sechzehn und achtzehn Uhr?«

Er warf einen Blick auf seinen Tischkalender. »Da hatte ich einen freien Tag.«

»Was haben Sie am Nachmittag gemacht?«

»Ich war segeln.«

»Wo?«

»In der Baie des Veys.«

»Gibt es einen Zeugen?«

»Nein, ich war alleine.«

»Im Moment habe ich keine weiteren Fragen. Wir melden uns, wenn wir noch etwas wissen wollen.« Lagarde legte seine Karte auf den Tisch. »Rufen Sie mich bitte an, wenn Ihnen noch etwas einfällt. Au revoir, Monsieur Poullain.«

Als sie zum Auto gingen, musste Annie ihren noch frischen Eindruck sofort mitteilen. »Ich finde den Mann höchst verdächtig. Was ist denn das für eine Ansage, ›du gehörst mir‹? Hat er Madame Ferrand als seinen persönlichen Besitz betrachtet?« Empört schüttelte sie den Kopf.

»Wir haben keinen Beweis gegen ihn in der Hand, Annie.«

Sie fanden den alten Bürgermeister an seinem Weiher. Unter der Bank lag eine schwarze Bulldogge, die ihnen entgegensah und mit dem Schwanz wedelte.

Gérard Albert machte keinen besonders erfreuten Eindruck, als er sie bemerkte.

»Da sind Sie ja schon wieder. Sie waren doch gestern erst hier, wollen Sie mich jetzt doch verhaften?« Dröhnend lachte er über seinen Scherz. Sein Hund sprang erschrocken auf. Der Commissaire sah ihn ernst an. Selbst wenn der Mann der flüchtige Fahrer wäre, könnte er ihn nicht verhaften, dieses Delikt war schon lange verjährt.

»Ich habe eine Frage, Monsieur Albert.«

Der machte sich ein Bier auf. »Fragen Sie.«

»In Ihrer Garage steht ein alter Citroën H.«

»Woher wissen Sie das? Was haben Sie in meiner Garage verloren?« Sein fleischiges Gesicht lief vor Ärger rot an.

»Als wir gestern kamen, haben wir Sie gesucht, und ich habe durch ein Fenster hineingesehen.«

Er winkte ab. »Es ist schon recht, was soll's.«

»Ist das Ihr Auto?«

»Nein.«

»Wem gehört es dann? Auf dem Nummernschild stehen die gleichen Buchstaben wie auf dem Mercedes im Hof, G und A.«

»Der Mercedes ist mein Wagen, der Citroën gehörte meinem Bruder Guillaume.«

»Gehörte?«

»Er ist tot, schon seit fünfundzwanzig Jahren. Er hat die kuriose alte Kiste geliebt, deshalb habe ich sie behalten und in der Garage abgestellt, aus sentimentalen Gründen und zur Erinnerung an ihn, denke ich.«

»Haben Sie das Auto auch gefahren?«

»Nein, ich mag eher schicke Limousinen. Es steht seit dem Tod meines Bruders dort und wurde nicht mehr bewegt.« Skeptisch sah er ihn an. »Warum wollen Sie das alles wissen?«

»Ich werde den Citroën beschlagnahmen müssen, dafür brauche ich aber einen richterlichen Beschluss, den ich erst noch besorgen muss. Es sei denn, Sie haben nichts dagegen, dass ich das Auto abholen lasse.«

Der alte Bürgermeister schüttelte verständnislos den Kopf. »Ich kann Ihnen nicht folgen. Was wollen Sie denn nach fünfundzwanzig Jahren mit diesem Vehikel?«

»Das kann ich Ihnen jetzt nicht sagen, Sie werden aber selbstverständlich später informiert, wenn die Sache geklärt ist.«

»Machen Sie, was Sie wollen.«

»Also sind Sie einverstanden?«

»Aber ja, ich habe nichts zu verbergen.«

»Dann werde ich es heute noch abholen lassen, wenn die Kollegen es zeitlich schaffen, ansonsten morgen so früh wie möglich.« Lagarde wollte auf keinen Fall, dass Gavin ihnen zuvorkam und das Auto fand.

»Der Schlüssel für das Garagentor liegt unter einem Stein rechts neben der Tür.«

»Danke.«

Albert lächelte bitter. »Früher, als erfolgreicher Großbauer und Kommunalpolitiker, hätte ich Ihnen für so ein dubioses Ansinnen die Hölle heißgemacht, und ich hätte auf der Stelle meinen Anwalt informiert. Aber in meiner Situation ist es mir völlig gleich. Ich trinke jetzt noch ein Bier. Jacqueline hat mich heute verlassen.«

Lagarde hatte Pauline Basson am Morgen angerufen und sie gebeten, um siebzehn Uhr auf die Wache in Sainte-Mère-Église zu einem Gespräch zu kommen. Sie kam zehn Minuten zu früh und machte einen nervösen Eindruck. Wieder war sie in kräftigen Farben gekleidet. Die Haare lagen glatt am Kopf an. Sie setzten sich zu dritt um den Besprechungstisch, und Lagarde bot ihr Kaffee und Wasser an.

»Ein Glas Wasser, bitte.«

Unsicher sah sie in die Runde.

»Ich verstehe nicht, warum Sie mich herbestellt haben. Sie waren doch gestern erst bei mir zu Hause, ich habe Ihnen alles gesagt, was ich weiß.«

»Es haben sich neue Gesichtspunkte ergeben, Madame Basson«, erklärte Lagarde. »Bitte, Annie.«

Die Gendarmin räusperte sich und setzte sich aufrecht hin. Sie war ein wenig nervös, weil es sich um ihre erste Befragung in einer Mordermittlung handelte.

»Madame Basson, ich habe heute Morgen mit der Leitung des Sommercamps der Pfadfinder gesprochen und habe die Auskunft bekommen, dass Sie Ihre Kinder gar nicht abgeholt haben. Sie waren nicht im Camp, nicht wahr?«

»Selbstverständlich war ich im Camp, das habe ich Ihnen doch bereits erzählt.«

»Die Leitung ist sich sicher, dass Sie nicht da waren.«

»Ich habe meine Kinder abgeholt, und wir sind an den Strand gegangen.«

»Es ist Pflicht, die Kinder bei einem Betreuer abzumelden. Das haben Sie nicht getan.«

»Ich habe nicht daran gedacht.«

Annie und Lagarde tauschten einen Blick. Unmerklich nickte er ihr zu.

»Madame Basson, Sie können Ihre Kinder nicht besucht haben. Sie waren den ganzen Tag über nicht im Sommerlager, weil ihre Gruppe einen Ausflug gemacht hat.«

Alle Farbe wich aus ihrem Gesicht.

»Sie haben recht. Ich war nicht dort.«

»Warum haben Sie ein falsches Alibi angegeben?«

»Ich weiß nicht. Ich habe es einfach so gesagt, schließlich stand ich unter Schock.«

»Wo waren Sie an jenem Nachmittag?«

»Ich war zu Hause und lag mit einer fürchterlichen Migräne im Bett.«

Lagarde gab Annie ein Zeichen, dass er jetzt wieder übernehmen würde. »Es gibt einen Zeugen, der Sie am fraglichen Nachmittag an der Bucht von Quinéville gesehen hat. Er hat auch Ihren Sportwagen bemerkt und konnte Ihr Nummernschild beschreiben.«

Ihr Blick war starr auf die Wand gerichtet. Dann sackte sie förmlich in sich zusammen. Leise gestand sie ein: »Ja, ich war dort.«

»Was wollten Sie an der Bucht?«

»Ich bin meinem Mann gefolgt. Ich wollte wissen, ob er mich schon wieder betrügt.«

»Sie sind ihm den ganzen Tag über gefolgt?«

»Ja. Als er im Rathaus von Sainte-Mère-Église gearbeitet hat, habe ich mich in ein gegenüberliegendes Café gesetzt, Zeitschriften durchgeblättert und gewartet, bis er fertig war.«

»Und wie ging es dann weiter?«

»Als er aus dem Rathaus kam, bin ich ihm weiter hinterhergefahren bis zu einer kleinen Bucht. Dort hat er sein Auto stehen lassen und am Strand gewartet, bis sie mit dem Boot kam. Dann ist er an Bord zu dieser Frau gestiegen.« Sie schluckte. »Sie haben sich umarmt und geküsst wie ein Liebespaar. Sie können sich nicht vorstellen, wie mich das verletzt hat. Dann sind sie weggefahren.«

»Was haben Sie gemacht?«

»Ich wollte ihnen unbedingt folgen und sehen, wohin sie fahren und was sie machen. Etwa hundert Meter südlich der Bucht ankerte ein Fischerboot nahe am Strand. Ich lief hin und fragte den Fischer, ob er eine kleine Rundfahrt mit mir machen würde, gegen gutes Geld natürlich. Er ließ sich wirklich darauf ein. An Bord bat ich ihn, dem Schiff zu folgen. Ich habe ihm als Grund für mein Verhalten irgendeine haarsträubende Geschichte erzählt, die er mir geglaubt hat. Ich habe behauptet, dass ich Journalistin sei und dass ich dieses Promipaar für eine Klatschzeitschrift fotografieren solle, am besten in einer pikanten Situation. Er hat mich für einen Paparazzi gehalten. Als wir die Insel erreicht hatten, bat ich ihn, auf mich zu warten, und ging an Land. Es dauerte nicht lange, dann hatte ich die beiden gefunden. Sie waren nackt, picknickten einträchtig auf einer Decke und tranken Champagner. Sie waren bester Laune. Ich wusste gar nicht, dass mein Mann in solch einer Stimmung sein konnte.« Unwirsch wischte sie sich eine Träne aus dem Augenwinkel. »Es hat so wehgetan, ihn so glücklich zu sehen. Mit mir hat er nie ein Picknick gemacht, höchstens einmal mit seinen Kindern.«

»Haben die beiden Sie bemerkt?«

Höhnisch lachte sie auf. »Wo denken Sie hin, sie waren vollkommen mit sich selbst beschäftigt.« Hektisch kramte sie in ihrer Handtasche und holte ein Handy heraus. »Ich habe heimlich ein Foto von ihnen gemacht. Ich glaube, ich wollte es mir zu Hause ansehen, damit ich endlich begreife, dass es aus ist zwischen Pierre und mir.« Sie tippte auf das Display und legte das Smartphone auf den Tisch. Das Foto war etwas unscharf. Alice Ferrand und Pierre Basson prosteten sich zu und schienen nur Augen füreinander zu haben. Die kleine Düne und das Gebüsch im Hintergrund waren nur als Schemen zu erkennen.

»Dürfen wir eine Kopie machen?«, fragte Lagarde.

»Bitte.«

Annie kümmerte sich darum, klickte das Foto an und vergrößerte es. Als sie es betrachtete, weiteten sich ihre Augen vor Erstaunen. Sie drehte den Laptop um, damit die beiden die Vergrößerung sehen konnten. Das war kein Busch im Hintergrund, das waren der Kopf und die Brust eines Mannes. Die Aufnahme war undeutlich, aber man konnte erahnen, dass er eine Glatze hatte.

Madame Basson wirkte völlig überrascht. »Diesen Glatzkopf habe ich nicht bemerkt, ich war total auf meinen Mann und seine Geliebte fixiert.«

Der Kommissar nahm den Faden wieder auf. »Wie ging es dann weiter?«

»Ich habe mich fortgeschlichen und bin zum Fischerboot zurückgekehrt.«

»Haben Sie jemanden gesehen?«

»Nein, keine Menschenseele.«

»Stellen wir uns ein anderes Szenario vor. Sie hatten ein Messer dabei, weil Sie schon ahnten, was Sie herausfinden würden, und haben die beiden getötet.«

Madame Basson starrte ihn entsetzt an. »Nein, Monsieur le Commissaire, ich hatte kein Messer dabei, und ich habe auch niemanden getötet. Ich würde nie riskieren, ins Gefängnis zu kommen. Was sollte denn dann aus meinen Kindern werden?« Sie starrte auf die Tischplatte. »Ich hätte Pierre nicht töten können. Ich habe ihn doch so geliebt.«

Das ließ Lagarde unkommentiert. »Wissen Sie, wie der Fischer heißt, oder können Sie sein Boot beschreiben?«

»Wir haben uns nur mit dem Vornamen vorgestellt. Er heißt Roland, sein Boot hat den Namen *La Mouette d'Argent*, *Die Silbermöwe*. Es ist grün, glaube ich, und nicht besonders groß.«

Sie würden in die regionalen Tageszeitungen einen Aufruf zur Mithilfe an die Bevölkerung setzen lassen, um diesen Fischer zu finden.

»Danke, Madame Basson.«

Als sie das Protokoll unterschrieben und die Gendarmerie verlassen hatte, fragte Annie: »Glauben Sie das?«

»Was? Dass man jemanden nicht töten kann, weil man ihn so sehr liebt?«

»Ja.«

»Nein, das glaube ich nicht. Meistens ist es genau umgekehrt.«

Im Anschluss an das Gespräch mit Madame Basson fuhren sie nach Quinéville, um das Alibi von François Ferrand zu überprüfen. Der malerische Ort lag direkt am Meer, und um den kleinen Hafen gruppierten sich Granitsteinhäuser, in denen Cafés, Restaurants und Geschäfte untergebracht waren. Auf dem Wasser schaukelten Fischerboote und einige Segelschiffe mit weißroten Schotts. Die Hafenkneipe war im Keller eines mittelalterlichen Hauses untergebracht, das aus grob geschichteten Steinen gebaut und mit einem Reetdach gedeckt war. Sie hieß *Nid des Pirates*, *Piratennest*.

Die Polizisten stiegen eine steinerne Wendeltreppe hinab und gelangten in ein Gewölbe, das von Wandleuchten in ein diffuses Licht getaucht wurde. An den einfachen Holztischen saßen Fischer, Handwerker in Arbeitsoveralls und einige Touristen, die das Lokal zufällig entdeckt hatten. Durch den Raum zogen Rauchschwaden, und der Lärmpegel war ziemlich hoch. Hinter der Theke stand eine junge Frau und goss gerade Rotwein in Wassergläser. Als sie die Besucher bemerkte, begrüßte sie sie freundlich. Lagarde zeigte ihr seinen Ausweis.

»Können wir Sie kurz sprechen?«

»Sicher, was kann ich für Sie tun?«

»Hatten Sie vor vier Tagen am Nachmittag Dienst?«

»Ja, ich arbeite immer von zwölf bis achtzehn Uhr, außer am Dienstag, da habe ich frei.«

Lagarde zeigte ihr das Foto, das er von Monsieur Ferrand bekommen hatte, und deutete auf ihn. »War dieser Mann an dem Nachmittag hier?«

Sie sah sich das Bild genau an. »Ja, er war hier.«

»Sind Sie sicher?«

»Ja, ganz sicher. Zwei Tage danach war ein Bild von ihm in der *Ouest-France*, zusammen mit seiner Frau, die ermordet wurde.«

»Wissen Sie noch, wann er kam und wann er das Lokal wieder verließ?«

»An dem Nachmittag war viel los. Es kommen immer mehr Touristen, weil sie die Kneipe so schön nostalgisch finden. Aber er war bestimmt von sechzehn Uhr dreißig bis achtzehn Uhr hier. Er hat alleine an einem Tisch gesessen, vor sich hingestarrt und drei oder vier Pastis getrunken.«

»Danke, Madame. Mit Ihrer Auskunft haben Sie uns weitergeholfen.«

»Gerne.«

Annie, Ruet und Lagarde saßen zusammen bei einem späten Abendessen und legten ihre Strategie fest. Der Commissaire hatte beschlossen, auf die Île du Large zu fahren und zu überprüfen, ob dort wirklich eine Party stattfinden und ob Charline Ferrand unter den Partygästen sein würde. Wenn sie Glück hatten, konnten sie mit ihr über ihren Verdacht sprechen, wer ihre Mutter ermordet haben könnte.

Annie und Ruet trugen Zivilkleidung. Sie wollten um dreiundzwanzig Uhr im Hafen von Ravenoville-Plage starten und sich unauffällig unter das Partyvolk mischen, Ruet hatte ein Privatboot organisiert, ein Schiff der Polizei hielten sie für zu auffällig. Er steuerte das Boot langsam aus der Marina, beschleunigte auf dem offenen Meer und nahm Kurs auf das Eiland.

Der Ärmelkanal war unruhig. Wogen klatschten gegen den Schiffsrumpf, und der aufkommende Wind zerrte an der Persenning. Nach einer guten halben Stunde näherten sie sich ihrem Ziel, und das gewaltige Rund Fort rückte immer näher. Der milchig weiße Wolfsmond stand riesig über dem Bauwerk. Der Himmel hatte sich schwarzblau verfärbt, eisengraue Wolken zogen darüber hinweg. Aus den Bogenfenstern und Schießscharten der Verteidigungsanlage drang Licht in verschiedenen grellen Farben, künstliche Blitze zuckten durch die Nacht, Heavy Metal Musik dröhnte. Bestimmt war ein sehr starker Generator in Betrieb.

Im Hafenbecken des Forts lagen einige Motorboote. Ruet fuhr ein Stück weiter um die Befestigungsmauer herum und legte an einer verlassenen Mole an. Sie gingen an Land, stiegen eine Steintreppe hinauf und gelangten auf den Sockel des Forts. Durch einen der Eingänge, die früher mit gewaltigen Eichentoren verschlossen waren, hatten sie einen guten Blick auf den Innenhof, auf dem etwa dreißig bis vierzig Menschen wie in Trance zur Musik tanzten. Manche trugen Jeans und Shirt, andere schwarze Umhänge und Teufelsmasken.

Sie traten ein und sahen sich um. Niemand achtete auf sie. Eine Lightshow feuerte Salven greller bunter Blitze ab, Schwarzlicht zuckte durch das Fort Circulaire, goldene und purpurfarbene Pentagramme tanzten durch die Nacht. Die Szenerie war gespenstisch. An eine Wand wurde ein Mensch mit einem Ziegenkopf und riesigen Hörnern projiziert, der diabolisch grinste. Auf dem Steinboden flackerten Hunderte von schwarzen Kerzen. Auf einem Steinquader standen Gläser mit einer Flüssigkeit, die die Farbe von Blut hatte.

Als die Geisterstunde anbrach, versammelten sich die Gäste um ein vier Meter großes Pentagramm, das ein Mann entzündete. Schwefelgelbe Flammen züngelten in den Himmel, das Feuer fauchte, Rauchschwaden stiegen empor. Infernalische Musik donnerte durch das Fort, die Leute klatschten begeistert.

Ruet fragte sich fassungslos, ob sie einer schwarzen Messe beiwohnten. Als das Feuer erlosch, tanzten die Menschen weiter. Niemand bemerkte, dass ein Mädchen auf die erste Galerie geklettert war und jetzt vor einem Rundbogen tanzte. Als eine Lichtreflexion sie traf, sah Lagarde sie. Schon stieg sie auf den Sims und bewegte sich unsicher auf der Fensterbank, etwa vierzehn Meter über dem Sockel des Forts. Ein Mann war ihr gefolgt, hatte die Hände erhoben und redete beschwichtigend auf sie ein. Sie lachte und geriet dabei ins Schwanken, kippte nach vorn und fing sich wieder.

Lagarde machte seine Kollegen auf die Situation aufmerksam und rannte die Treppe hinauf. Vorsichtig näherte er sich den beiden. Wenn das Mädchen sich erschrak, würde es womöglich in die Tiefe stürzen. Aus der Nähe erkannte er, dass es Charline war. Im Mondlicht leuchteten ihre Haare feuerrot.

Der Mann, der auf sie eingeredet hatte, drehte sich um und sprach Lagarde leise an. In seiner Stimme lag Verzweiflung. »Sie hat Drogen genommen und viel Schnaps getrunken. Ich konnte es nicht verhindern. Jeden Moment wird sie nach hinten in den Tod kippen, was soll ich nur machen?«

In der Zwischenzeit waren alle Partygäste auf die dramatische Szene hoch über ihren Köpfen aufmerksam geworden und starrten paralysiert auf das schwankende Mädchen, das irre lachte. Die Musik verstummte, es wurde gespenstisch still. Jemand hatte die Lichtanlage ausgeschaltet, nur die Kerzen brannten noch. Der Wolfsmond tauchte das Fort in silbriges Licht.

Der junge Mann versuchte es erneut.

»Charline, ich bitte dich, steig von dem Sims herunter. Ich komme und nehme deine Hand, okay?« Seine Stimme zitterte vor Anspannung. Annie starrte ihn angespannt an.

»Nein!«, rief Charline. »Ich will im Mondschein weitertanzen, es ist wunderschön hier oben. Lass mich!«

Sie schien Lagarde noch nicht bemerkt zu haben. Der Mann warf ihm einen verzweifelten Blick über die Schulter zu.

»Helfen Sie mir, bitte!«

Er kam Lagarde bekannt vor, dann erkannte er plötzlich den Klavierspieler, mit dem Annie in der *Bar Casablanca* gesprochen hatte.

Lagarde drehte sich mit dem Rücken zur Mauer und bewegte sich Schritt für Schritt auf das Bogenfenster zu, fuhr dann blitzschnell herum und packte das Mädchen am Arm. Sie schrie erschrocken auf und taumelte, doch er ließ sie nicht los und zog sie mit einem Ruck vom Sims herunter auf die Galerie, wo sie zu Boden fiel.

Ihr Gesicht war bleich, die Lider flatterten, dann verlor sie das Bewusstsein. Lagarde hielt sie behutsam in den Armen, fühlte ihren Puls, der viel zu schnell ging, und instruierte Ruet.

»Verständigen Sie die Seenotrettung. Wir brauchen dringend einen Arzt. Sie sollen den Hauptanleger anfahren.« Ruet holte sein Handy aus der Hosentasche und begann zu telefonieren.

Der Commissaire trug Charline durch den Innenhof zur Mole und legte sie behutsam auf seine Jacke. Der Pulsschlag hatte sich ein wenig beruhigt, und sie warteten auf die Rettung. Annie hatte den Arm um den jungen Mann gelegt und redete beruhigend auf ihn ein. Inzwischen hatte Ruet die Partygäste um sich versammelt und nahm ihre Personalien auf, nicht ohne sie in strengem Ton zu ermahnen.

»Das Betreten der Insel ist verboten. Sie müssen mit einer Anzeige rechnen.«

Ein betrunkener Gast war damit nicht einverstanden und protestierte lautstark, packte Ruet dann am Kragen. Lagarde wollte schon eingreifen, doch der Gendarm wusste sich zu wehren. Er schüttelte den Mann schnell ab und nahm ihn in den Schwitzkasten.

»Papiere vorzeigen, sofort! Sonst verhafte ich Sie.«

Eine junge Frau, die offenbar seine Freundin war, versuchte, ihn zu beschwichtigen. Schließlich holte er seinen Ausweis aus dem Portemonnaie.

Lagarde saß neben Charline im Gras und hielt ihre Hand. Fragend sah er Annie an.

»Sie kennen den Mann?«

Sie lächelte. »Das ist mein Bruder Grégoire, gestern habe ich ihn nach langer Zeit wiedergesehen. Ich erzähle Ihnen die Geschichte später.«

Ihr Bruder meldete sich zu Wort. »Kurz nachdem ich Charline kennengelernt hatte, fand ich heraus, dass sie manchmal Drogen nimmt, und ich habe versucht, sie davon abzubringen. Ich bin heute auch deshalb mit auf die Insel gefahren, um auf sie aufzupassen, weil ich fürchtete, dass es auf der Party Drogen und Alkohol in Mengen geben würde.« Er seufzte gequält. »Es ist mir nicht gelungen. Sie muss hinter meinem Rücken irgendetwas eingeworfen haben. Außerdem hat sie zu viel Rotwein getrunken.«

In der Zwischenzeit näherte sich das Schiff der Seenotrettung. Charline wurde auf eine Liege gebettet, von einer Notärztin versorgt und schließlich auf das Schiff transportiert. Grégoire begleitete sie.

»Das Mädchen ist nicht in Lebensgefahr«, rief die Ärztin. Wenige Minuten später legte das Schiff ab. Annie und Lagarde halfen Ruet bei der Aufnahme der Personalien. Der Gendarm schimpfte immer noch.

»Morgen kommt ihr zurück und räumt die Insel auf! Ich werde das überprüfen.«

Als alle Gäste die Île du Large verlassen hatten, standen die Polizisten im gleißenden Mondlicht.

»Was für eine Nacht«, meinte Ruet.

Auf der Rückfahrt nach Ravenoville-Plage erzählte Annie ihren beiden Begleitern die Geschichte von ihrem Bruder.

»Grégoire hat klassische Musik studiert, Klavier und Querflöte, aber er hat es damit nicht so ernst genommen. Er ist lieber um die Häuser gezogen, hat mit seiner Band Musik gemacht und in Kneipen Klavier gespielt. Irgendwann waren unsere Eltern es leid, ihn zu finanzieren, und haben ihn schließlich nach einigen verstrichenen Ultimaten vor die Tür gesetzt.

Daraufhin ist er abgehauen und hat sich nicht mehr gemeldet. Seitdem habe ich ihn gesucht. Eines Tages hat mir ein Freund erzählt, dass er ihn in Saint-Lô gesehen hat, und nachdem ich zufällig in Sainte-Mère-Église meine Stelle angetreten hatte, habe ich in meiner Freizeit die Musikkneipen abgeklappert und versucht, ihn zu finden.« Sie lächelte glücklich. »Nach etlichen Misserfolgen habe ich ihn gestern in der Bar in Carentan gesehen. Wir haben uns lange unterhalten, und er hat mir erzählt, dass er eine junge Frau kennengelernt und sich in sie verliebt hat. Ich hatte keine Ahnung, dass es Charline ist.«

Sie schwiegen und sahen auf den wogenden Ozean, in dem sich der Mond spiegelte.

»Hoffentlich wird Charline wieder gesund«, sagte Annie dann mit leiser Stimme.

MÄRCHENWEIHER
SECHSTER TAG

Als Lagarde am Morgen zu der Besprechung nach Sainte-Mère-Église fuhr, hatte das Wetter umgeschlagen, und es schüttete wie aus Kübeln. Die Temperatur war rapide gesunken. Als er an der Festung von Saint-Vaast-la-Hougue vorbeikam, sah er gewaltige Brecher über die Hafenmauer schlagen und die Gischt Nebel aufwirbeln. Ein tosender Westwind brauste über die Dünen und ließ das Seegras zittern. Nachdem er den Ort erreicht hatte, stellte er sein Auto vor dem Café *Henri Matisse* ab und kaufte dort Chocolatines.

Annie saß bereits am Besprechungstisch und hatte für Kaffee gesorgt. Sie erzählte, dass Ruet zu einem Verkehrsunfall gefahren war.

Lagarde schenkte Kaffee ein, während Annie ihre Neuigkeiten berichtete.

»Vor einer halben Stunde habe ich, wie abgesprochen, im Krankenhaus von Saint-Lô angerufen und mich erkundigt, wie es Charline geht. Sie wird heute Morgen entlassen. Eigentlich wollten die Ärzte sie noch ein, zwei Tage zur Beobachtung dabehalten, aber sie hat gebettelt, dass sie nach Hause darf. Sie will unbedingt bei der Beerdigung ihrer Mutter dabei sein. Sie haben sich so geeinigt, dass ihr Vater und ihr Bruder sie abholen und nach dem Begräbnis wieder dort abliefern.«

Lagarde nickte. »Ich kann gut verstehen, dass das Mädchen dabei sein will. Sie muss Abschied nehmen können. Gibt es sonst noch etwas Neues?«

»Die Techniker in Cherbourg haben das Foto bearbeitet, das Madame Basson gemacht hat. Schauen Sie, so sieht es jetzt aus.« Sie drehte den Laptop zu ihm. Das Foto füllte den ganzen Bildschirm aus. Die Glatze des Mannes glänzte im Sonnenlicht und wirkte irgendwie unförmig. Das Gesicht wirkte wie eine mattweiße Scheibe, und von den Zügen war nichts zu erkennen. Die Brust sah eigenartig blau und schuppig aus. »Sie haben geschrieben, dass das Bild überbelichtet ist und die Physiognomie nicht herausgearbeitet werden konnte. Die Aufnahmequalität des Handys ist schlecht, besonders bei weiter entfernten Objekten.« Stirnrunzelnd betrachtete sie das Bild. »Was ist denn mit seinem Oberkörper? Er sieht seltsam aus, ist das ein T-Shirt?«

»Nein, das ist ein Neoprenanzug.«

»Sie haben doch die Schnalle eines solchen Anzuges in der Grotte gefunden.«

»Ja.«

»Was hat der Mann in der Grotte gemacht?«

»Vielleicht hat er sich versteckt.«

»Könnte das der Mörder sein?«

»Das kann man zum jetzigen Stand der Ermittlungen unmöglich sagen.«

»Stéphane Poullain hat eine Glatze.«

»Viele Männer haben eine Glatze.«

»Er könnte eifersüchtig auf Paul Basson gewesen sein.«

»Das ist durchaus möglich, und außerdem hat er kein Alibi.«

»Wer ist denn jetzt verdächtig, wer hatte ein Motiv, die Mittel und gleichzeitig kein Alibi, und wen können wir ausschließen?«

Das Rattern des Faxgeräts unterbrach ihre Überlegungen. Es war der Bericht der Spurensicherung. Die Kollegen hatten den Citroën H gestern Abend noch mit einem Transporter abgeholt und in der Fahrzeughalle untersucht.

Annie fasste zusammen, was sie gerade gelesen hatte: »Am rechten Kotflügel befanden sich Blutspuren. Die DNA ist identisch mit der von Gabrielle Cordelier, dem Unfallopfer. Damals wurde ihre DNA aufbewahrt. Außerdem wurden blaue Stofffasern sichergestellt, die sich in einer Spalte zwischen Kotflügel und Motorhaube verfangen hatten. Als sie starb, trug sie ein blaues Kleid. Die Fasern sind ebenfalls identisch.«

»Bei dem Citroën aus der Garage handelt es sich also tatsächlich um das Unfallfahrzeug.«

»Definitiv. Sie haben auch herausgefunden, wer der Halter war: Gérard Albert.«

»Er hat den Wagen gefahren?«

Sie las weiter. »Nein, sie haben keinen Fingerabdruck von ihm gefunden, nur von seinem Bruder Guillaume.«

»Woher haben sie die Vergleichsproben?«

»Warten Sie, da ist ein Polizeibericht angehängt von 1968. Da war Guillaume fünfzehn Jahre alt und Gérard sechzehn.« Sie überflog den Bericht. »Die Brüder haben einem Nachbarn einen üblen Streich mit Silvesterkrachern gespielt, dessen Auto dabei in Flammen aufging. Der Vater der Jungen hat den Schaden bezahlt, und sie mussten Sozialstunden bei der Feuerwehr ableisten. Bei diesem Ermittlungsverfahren wurden ihre Fingerabdrücke genommen.«

»Guillaume Albert hat Gavins Mutter überfahren.«

»Ja.«

»Das müssen wir dem alten Bürgermeister, Gavin und seinem Vater mitteilen.« Er sah auf die Uhr. »In einer Viertelstunde beginnt der Trauergottesdienst, wir müssen los.«

Lagarde holte einen Schirm aus seinem Auto, und sie gingen zu Fuß durch den strömenden Regen die wenigen Meter zur Kirche, während heftige Böen an ihnen zerrten. Der Turm des sakralen Bauwerkes ragte in den grauen Himmel. Nur einer alten Libanonzeder, die auf die Turmspitze herabsah, konnte der Wind nichts anhaben. Neben der Kirche befand sich der von einer Mauer umgrenzte Friedhof. Steinerne Kreuze erhoben sich über den Gräbern mit ihrem Blumen-schmuck, den flackernden Grablichtern und den ornamentierten Gedenktafeln.

Im Kirchenschiff waren fast alle Plätze besetzt. Lagarde und Annie setzen sich in die letzte Reihe, gerade als die Trauerzeremonie begann. Nachdem der Abbé seinen Segen gesprochen hatte, machte er sich mit seinen Messdienern auf den Weg zum Friedhof. Die Familie und die Trauergäste schlossen sich dem Trauerzug an.

Charline hatte sich bei ihrem Vater untergehakt und machte einen völlig verstörten Eindruck. Adrien ging neben ihnen wie ferngesteuert, das Gesicht war tränenüberströmt. Schließlich versammelten sich alle um die Grabstätte. Es waren mehr als hundert Personen gekommen, um sich von Alice Ferrand zu verabschieden. Lagarde erkannte Alice' Sekretärin, die ihren Schirm umklammerte und ihren Tränen freien Lauf ließ. Wieder hatte sie eine weiße Rose in ein Knopfloch gesteckt. Auch Gavin war da und stand neben einem älteren Mann, vielleicht seinem Vater, und starrte auf den Sarg mit den weißen Lilien und rosa Nelken, der von vier Männern in schwarzen Anzügen in das Grab hinabgelassen wurde.

Gavin machte einen völlig verlorenen Eindruck. Er

stand im Regen, die Haare klebten am Kopf, die Gesichtszüge waren versteinert. In der hinteren Reihe erkannte der Commissaire Stéphane Poullain, auf dessen Gesicht sich Trauer gelegt hatte. Neben ihm ragte Monsieur Carl auf und schluchzte hemmungslos.

Der Abbé sprach ein letztes Gebet und erteilte seinen Segen, dann war die Zeremonie beendet. Die ersten Trauergäste traten ans Grab und warfen zum Abschied eine Rose auf den Sarg. Jetzt erst bemerkte Lagarde, dass Eugénie Cotton schräg vor ihm stand. Die alte Dame trug einen eleganten schwarzen Hut mit einem Tüllschleier und war in Begleitung ihrer Nichte Simone Groult und einer Frau im Rollstuhl. Es war dieselbe Frau, die er im Café *Henri Matisse* gesehen hatte, Coralie Godard. Um ihre silbernen Löckchen hatte sie ein schwarzes Wolltuch geschlungen. Simone hielt einen Schirm über sie.

Lagarde begrüßte die drei, und Eugénie stellte ihn der Dame im Rollstuhl vor, die entzückt war, einen Kommissar kennenzulernen. Als die vier Sargträger mit ernsten Mienen an ihnen vorübergingen, sprach Madame Godard einen von ihnen an. Als der Mann ihnen das Gesicht zuwandte, sah Lagarde, dass der Mann ein Glasauge hatte, das in vernarbtem Gewebe saß. Über einer Wange verliefen braune Streifen, und ihm fehlte ein Ohr. Von Rand seines Hutes bis unter den hochgeschlagenen Mantelkragen zog sich eine wulstige Narbe über das Gesicht bis zum Hals.

»Antoine, bleib doch kurz bei uns. Ich möchte dich gern vorstellen«, sagte Madame Godard zu ihm.

Der Mann reagierte leicht gereizt. »Ich habe jetzt keine Zeit, Maman, ich muss arbeiten. Das siehst du doch.«

Sie lächelte. »Natürlich, Chéri, das verstehe ich. Was soll der Abbé auch ohne dich machen?«

Als er weiterging, winkte Madame Godard ihm nach, dann wandte sie sich an den Kommissar.

»Das war mein Sohn Antoine«, erzählte sie voller Stolz. »Mein tapferer Junge. Nach einem schweren Unfall hat er seine Arbeit verloren, und dann hat ihn auch noch seine Frau verlassen, stellen Sie sich das vor … was für ein Unglück. Ich habe ihm vorgeschlagen, wieder zu mir zu ziehen. Das hat er auch gemacht, darüber habe ich mich sehr gefreut. Da er Arbeit brauchte, habe ich mit dem Abbé gesprochen, einem wirklich warmherzigen, hilfsbereiten Mann. Er hat Antoine eine Anstellung in der Kirchengemeinde als Totengräber angeboten, und mein Sohn hat eingewilligt. Ist das nicht schön? Inzwischen ist er für alles auf dem Friedhof und in den kirchlichen Gebäuden zuständig wie ein Hausmeister. Seine Kompetenz wird ständig erweitert. Er macht seine Sache sehr gut, und der Abbé ist froh, dass er einen so zuverlässigen Mitarbeiter hat.«

»Das freut mich sehr, Madame«, entgegnete Lagarde. »Wenn Sie uns jetzt bitte entschuldigen, wir müssen weiter.«

»Aber selbstverständlich. Au revoir, Monsieur le Commissaire.«

Als Lagarde sich umwandte, sah er Charline auf sich zukommen, in Begleitung von Grégoire. Die junge Frau machte einen apathischen Eindruck. Vielleicht hatte man ihr im Krankenhaus ein Beruhigungsmittel verabreicht. Sie lächelte ihn schief an.

»Grégoire hat mir erzählt, was heute Nacht auf der Île du Large passiert ist. Ich möchte mich bei Ihnen bedanken. Wie es aussieht, haben Sie mir das Leben gerettet.«

»Wie geht es Ihnen denn?«

»Nicht so besonders ... Mamans Tod hat mich völlig aus der Bahn geworfen. Wir haben uns zwar oft gestritten, aber ich habe sie sehr geliebt.«

Lagarde nickte. »Drogen und Alkohol sind aber keine Lösung, noch nicht einmal eine schlechte.«

»Da haben Sie recht. Ich möchte Sie und Ihre Kollegin zur Trauerfeier einladen, auch im Namen von Papa und Adrien. Sie findet im Bistro statt. Sie kommen doch?«

»Wir kommen gerne. Darf ich Ihnen eine Frage stellen? Wir können aber auch später reden, wenn es Ihnen besser geht.«

»Ich schaffe das. Was möchten Sie wissen?«

»Wir haben in Ihrem Zimmer Ihr Tagebuch gefunden, und da wir in großer Sorge um Sie waren, haben wir es gelesen.«

Als sie auf diese Information nicht reagierte, fuhr er fort: »Da gibt es einen Eintrag: ›Ich weiß, wer Maman getötet hat‹. Wen halten Sie für den Täter?«

Die Antwort kam wie aus der Pistole geschossen. »Gavin!«

»Wie kommen Sie auf ihn?«

»Er hat sie ständig beobachtet. Das ist doch verrückt, oder etwa nicht?«

»Haben Sie Beweise für diese Anschuldigung?«

»Nein, aber es ist doch offensichtlich. Sie müssen ihn verhaften.« Sie sah sich suchend um. »Vorhin war er noch hier.«

»Ich kann nur jemanden verhaften, wenn ich ich Beweise gegen ihn in der Hand habe, ein Verdachtsmoment reicht nicht. Aber ich versichere Ihnen, dass wir alles tun werden, um den Mörder Ihrer Mutter zu finden.«

Sie sah ihn müde aus glanzlosen Augen an. »Danke, Monsieur le Commissaire.«

»Eine Sache noch.«

»Ja?«

»Ihr Vater sagte, Sie seien nach dem Tod Ihrer Mutter nicht mehr zu Hause gewesen. Sie waren aber da, nicht wahr?«

»Einmal, ich wollte einige Kleidungsstücke holen. Papa habe ich nicht gesehen, er ist doch immer in seiner Gaststätte. Bei der Gelegenheit habe ich den Eintrag in mein Tagebuch geschrieben.« Sie versuchte ein schwaches Lächeln. »Wir sehen uns dann im Bistro.«

Die junge Frau und Grégoire gingen langsam über den Friedhof auf das Tor zu.

Lagarde und Annie sahen ihnen nach. Der Sommersturm nahm Fahrt auf, fegte über die Gräber und rüttelte an den Thujen, die die Friedhofsmauer säumten.

»Trinken wir einen Kaffee im *Le Boeuf Rouge*«, schlug Lagarde vor.

Annie nickte und rieb sich die Hände. »Gerne, es ist kalt.«

Schweigend folgten sie dem Paar in einigem Abstand.

Annie und Lagarde verließen die Trauerfeier und gingen zurück zur Gendarmerie, um ihr weiteres Vorgehen zu besprechen. Als sie den Eingangsbereich betraten, stand dort ein dürrer Mann in Gummistiefeln und Regenjacke und drehte nervös seine Kappe in den Händen. Annie begrüßte ihn freundlich.

»Bonjour, Monsieur, kann ich etwas für Sie tun?«

Der Mann sah sie ernst an. »Ich soll mich hier melden.«

»Wie ist denn Ihr Name?«

»Roland Brizé. Meine Frau Clara hat heute Morgen die Zeitung gelesen und gesagt, dass die Polizei mich suche.«

»Als Zeuge, Monsieur Brizé. Sie sind doch der Fischer, dessen Boot *Silbermöwe* heißt?«

»Ja, der bin ich.«

»Danke, dass Sie gekommen sind. Gehen wir doch in unser Büro.«

Sie setzten sich um den Tisch, und der Fischer rutschte unbehaglich auf seinem Stuhl hin und her. Lagarde ergriff das Wort.

»Können Sie sich erinnern, an welchem Tag Sie diese Frau getroffen haben?«

»Aber natürlich, das war vor fünf Tagen. Daran erinnere ich mich genau, weil unsere Katze Mimi an diesem Tag drei Junge geworfen hat. Meine Frau und ich haben uns so darüber gefreut.«

»Erzählen Sie uns bitte, was genau an diesem Nachmittag passiert ist.«

»Ich war mit meiner Arbeit fertig, ankerte nahe der Küste und hielt ein Nickerchen. Plötzlich rief jemand, und ich sah nach, was da los war. Am Ufer stand eine Frau und wollte wissen, ob ich eine kleine Bootstour mit ihr machen könne, sie werde gut bezahlen.« Er sah Lagarde an. »Hundert Euro wollte sie mir geben, *mon Dieu*, dafür muss ich lange fischen. An Bord bat sie mich dann, einem Boot zu folgen. Sie stellte sich als Pauline vor und sagte, sie sei Journalistin bei einer großen Zeitung. Auf dem Boot, dem ich folgen sollte, sei ein prominentes Paar, das sie fotografieren wolle.« Er schmunzelte. »Ein bisschen habe ich gehofft, dass sie vielleicht auch ein Foto von mir macht und ich in die Zeitung oder in eine von diesen großen bunten Zeitschriften komme. Da hätte ich am Stammtisch was zu zeigen und zu erzählen.«

»Wie ging es dann weiter?«

»Das Schiff fuhr viel schneller als meines, aber wir hatten es ja im Blick. Wir folgten ihm also weiter. Es hatte die Île de Terre zum Ziel und ankerte dort auf der Südwestseite. Ich beschrieb einen Bogen, als steuere ich die Île du Large an, damit wir nicht auffallen, und legte auf der anderen Seite der Insel an. Madame Pauline bat mich, auf sie zu warten, es werde nicht lange dauern, und sie legte noch fünfzig Euro drauf.« Begeistert schlug er sich auf den Schenkel. »Für fünfzig Euro hätte ich auch den ganzen Nachmittag gewartet. Einfacher kann man sein Geld nicht verdienen, oder?«

Auf diese Frage ging Lagarde nicht ein. »Wie lange war die Dame weg?«

Roland überlegte. »Eine halbe, höchstens eine Dreiviertelstunde, schätze ich.«

»War mit ihrer Kleidung alles in Ordnung, als sie zurückkam?«

»Sie sah aus wie ein Kakadu, aber ich dachte, vielleicht kleidet man sich so, wenn man für eine große Zeitung arbeitet.«

»So habe ich das nicht gemeint. War sie verschmutzt, waren Flecken darauf?«

Roland sah ihn erstaunt an. »Nein, die Kleidung sah ganz normal aus. Mir ist nichts aufgefallen.«

»In welcher Verfassung befand sich Madame Pauline?«

»Das war ganz sonderbar, Monsieur le Commissaire. Sie war völlig durch den Wind, aufgewühlt. Das hat mich sehr verwundert, ich dachte immer, Paparazzi seien total abgebrüht. Sie sah aus, als hätte sie geweint. Sie war kreidebleich und fahrig.«

»Hat sie Ihnen etwas erzählt, einen Grund genannt, warum sie so aufgewühlt war?«

»Nein, sie hat nichts gesagt, und ich habe sie auch nicht gefragt. Ich dachte mir, dass sie für die hundertfünfzig Euro auch meine Diskretion gekauft hat, und schließlich ging es mich auch nichts an. Das hat meine Clara auch gesagt.«

»Und was machten Sie dann?«

Jetzt schien er sich zu freuen. »Ich habe ihr einen Schnaps aus der Bordapotheke eingeschenkt. Sie sah aus, als könne sie einen vertragen. Es war selbst gebrannter Apfelschnaps, ein wunderbares Getränk. Er hilft gegen alles. Sie hat ihn dankbar getrunken und mich anschließend gebeten, sie zurückzubringen. Das war die ganze Geschichte.«

»Haben Sie auf der Insel oder auf einem anderen Boot jemanden gesehen?«

»Ich habe niemanden gesehen.« Er machte eine kurze Pause. »Aber gehört habe ich etwas.«

»Was haben Sie denn gehört?«

»Wir waren bereits auf dem Rückweg, schon ein ganzes Stück weg von der Insel, da habe ich es gehört.«

Die Polizisten sahen ihn erwartungsvoll an.

»Es war ein langgezogenes, schauerliches Heulen, das weit über das Meer hallte und einem das Blut in den Adern gefrieren ließ. Das klingt jetzt komisch, aber für mich klang es wie Triumphgeschrei.«

Die Polizisten wechselten einen raschen Blick.

»Hat Madame Pauline es auch gehört?«, wollte Lagarde wissen.

»Ich glaube nicht. Sie war völlig in sich gekehrt und hat nicht reagiert.«

»Woher kam der Schrei?«

»Ich bin mir ziemlich sicher, dass er von der Vogelschutzinsel kam.«

»Gibt es sonst noch etwas, das Ihnen aufgefallen ist?«

»Nein, weiter ist mir nichts aufgefallen.«

»Danke, Monsieur Brizé. Warten Sie bitte kurz im Eingangsbereich, wir müssen noch ein Protokoll schreiben.«

Er setzte seine Schiebermütze auf und tippte mit dem Zeigefinger an den Schirm. »Wird gemacht.«

Als er das Büro verlassen hatte, sahen Lagarde und Annie sich an.

»Es könnte dennoch sein«, überlegte sie, »dass Pauline Basson das Paar ermordet hat. Monsieur Brizé erscheint mir nicht wie jemand, der einen Blick für Kleidung hat.«

»Und weiter?«

»Als Madame Basson das Liebespaar entdeckt, rast sie vor Eifersucht, tief verletzt durch die Missachtung, und tötet die beiden. Danach zieht sie sich rasch ein paar andere kunterbunte Kleider an und wirft die alten Sachen und das Messer ins Meer.«

»Wenn es so war, wäre es vorsätzlicher Mord, weil sie ein Messer dabeihatte und es sich damit um eine Tötungsabsicht handeln würde, nicht um einen Totschlag im Affekt.«

Annie zupfte nachdenklich an ihrem Zopf. »Wenn ich an diese kleine schmächtige Person denke, fällt es mir schwer, sie mir als kaltblütige Mörderin vorzustellen.«

»Glauben Sie mir, es ist besser, sich vom Äußeren oder von der Art eines Menschen nicht beeinflussen zu lassen. Manche sehen aus wie Engel, dabei haust ein Dämon in ihnen. Wir müssen auch bedenken, dass sie das Überraschungsmoment auf ihrer Seite hatte.«

»Waren das die Todesschreie der Opfer, die Brizé gehört hat?«

»Das ist unmöglich. Sie konnten nicht mehr schreien.«

»Hat der Fischer gelogen oder sich den Schrei nur eingebildet?«

»Das glaube ich nicht.«

»Wer hat dann geschrien?«

»Möglicherweise der Mörder?«

»Dann könnten wir Madame Basson ausschließen, sie war schließlich an Bord des Fischerbootes.«

»Ich schließe sie nicht aus, ich frage mich nur, wie sie es geschafft haben sollte, die Toten in die Schutzhütte zu tragen.«

Sie parkten auf dem Hof von Gérard Albert, eilten durch den anhaltenden Regenguss und klingelten an der Haustür. Niemand öffnete.

»Vielleicht ist er wieder an seinem Weiher«, meinte Annie. »Sein Auto ist hier.«

»Bei diesem Wetter? Aber gut, sehen wir nach.«

Sie stapften durch Regenpfützen und Schlamm, während kalter Wind in ihre Gesichter blies und an der Kleidung zerrte. Der Weiher schien verlassen, kein Mensch war zu sehen. Die prasselnden Regentropfen kräuselten die dunkle Wasseroberfläche. Zwei Blesshühner paddelten vergnügt durch die Schilfhalme. Auf dem Ast einer Eibe saß ein Eisvogel. Aus dem Schornstein des Weiherhauses quollen Rauchschwaden, und ein Lichtschein drang aus dem Fenster. Annie spähte hinein.

»Er ist in der Hütte«, stellte sie fest. Lagarde klopfte an die schiefe Tür.

»Nur herein.«

Der alte Bürgermeister saß auf einer Eckbank an einem Tisch, auf dem eine Petroleumlampe flackerte. Im Holzofen brannte ein Feuer. Es war warm in der Hütte. Unter der Bank lag der Hund und schnarchte. Gérard Albert hatte ein Handy in der Hand und starrte auf das Display. Schließlich wandte er sich den Besuchern zu. Sein Gesicht wirkte eingefallen und blass, er schien um Jahre gealtert.

»Sie geht nicht ran«, sagte er mit rauer Stimme. »Ich versuche es schon den ganzen Tag.«

»Wer geht nicht ran?«, fragte Lagarde.

»Jacqueline. Sie sieht meine Nummer und nimmt das Gespräch nicht an.«

»Dürfen wir uns zu Ihnen setzen?«

»Bitte. Vielleicht erfahre ich jetzt, warum Sie den Citroën haben abholen lassen, das würde mich schon interessieren.«

»Selbstverständlich, Monsieur Albert.« Lagarde sah ihn mit ernstem Gesichtsausdruck an. »Wir haben eine schlechte Nachricht für Sie.«

»Ich verstehe nicht, was Sie meinen. Dass die alte Kiste nicht mehr funktioniert, kann man sich doch denken.«

»Monsieur Albert, mit diesem Fahrzeug wurde vor sechsundzwanzig Jahren Gabrielle Cordelier überfahren und getötet. Der Fahrer beging Fahrerflucht.«

Monsieur Albert sah ihn entsetzt an. »Was sagen Sie da? Das kann doch nicht sein!« Hektisch fuhr er sich durch die Haare. »Ich kann mich an den Unfall noch gut erinnern. Es war so schrecklich, der kleine Gavin war gar nicht mehr zu beruhigen. Er hat nach seiner Mutter geschrien, wie sein Vater Alphonse mir erzählt hat. Er war ratlos, was er mit diesem verzweifelten Kind machen sollte.«

»Ihr Bruder Guillaume muss den Wagen gefahren haben. Man fand nur seine Fingerabdrücke.«

»Er war der Einzige, der ihn gefahren hat, das habe ich Ihnen ja bereits gesagt. Aber dass mein Bruder Gabrielle überfahren hat, das kann ich nicht glauben.«

»Die Beweislage lässt keinen anderen Schluss zu.«

Alberts Gesicht verlor jede Farbe. »Jetzt verstehe ich endlich ...«

»Was verstehen Sie?«

»Das Verhalten meines Bruders.« Er starrte in die Flammen und begann zu erzählen. »Vor sechsundzwanzig Jahren veränderte sich Guillaume. Er war immer ein fröhlicher Mann gewesen, lustig, herzlich, den Menschen zugewandt. Auf einmal wurde er jedoch traurig, tieftraurig, litt unter Depressionen, die immer schlimmer wurden. Niemand in der Familie verstand, was mit ihm los war. Er wollte sich auch nicht helfen lassen und weigerte sich, ärztliche Hilfe in Anspruch zu nehmen. Im darauffolgenden Winter verschwand er eines Tages plötzlich. Es war damals ein bitterkalter Winter, so wie er hier nicht häufig vorkommt. Wir suchten ihn überall, wir schalteten die Polizei ein –

nichts. Er war wie vom Erdboden verschluckt. Im Frühjahr schmolz das Eis, das sich auf dem Weiher gebildet hatte, und da habe ich ihn gefunden. Er muss durch ein Loch am Zufluss unter die Eisdecke getaucht sein, kam nicht mehr hoch und ist dort ertrunken. Der Anblick war grauenvoll. Ich kann ihn nicht aus meinem Gedächtnis löschen. Oft träume ich davon und wache schweißgebadet auf. Seitdem habe ich mich immer gefragt, warum er das getan hat.« Traurig sah er sie an. »Jetzt weiß ich es. Guillaume konnte mit seiner Schuld nicht leben.«

Lagarde nickte. »Sie haben jetzt zumindest Gewissheit.«

Die Polizisten erhoben sich. »Das wollten wir Ihnen gerne persönlich mitteilen«, sagte Lagarde. »Wann das Auto freigegeben wird, kann ich noch nicht sagen.«

Albert lachte bitter auf. »Als ob das eine Rolle spielt. Das ist doch völlig egal.« Sein Blick richtete sich wieder auf das Feuer. »Wie sind Sie auf den Citroën gekommen? Sie ermitteln doch in einem Mordfall?«

»Gavin hat sich plötzlich an das Auto erinnert und an einen Teil des Kennzeichens.«

»Der arme Kerl.«

»Au revoir, Monsieur Albert.«

»Au revoir.«

Als sie das Weiherhaus verlassen hatten, blieb Annie am Ufersaum des Gewässers stehen und sah auf die schwarze Oberfläche. »Es ist so schrecklich, was der Mann erlebt hat. Wenn ich mir vorstelle, dass ich meinen Bruder so finden würde … nicht auszudenken.«

Aufgeschreckt durch die Stimme, flatterte das Blesshuhnpaar auf und rätschte empört.

Als die Polizisten zum Hof von Alphonse Cordelier fuhren, hörte der Regen plötzlich auf, als hätte jemand einen Hahn zugedreht. Der Westwind fegte Wolken über den Himmel, die sich lichteten und die ersten Sonnenstrahlen hindurchließen. Über den weiten Marschen spannte sich ein Regenbogen, der die Landschaft in goldenes Licht tauchte. Von den Feldern stieg Dunst auf.

Wie bei ihrem ersten Besuch öffnete niemand, als sie an der Haustür klingelten, und sie gingen über den Hof, um in den Wirtschaftsgebäuden nach Gavin zu suchen. Sie fanden ihn in einer Hütte neben dem Kuhstall, deren Tür offen stand. Dort saß er mit seinem Vater an einem Tisch. Die Männer trugen Arbeitskleidung, machten Brotzeit, und vor jedem stand ein Wasserglas mit Rotwein. Gavin stand auf und begrüßte sie, dann wandte er sich an seinen Vater.

»Das sind die Polizisten, von denen ich dir erzählt habe. Sie untersuchen den Mord an Alice.« Er schluckte schwer. Der ältere Mann deutete auf die Sitzecke.

»Setzen Sie sich doch zu uns. Darf ich Ihnen ein Glas Wein anbieten?« Dankend lehnten sie ab.

»Ich habe Sie beide schon bei der Beerdigung von Alice gesehen«, erzählte Alphonse. »Mein Sohn und ich wollten der Einladung in den *Le Boeuf Rouge* nicht folgen. Gavin hält sich nicht gerne unter vielen Menschen auf, das macht ihn nervös. Die Trauerfeier war schon belastend genug für ihn, deshalb sind wir gleich danach gegangen.« Der Bauer sah sie fragend an. »Was führt Sie auf meinen Hof?«

»Es ist gut, dass wir Sie zusammen antreffen. Wir möchten Ihnen eine Nachricht überbringen«, sagte Lagarde.

Gavin musterte ihn misstrauisch. »Was für eine Nachricht?«

»Wir wissen jetzt, wer damals Ihre Mutter überfahren hat.«

Der junge Mann sprang erregt auf, so dass der Tisch wackelte. Seine Augen funkelten zornig. »Wer ist das Schwein?«

»Es war Guillaume Albert. Wir haben den Unfallwagen gefunden, in dem sich ausschließlich seine Fingerabdrücke befanden.«

Gavin sankt zurück auf die Bank. »Guillaume Albert, der Bruder des alten Bürgermeisters?«

Alphonse wurde aschfahl. »Er hat meine Frau getötet?«

Lagarde nickte. »Ja, zweifelsfrei.«

»Er ist tot, vor vielen Jahren unter das Eis gegangen.«

»Das wissen wir bereits von Gérard Albert. Er ist der Ansicht, dass sein Bruder mit dieser Schuld nicht leben konnte.«

Gavin schlug die Hände vor sein Gesicht und murmelte: »Jetzt weiß ich endlich, wer es war, und ich kann ihn nicht mehr büßen lassen.«

»Er hat genug gebüßt, mein Junge«, sagte Alphonse.

Der junge Jäger Laurent Marchand ging mit seinem Hund Frédie, einem karamellfarbenen Labrador, durch den Forst von Fresville, ein ausgedehntes Waldgebiet. Stolz trug er die neue Jägerkleidung, sein Gewehr hatte er sich über die Schulter gehängt. Mit einer fröhlichen Melodie im Kopf schritt er voran. Er war bester Laune und völlig zufrieden mit sich und der Welt. Im zweiten Anlauf hatte er die Jägerprüfung bestanden, jetzt gehörte er endlich dazu. Sein größter Wunsch hatte sich erfüllt. Beim ersten Mal war er faul gewesen und hatte zu wenig gelernt, deshalb war er durchgefallen. Vor der zweiten Prüfung hatte seine Freundin Anne-Marie ihm geholfen und ihn jeden Abend abgefragt.

Der Pfad schlängelte sich durch einen dichten Mischwald. Efeu rankte sich um Buchen, knorrige Fichten knackten im Wind, und das feuchte Moos glänzte hellgrün. Der Weg verlief Richtung Westen, führte an einem Steinbruch vorbei und weiter auf eine Anhöhe, auf der sich bizarr geformte Felsquader erhoben.

Marchand hatte Frédie von der Leine gelassen, und der Hund lief begeistert durch das Gestrüpp und schnupperte an den Baumstämmen. Der Jäger suchte den Waldboden aufmerksam nach Wildschweinspuren ab, denn für den nächsten Tag war eine Drückjagd mit Stöberhunden vorbereitet worden. Obwohl drei Tage vor der Jagd niemand mehr die Kessel betreten durfte, versprach er sich als Neuling doch einen kleinen Vorteil, wenn er sich mit der Situation vor Ort vertraut machte.

Schließlich erreichte er den Märchenweiher, ein torfiges Gewässer, umgeben von Eichen und Weißdornbäumen. Durch das Blätterdach drang Sonnenlicht und ließ gelbe Tupfer auf der Wasserfläche tanzen.

Am Ufer hatte der Förster neben einer Quelle eine Bank aufgestellt, die zum Verweilen einlud. Marchand beschloss eine Pause zu machen, sich ein wenig auszuruhen und eine Zigarette zu rauchen. Er ließ sich auf der Bank nieder und streckte die Beine aus. Lächelnd betrachtete er die Lichtung gegenüber. Sie war bei Liebespaaren sehr beliebt, auch er war mit Anne-Marie schon öfter hier gewesen. Auf dem Ast einer Birke entdeckte er einen Baumfalken, in der Ferne erklang der Ruf eines Kuckucks.

Als sich der Rauch der Zigarette verzogen hatte, sog er den würzigen Geruch des Waldes ein. Irgendetwas stimmte nicht. In den Geruch von Holz und Harz mischte sich eine andere Note, die unangenehm war und ihn an etwas erinnerte. Gleichzeitig begann Frédie am Rand der kleinen Lichtung zwischen Brombeersträuchern abwechselnd zu bellen und zu winseln.

Marchand erhob sich und lief zu seinem Hund, um nachzusehen, warum er anschlug. Wahrscheinlich hatte er ein verendetes Tier entdeckt.

Je näher er den Sträuchern kam, desto stärker wurde der Verwesungsgeruch. Unter einer Eibe lag ein Haufen aus Zweigen. Aus dem dürren Reisig ragte eine Hand, ledrig und gelbbraun, als hätte man ihr einen Handschuh übergestülpt. Der Geruch war unerträglich. Marchand fuhr entsetzt zurück, Übelkeit stieg in ihm auf, dann packte er den kläffenden Hund am Halsband und zerrte ihn entschlossen weg von seinem grausigen Fund. Er band Frédie mit der Leine an der Bank fest und wählte mit seinem Handy die Notrufnummer der Gendarmerie.

Ruet saß an seinem Schreibtisch und kämpfte sich durch ein Unfallprotokoll, als das Telefon klingelte. Bei den Worten des Jägers weiteten sich seine Augen vor Schreck. Nachdem er sich wieder gefangen hatte, erteilte er ihm Anweisungen.

»Wir kommen so schnell wie möglich. Warten Sie bitte auf uns und lassen Sie den Hund nicht von der Leine. Fassen Sie bitte nichts an!«

Der Gendarm erreichte Lagarde im Auto auf dem Weg von Cordeliers Hof zur Wache und berichtete ihm von dem Anruf. Lagarde und Annie würden ihn in wenigen Minuten abholen.

Ruet schlüpfte in seine Uniformjacke, schnallte sein Holster um, schloss ab und wartete am Straßenrand auf die Kollegen. Als sie eintrafen, übernahm er das Steuer, damit Lagarde telefonieren konnte. Er forderte die Rechtsmedizinerin Delphine Moreau und ein Team der Spurensicherung an, ließ sich dann von Ruet den Weg in den Wald erklären und gab die Info weiter.

Sie fuhren die knapp fünf Kilometer über die Landstraße, bogen vor dem Dorf Fresville links ab und steuerten auf ein Waldgebiet zu. Als sie einen Wanderparkplatz erreichten, zeigte Ruet auf einen olivgrünen Jeep.

»Das ist das Fahrzeug des Jägers, der angerufen hat. Er hat gesagt, wir sollen auf dem Feldweg circa zwei Kilometer weiter nach Westen zu einer Parkbucht fahren. Von dort aus führe ein kurzer Pfad zum Märchenweiher, den wir nicht verfehlen können.«

Bald fanden sie den beschriebenen Platz, stellten das Auto ab und folgten dem schmalen Weg im Gänsemarsch. Er schlängelte sich eine Anhöhe hinauf, auf der sich Fichten erhoben, deren Nadelfächer leise im Wind rauschten. Ansonsten war nichts zu hören. Auf dem Waldboden wuchsen dicht an dicht Heidelbeersträucher.

Annie hatte ein flaues Gefühl im Magen. Der Anblick der Mordopfer auf der Île de Terre spukte noch immer durch ihren Kopf. Nach kurzer Zeit erreichten sie den Märchenweiher. Auf einer Bank saß zusammengesunken ein Mann, der hektisch an einer Zigarette zog. Als er sie kommen sah, sprang er auf und trat die Kippe aus. Sein Hund bellte hysterisch und zerrte an der Leine, verstummte jedoch nach einem scharfen Befehl und legte sich hin.

»*Mon Dieu*, bin ich erleichtert, dass Sie da sind! Die ganze Zeit war ich mit dieser Leiche alleine, das war ein schreckliches Gefühl«, sagte Marchand.

Der Commissaire begrüßte ihn, stellte die Kollegen vor und wies sich aus.

»Danke, dass Sie auf uns gewartet haben«, sagte er. »Was ist denn genau passiert?«

»Ich war mit meinem Hund unterwegs und habe nach Wildschweinspuren Ausschau gehalten. Am Weiher habe ich eine kleine Rast eingelegt, und Frédie ist herumgestromert. Plötzlich fing er wie verrückt an zu bellen. Ich ging zu ihm, um zu sehen, was da los war, und entdeckte dabei die Leiche.«

»Wo ist sie?«

Er deutete mit dem Kopf auf die kleine Wiese, die im Sonnenlicht lag.

»Können Sie uns bitte zu der Stelle führen?«

»Selbstverständlich, kommen Sie mit.«

Er ging mit ihnen am Weiherufer entlang zum Rand der Lichtung und zeigte auf den Haufen mit den Zweigen. Die ledrige Hand war nicht zu übersehen.

Ruet schluckte, und Annie kämpfte gegen die Übelkeit.

Lagarde wandte sich an den jungen Mann. »Ist Ihnen auf dem Weg hierher oder am Weiher etwas aufgefallen, haben Sie etwas gehört oder gesehen?«

Marchand überlegte. »Da war niemand.« Er runzelte die Stirn. »Oder warten Sie, eine Person habe ich gesehen, in der Nähe des alten Steinbruchs.«

»Können Sie sie beschreiben?«

»Sie war ziemlich weit weg, ungefähr fünfzig Meter. Es war ein Mann mit einer Schiebermütze und einem weißen Spitz an der Leine. Es muss sich um einen älteren Mann gehandelt haben, er ging sehr langsam und etwas gebückt.«

Lagarde runzelte die Stirn und tauschte einen kurzen Blick mit Annie. »War sonst noch etwas ungewöhnlich?«

»Nein, bis auf die grausige Hand, die ich entdeckt habe.«

»In Ordnung, meine Kollegin wird jetzt Ihre Personalien aufnehmen, dann können Sie gehen. Merci für Ihre Hilfe.«

Lagarde beugte sich vor und sah sich die Hand genauer an. »Was ist denn damit passiert?«, fragte Annie entsetzt, als sie zu ihm trat. »Ist sie verbrannt?«

»Nein, sie ist mumifiziert. Das bedeutet, dass die Leiche wahrscheinlich schon länger hier liegt.« Er betrachtete die Zweige und die nähere Umgebung des

Fundortes, dann traf er eine Entscheidung. »Wir warten auf die Spurensicherung. Wenn wir den Leichnam freilegen, ist die Gefahr, Spuren zu verwischen, sehr hoch. Zudem haben wir keine Schutzkleidung. Bis die Kollegen eintreffen, können wir die Lichtung notdürftig absperren. Ich werde Cherbourg informieren, dass wir einen Bestatter brauchen.«

Nach einer knappen Stunde erreichten Delphine Moreau und das Team der Spurensicherung den Märchenweiher. Lagarde führte sie auf die Lichtung. Die Rechtsmedizinerin trug an diesem Tag ein resedagrünes Kostüm, eine weiße Spitzenbluse und farblich passende Gummistiefel. Als sie auf der Lichtung in die Sonne trat, bildeten sich Schweißperlen auf ihrer Stirn. Rasch schlüpfte sie aus der Jacke und bat Ruet, sie zu halten. Delphine zündete sich eine Gitanes an und richtete ihre ganze Aufmerksamkeit auf die Polizisten, die die Leiche freilegten.

Vorsichtig trugen sie die Schichten aus Zweigen, Blättern und Erde ab, die sie bedeckten.

Der Anblick, der sich ihnen schließlich bot, war grauenvoll. Die Leiche sah aus, als wäre sie mit grauer Asche bestreut. Sie war zum Teil mumifiziert und skelettiert, an manchen Stellen von Tieren angefressen, und Maden krochen auf den menschlichen Überresten. Die Haare waren nur noch ein heller Schatten.

Annie würgte und drückte sich ein Taschentuch vor

den Mund. Der Gestank war bestialisch. Gerade, als Delphine die Zigarette ausdrückte, gab der Techniker einen überraschten Aufschrei von sich.

»Da ist noch eine Leiche!«

Als die Kollegen die Toten komplett freigelegt hatten, standen sie im Kreis um sie herum und betrachteten sie. Delphine schlüpfte in einen Overall und zog sich Handschuhe über.

»Achtet auf die unterschiedlichen Körpergrößen und auf die Breite der Hüften«, sagte sie. »Ich bin mir sicher, dass es sich um einen Mann und eine Frau handelt. Wenn man genau hinsieht, erkennt man noch die primären und sekundären Geschlechtsmerkmale.« Konzentriert betrachtete sie die Toten. »Sie liegen eng beieinander auf dem Rücken.« Sie zeigte auf den teilweise mumifizierten Unterarm des Mannes. »Der Kopf der Frau ist in seine Armbeuge gebettet, das wirkt sehr vertraut.«

»Wie lange liegen sie schon hier, Delphine?«, wollte Lagarde wissen.

»Einige Wochen, würde ich sagen. Näheres erfährst du nach den Untersuchungen und Tests im Institut.« Nachdenklich fuhr sie fort. »Sie sind nackt. Wir müssen sehen, ob sich die Kleidung in der Nähe befindet.«

Delphine trat nahe an die Toten heran und ging langsam in die Hocke. Behutsam untersuchte sie die Überreste der Körper. Als sie damit fertig war, sah sie mit ernstem Blick in die Runde.

»Der Kehlkopf wurde bei beiden massiv verletzt. Sie sind keines natürlichen Todes gestorben, das kann ich jetzt schon ausschließen.«

»Ein Tötungsdelikt«, stellte Lagarde fest.

»Definitiv.«

»Wieder ein Paar ohne Kleidung.«

»So ist es. Lassen wir sie nach Cherbourg bringen. Je länger sie hier liegen, desto mehr Spuren werden verwischt.«

»Ist der Fundort der Tatort?«

»Ich denke schon. Es sieht nicht so aus, als wären sie nach ihrem Tod noch bewegt worden.«

»Gibt es irgendetwas, anhand dessen wir sie identifizieren können?«

»Die Frau trägt Ohrringe und einen Fingerring. Drehen wir die Toten um, vielleicht finden wir noch etwas. Aber vorsichtig!« Zwei Polizisten halfen ihr. Delphine zeigte auf eine Stelle auf dem Schulterblatt des Mannes.

»Schaut mal, da ist etwas. Er lag die ganze Zeit auf dem Rücken, deshalb wurde die Stelle geschützt. Das ist ein Tattoo.«

Ruet blickte über ihre Schulter. »Das sieht aus wie ein Tigerkopf.«

»Tatsächlich«, bestätigte Delphine. »Das könnte doch schon mal weiterhelfen. Wir brechen jetzt auf.«

Nachdem die Leichen abtransportiert worden waren, trugen die Techniker noch mehr Zweige ab und entdeckten darunter eine löchrige Wolldecke. Darauf lagen Überreste von Kleidungsstücken: zwei Paar Schuhe, Unterwäsche, eine Hose, ein Hemd, ein Rock und eine Bluse. Sie entdeckten keinerlei Papiere, dafür einige Geldmünzen in der Hosentasche. In einer kleinen Lederhandtasche befanden sich ein Lippenstift, ein Parfümflakon und ein Schlüsselbund. Neben den Kleidern lagen eine leere Weinflasche, zwei Kristallgläser, ein angerostetes Käsemesser und ein erstaunlich sauberer Porzellanteller. Weiter entdeckten sie einen Picknickkorb, der bis auf eine verschlossene Plastikdose, die Kratz- und Beißspuren aufwies, leer war. Falls sich Lebensmittel in dem Korb befunden hatten, hatten Waldtiere sie aufgefressen.

Ein Polizist zog den Deckel von dem Behältnis und fuhr trotz des Mundschutzes zurück. Der Gestank war unbeschreiblich. Er blickte auf eine undefinierbare graue Masse. »Das muss alles ins Labor«, gab er mit gequälter Stimme von sich. »Anscheinend haben sie hier ein Picknick veranstaltet.«

»Und wurden dabei wohl von ihrem Mörder überrascht«, mutmaßte Lagarde. »Ich muss den Polizeipräsidenten informieren. Die Parallelen zu dem Doppelmord auf der Île de Terre sind offensichtlich.« Er wählte die Nummer von Lanoux und erreichte ihn sofort auf seinem Handy.

»Was gibt es denn, Philippe?«, fragte er.

Lagarde schilderte den Leichenfund.

»*Mon Dieu*, das ist ja furchtbar! Und ihr habt keine Anhaltspunkte, wer die beiden Opfer sind?«

Lagarde berichtete von dem Schmuck und dem Tigertattoo. »Sonst haben wir nichts, die Gesichter sind mumifiziert.«

Lanoux schwieg für einen Moment und überlegte.

»Die Nachricht wird sich wie ein Lauffeuer verbreiten, die Presse wird verrücktspielen. Sie macht jetzt schon genug Ärger. Die Bevölkerung wird in Panik geraten. Wir müssen in die Offensive gehen, Philippe, wir müssen zeigen, dass wir alles im Griff haben. Wir berufen noch heute Abend eine landesweite Pressekonferenz im Polizeipräsidium von Cherbourg ein. Sagen wir in vier Stunden? Meine Assistentin wird alles organisieren und die diensthabenden Journalisten der regionalen Zeitungen informieren. Wir bitten die Bevölkerung um Mithilfe. Wir müssen wissen, wer die Toten sind. Schafft ihr das?«

»Ja, sicher. Die Spurensicherung kann den Fundort weiteruntersuchen. Ruet übernimmt die Koordination vor Ort, und Annie und ich machen uns zeitig auf den Weg.«

»Alles klar, bis später.«

Sie beendeten das Gespräch.

Er saß auf dem Sofa im Salon, der von brennenden Kerzen erhellt wurde, die ein fahles gelbliches Licht verbreiteten. Vor ihm auf dem Tisch standen ein Teller mit belegtem Baguette und ein Glas Rotwein. Durch das Dachfenster konnte man sehen, wie sich die Dämmerung über den Landstrich senkte und die ersten Sterne am kobaltblauen Himmel aufblitzten. Der Fernseher lief, ohne dass er weiter darauf achtete. Die Nachrichten interessierten ihn nicht, er war tief in seine düsteren Gedanken versunken. Doch dann kündigte ein Sprecher eine Livezuschaltung von einer Pressekonferenz aus dem Polizeipräsidium in Cherbourg an. Er sagte mit ernster Stimme, dass ein Jäger im Wald von Fresville eine schreckliche Entdeckung gemacht und die Kriminalpolizei die Ermittlungen übernommen hatte.

Er legte sein Brot auf den Teller zurück und starrte gebannt auf den Bildschirm. Auf einem Podest saßen mehrere Personen an Tischen und hatten Mikrofone vor sich. Journalisten und Fotografen saßen auf Stühlen davor, hinter ihnen befanden sich Kameramänner.

Auf dem Tisch standen Namensschilder: Annie Lucas, Philippe Lagarde, Frank Lanoux und Delphine Moreau.

Commissaire Lagarde fasste mit klaren ruhigen Worten zusammen, was sie im Forst von Fresville vorgefunden hatten. Auf die weiterführenden bohrenden Fragen der Reporter ging er nicht ein und verwies auf die Obduktion, die am kommenden Tag stattfinden sollte. Auch von provozierenden Fragen ließ er sich nicht aus der Ruhe bringen. Als einige Presseleute sich nach einem möglichen Zusammenhang mit dem Doppelmord auf der Île de Terre erkundigten, zog er keinerlei Schlüsse und verwies erneut auf die rechtsmedizinische Untersuchung und anstehende Nachforschungen. Schließlich wandte er sich an die Bevölkerung und bat um ihre Mithilfe bei der Identifizierung der Toten. Ein Bild wurde auf eine Leinwand projiziert. Darauf sah man einen silbernen Ring mit einem grünen Stein sowie ein Paar silberne Ohrringe, ebenfalls mit einem grünen Stein. Der Commissaire fragte in die Kamera, ob jemand den Schmuck wiedererkenne. Daraufhin erschien das nächste Bild auf der Leinwand. Der Kopf eines Königstigers, laut Lagarde ein Tattoo auf dem linken Schulterblatt des männlichen Toten. Telefonnummern für Hinweise aus der Bevölkerung wurden eingeblendet. Als es keine Fragen mehr gab, beendete der Polizeipräsident die Pressekonferenz.

Nachdenklich trank er einen Schluck Wein. Jetzt hatten sie die beiden Toten also gefunden, aber das spielte überhaupt keine Rolle. Niemand konnte ihm etwas anhaben, dafür war er viel zu clever und raffiniert.

Nach der Pressekonferenz beschlossen die Polizisten und Delphine, essen zu gehen. Es war schon ziemlich spät, und sie waren hungrig. Gemeinsam fuhren sie zu einem ihrer Lieblingsrestaurants, *L'Homard*

Bleu, Der Blaue Hummer, am alten Fischereihafen von Cherbourg.

Der Kellner führte sie zu dem einzigen freien Tisch auf der Terrasse. Inzwischen war es dunkel geworden, und die nostalgischen Hafenleuchten spiegelten sich im Wasser. Eine Motoryacht war hell erleuchtet, und zu Musik prosteten sich an Deck elegant gekleidete Menschen zu.

Sie entschieden sich für eine Meeresfrüchteplatte, gekrönt von Atlantikhummer und Taschenkrebshälften, und wählten dazu einen trockenen Weißwein aus dem Loire-Tal. Während des Essens vermieden sie ein Gespräch über den Fund im Wald und sprachen über alltägliche Dinge. Erst nach dem Käse, beim Mokka, beurteilten sie die Pressekonferenz und waren der Meinung, dass Lagarde die Reporter gut im Griff gehabt hatte und sich nicht hatte provozieren lassen. Jetzt hoffte man auf Reaktionen aus der Bevölkerung.

Nach dem vorzüglichen Menü brachte Lagarde Annie nach Hause. Die junge Frau war müde und erschöpft und eher wortkarg, was ungewöhnlich war. Als sie sich vor ihrem Haus verabschiedeten, vereinbarten sie, dass er sie am nächsten Morgen abholen würde, um gemeinsam nach Cherbourg in das Rechtsmedizinische Institut zu fahren. Delphine wollte am nächsten Morgen um sechs Uhr mit den Untersuchungen beginnen, und sie würden gegen elf zur Besprechung kommen.

Zu Hause setzte Lagarde sich mit einem Glas Wein auf die Terrasse und lauschte der Brandung, deren Rauschen aus der kleinen Bucht drang. Ein lauer Wind wehte, und das Firmament war mit Sternen übersät.

Auf einmal löste sich ein Schatten von der Mauer, und ein geducktes Wesen huschte durch die Gräser, sprang auf den Tisch und ließ sich auf die Holzplatte plumpsen. Bernsteinfarbene Augen fixierten Lagarde. Er trank einen Schluck und wandte sich an den Wildkater.

»Was ist da nur los, Alexandre? Das kann doch kein Zufall sein. Die Parallelen sind zu offensichtlich. Es muss irgendeine Verbindung geben.« Der Kater schien seinen Worten zu lauschen und kauerte reglos wie eine Sphinx auf dem Tisch. Lagarde beschloss, ins Bett zu gehen. Es war ein langer Tag gewesen, und ihr Fall wurde immer komplizierter.

DER WOLF VON FRESVILLE
SIEBTER TAG

Über den morgendlichen lichtblauen Himmel zogen dicht gedrängt bauschige Cumulus-Wolken, die schönes Wetter versprachen. An der Küste des Ärmelkanals rollte die Flut in hohen Wogen auf das sandige Ufer. Eine Gruppe von Reitern mit roten Kappen und Jacken trabte über den Strand. Einige Surfer mit bunten Segeln hatten sich weit hinausgewagt und rasten auf ihren Boards über das stürmische Meer. Inmitten eines Kiefernhains ragten die grauen Türme des Château de Tourlaville hervor. Ihre Spitzdächer glänzten bleiern.

Durch das offen stehende Tor konnte man einen Blick auf den Park mit seinen subtropischen Pflanzen und Blumen erhaschen. Annie, die noch nie an der nördlichen Ärmelkanalküste gewesen war, zeigte sich begeistert von deren wilder Schönheit und beschloss, so bald wie möglich einen Ausflug dorthin zu unternehmen.

Nachdem sie ihren Wagen auf dem Parkplatz des Polizeipräsidiums abgestellt hatten, bewunderte sie die Aussicht auf die moderne Stadt mit dem transatlantischen Überseehafen und der imposanten Reede, die jedoch im Dunstschleier kaum zu erkennen war. Ein frischer Westwind zerrte an ihren Haaren und brachte den Duft von Minze und Rosmarin mit.

Am bewachten Zugang zum Rechtsmedizinischen Institut wiesen sie sich aus und stiegen in das Kellergeschoss hinab. Die Kühle des Gewölbes ließ Annie frösteln und daran denken, dass sie während ihrer Ausbildung einmal eine derartige Einrichtung mit ihrer Klasse und ihrem Lehrer besucht hatte. Ein Hauch von frischer Zitrone lag in der Luft. Dennoch fühlte sie Beklemmung in sich aufsteigen. Sie befand sich hier im Reich der Toten. Lagarde schien das zu spüren und nickte ihr aufmunternd zu.

»Wir werden die beiden Opfer nicht noch einmal in Augenschein nehmen, keine Sorge. Das ist die Aufgabe der Rechtsmedizin. Wir halten nur eine Besprechung über die Untersuchungsergebnisse ab, das ist alles.«

Annie nickte und brachte kein Wort heraus.

»Im ersten Stock gibt es eine hübsche Cafeteria. Gehen Sie doch einen Kaffee trinken und warten Sie dort auf mich. Es wird nicht so lange dauern, ich erzähle Ihnen dann alles.«

Jetzt kam Leben in sie. Empört sah sie ihn mit funkelnden Augen an. »Ich schaffe das schon!«

»Gut, wie Sie wollen. Dann schauen wir mal, wo Delphine steckt.«

Sie fanden die Ärztin im großen Autopsiesaal im Gespräch mit einem ihrer Assistenten, der währenddessen einen Edelstahltisch desinfizierte. Als sie die Besucher sah, kam sie lächelnd auf sie zu.

»Bonjour! Marc und ich sind gerade fertig geworden, gehen wir doch in mein Büro.«

Sie folgten der Ärztin durch den Korridor in ihr Arbeitszimmer und setzten sich um einen kleinen Besprechungstisch, dessen Oberfläche ein Schachbrett aus Teakholz bildete.

»Möchtet ihr einen Kaffee?«, erkundigte sie sich.

Sie nahmen die Einladung gerne an, und bald darauf kam Marc in das Büro und stellte ein Tablett mit dem Kaffee und Rosinen-Madeleines auf den Tisch. Delphine bedankte sich bei ihm, zündete sich eine Gitanes an und bat ihn, das Fenster zu öffnen. Sie verteilte Kopien ihres Berichtes und sah auf ihre Notizen. Konzentriert trug sie die Ergebnisse der Tests und Untersuchungen vor.

»Bei der ersten Untersuchung im Wald habe ich, wie ihr wisst, festgestellt, dass der Kehlkopf der Opfer massiv verletzt wurde. Das hat sich bestätigt: Er wurde komplett durchtrennt, ebenso wie die Luftröhre.«

»Genau wie bei den Opfern auf der Île de Terre«, stellte Lagarde fest.

»Exakt, auch hier war die Tatwaffe ein scharfes Messer mit einer glatten, breiten Klinge.«

»Konnte man feststellen, ob es sich um dasselbe Messer handelte?«

»Das ist unmöglich. Diese Messer sind handelsübliche Ware, man kann sie überall kaufen und findet sie in jeder gut ausgestatteten Küche und in jeder Metzgerei.«

»Was wissen wir über den Todeszeitpunkt?«

»Diese Frage ist nicht ganz einfach zu beantworten, dazu muss ich ausholen. Ihr habt die Leichen gesehen. Sie waren partiell mumifiziert, dabei müssen besondere klimatische Bedingungen vorherrschen. Die Temperaturen müssen konstant relativ hoch gewesen sein, etwa um die fünfundzwanzig Grad oder höher. Die Toten lagen am Rand der Lichtung und waren häufig der Sonne ausgesetzt. An den meisten Tagen im August war es ungewöhnlich heiß und trocken. Aufgrund großer Trockenheit verdunstet die Flüssigkeit im Körper, der zum Großteil aus Wasser besteht, und er trocknet aus. In unserem Fall ist es so, dass die äußeren Extremitäten mumifiziert waren, weil sie zuerst ausgetrocknet sind. In anderen Körperteilen hielt sich die Flüssigkeit. Damit herrschte ein optimales Klima für Bakterien, die den Körper verwesen lassen. So kam es zu den verwesten und skelettierten Stellen.«

Konzentriert studierte Annie ein Aquarell, das an der Wand hing, und versuchte, tief durchzuatmen. Sie spürte, wie sich die Übelkeit langsam verflüchtigte.

Delphine dozierte ungerührt weiter. »Zunächst einmal ist es die Haut, die vertrocknet. Sie wird ledrig und hart wie bei der Hand, die aus dem Reisig ragte. Die inneren Organe trocknen erst in einem fortgeschrittenen Stadium der Mumifizierung aus.« Sie blätterte in ihrer Mappe und suchte den Laborbericht. »Dadurch, dass die inneren Organe noch nicht ausgetrocknet waren, konnte Sperma festgestellt und im Labor untersucht werden. Die beiden Toten hatten Geschlechtsverkehr, allem Anschein nach einvernehmlich. Ich habe keinerlei Spuren gefunden, die auf Gewalteinwirkung oder Abwehr hinweisen.«

Lagarde sah sie ernst an. »Dann ist das Szenario ähnlich wie bei Alice Ferrand und Pierre Basson auf der Vogelschutzinsel, ein Picknick und Sex an einem einsam gelegenen Ort.«

»Ja.« Delphine fuhr sich nachdenklich durch die kurzen Haare, so dass sie wild vom Kopf abstanden. »Was nun den Todeszeitpunkt betrifft, ist es so, dass die ersten Prozesse der Mumifizierung bereits nach ein bis zwei Tagen einsetzen können, an Körperstellen, an denen die Haut sehr dünn ist, wie etwa an den Fingerkuppen, den Lippen oder den Nasenflügeln. So setzt sich der Prozess über Wochen hinweg fort, bis er schließlich, abhängig von unterschiedlichen Faktoren und chemischen Prozessen, abgeschlossen ist.« Sie sah in die Runde. »Ich gehe aufgrund verschiedener Tests und des Wetters davon aus, dass die Opfer vor etwa sieben Wochen getötet wurden, genauer geht es wirklich nicht.«

Lagarde sah auf den Wandkalender. »Also um den achten Juli herum.«

»Genau.«

»Danke, Delphine.«

»Keine Ursache, das ist mein Job.«

»Gibt es sonst noch etwas?«

»Eine Sache noch. Dem Labor ist es gelungen, aus dem Blut in den Körpern der Opfer den Adrenalinspiegel festzustellen, eine herausragende Leistung in diesem Stadium der Verwesung. Es gab hier keine Auffälligkeiten, damit hatte ich nicht gerechnet.«

Annie traute sich zum ersten Mal, eine Frage zu stellen. Sie war von dem Fachwissen der Ärztin absolut beeindruckt.

»Warum ist es erstaunlich, dass der Adrenalinspiegel normal war?«

Delphine schien sich über die Nachfrage der jungen Polizistin zu freuen. Normalerweise verfügte sie nicht über so viel Geduld, schon gar nicht gegenüber Menschen, die keinerlei Erfahrung mit Gewaltverbrechen hatten.

»Wenn jemand getötet wird, empfindet er Todesangst, wodurch sich der Adrenalinspiegel erhöht. Das war hier nicht der Fall.«

»Wie kann man sich das erklären?«, hakte Annie nach.

Diesmal antwortete Lagarde. »Sie haben sich geliebt, Wein getrunken, gut gegessen, da kann es doch sein, dass sie auf der Decke eingeschlafen sind und den Täter gar nicht bemerkt haben.«

Delphine stimmte ihm zu. »Wie schon vorhin kurz erwähnt, konnte ich keinerlei Abwehrspuren feststellen. Das war zwar schwierig, aufgrund des Zustands der Leichen, aber beispielsweise Schnitte hätte man deutlich erkennen können. Das spricht für deine Hypothese, Philippe.« Sie steckte sich die nächste Zigarette an und schenkte ihren Besuchern Kaffee und Wasser nach. »Gibt es schon Reaktionen auf die Pressekonferenz?«

Lagarde schüttelte den Kopf. »Bisher kam überhaupt keine Resonanz. Wir tappen nach wie vor völlig im Dunkeln, um wen es sich bei den Opfern handelt.«

»Wenn sich niemand meldet, können wir einen anderen Weg gehen«, schlug die Ärztin vor.

Lagarde ahnte, worauf sie hinauswollte.

»Wir haben natürlich auch Röntgenaufnahmen von den Gebissen gemacht. Die Zähne sind bei beiden Opfern sehr gepflegt und wurden regelmäßig behandelt. Wir können die Bilder an alle Zahnärzte in der näheren Umgebung schicken, irgendwo müssen sie in Behandlung gewesen sein.«

»Sehr gute Idee, Delphine!«, lobte Lagarde. »Warten wir heute noch ab, dann folgen wir deinem Vorschlag, einverstanden?«

»*Bien sûr.* Es wird sich bestimmt jemand melden, es können doch nicht einfach zwei Menschen wochenlang verschwinden, ohne dass es jemandem auffällt.«

»Das sollte man meinen.«

»Weiter habe ich nichts mehr, Philippe, jetzt seid ihr wieder an der Reihe.«

»So ist es.« Er sah auf die Uhr. »Schon nach eins, Zeit für das Mittagessen. Ich möchte euch gerne einladen, wenn ich darf. Hast du einen Tipp, Delphine?«

»Im Stadtpark hat ein marokkanisches Restaurant eröffnet. Ich hatte noch keine Zeit, es auszuprobieren, aber die Küche soll herausragend sein.«

Annie fragte sich, ob sie überhaupt einen Bissen hinunterbekommen würde. Die Besprechung hatte ihr ziemlich zugesetzt.

Als sie in die Wache nach Sainte-Mère-Église zurückkamen, sahen sie, dass ein Fax von der Spurensicherung und vom Polizeilabor in Cherbourg eingegangen war. Lagarde holte es aus dem Gerät, und sie setzten sich an den Tisch in ihrem Büro. Er las die Resultate vor.

»Der Fundort der Leichen ist auch der Tatort. Sie wurden nicht bewegt, und in den Waldboden ist viel Blut gesickert. Auch auf der Decke befanden sich reichliche Blutspuren. Die Kollegen haben das Gebiet großflächig abgesucht, auch mit Hilfe eines Spürhundes, aber keinerlei Spuren gefunden, die auf den

Täter hindeuten. Auf den gefundenen Gegenständen befanden sich Fingerabdrücke von zwei Personen, die in keinem Polizeiregister auftauchen. Wahrscheinlich gehören sie zu den Opfern. Das kann jedoch erst bestätigt werden, wenn wir wissen, um wen es sich handelt.« Er sah Annie an. »Das ist nicht viel.«

»Nein, der Täter war offenbar sehr vorsichtig.«

Lagarde griff nach dem Laborbericht. »Bei der Masse in der Plastikdose handelt es sich um Gänseleberpastete.« Er seufzte. »Das hilft uns auch nicht weiter.« Dann entdeckte er noch eine Notiz, die seine Aufmerksamkeit erregte. »Auf dem Seidenbustier hat man einen Fingerabdruck gefunden, der mit den anderen nicht übereinstimmt, so viel steht bereits fest. Es handelt sich jedoch um einen schwachen Teilabdruck, der zudem verwischt ist. Die Kollegen arbeiten noch daran und geben uns so schnell wie möglich Bescheid.«

»Hat der Mörder das Bustier angefasst?«

»Das könnte gut sein.«

»Ohne Handschuhe?«

»Vielleicht konnte er nicht widerstehen und ist für einen Moment leichtsinnig geworden. Wir wissen bisher nicht, welches Motiv hinter den Taten steckt, vielleicht gibt es einen sexuellen Aspekt.«

»Er hat es berührt und dann die Leichen mit den Zweigen und dem Laub bedeckt, um sie zu verstecken.«

»Um auszuschließen, dass die Abdrücke von dem Jäger stammen, der die Leichen gefunden hat, brauchen wir auch seine Fingerabdrücke. Kümmerst du dich darum?«

»Geht in Ordnung.« Nachdenklich wickelte sie eine Haarsträhne um ihren Finger. »Also müssen wir die weiteren Untersuchungen abwarten. Hoffentlich bekommen wir endlich einen konkreten Hinweis.«

Als Lagarde zu einer Antwort ansetzte, klopfte es an der Tür und Ruet steckte den Kopf herein.

»Da ist ein Mann, der euch sprechen möchte. Passt es gerade?«

»Ja, er soll bitte hereinkommen«, antwortete der Commissaire.

Ein junger Mann betrat das Büro. Er war ungefähr Mitte dreißig und recht klein mit schmalen Schultern. Die kurzen Haare passten zu seinem gepflegten rotblonden Bart. Seine Augen waren wasserblau. Er trug einen olivfarbenen Pullover und eine grüne Arbeitshose.

Lagarde stand auf und begrüßte ihn. Der Mann stellte sich als Thierry Mauriac vor und sagte: »Ich möchte Sie sprechen, es ist dringend.«

Die Männer setzten sich zu Annie an den Tisch.

»Was können wir für Sie tun?«, fragte Lagarde. Ihm war aufgefallen, dass Monsieur Mauriac blass und übernächtigt aussah. Die Augen waren rot gerändert, als hätte er geweint.

»Ich habe gestern Abend die Pressekonferenz gesehen«, sagte er mit rauer Stimme. »Es ist bestimmt ein dummer Zufall, aber … die Frau im Wald könnte Patricia sein.«

Annie sah ihn fragend an. »Patricia?«

»Patricia Mauriac, meine Frau.«

»Wie kommen Sie darauf?«, wollte Lagarde wissen. Nach solchen Pressekonferenzen meldeten sich erfahrungsgemäß immer Trittbrettfahrer, die behaupteten, etwas gesehen oder gehört zu haben. Mauriac sammelte sich, das Reden fiel ihm sichtlich schwer.

»Den Schmuck, der bei der Pressekonferenz gezeigt wurde, habe ich ihr vor fünf Jahren auf unserer Hochzeitsreise geschenkt.« Er versuchte, sich zu beruhigen. »Aber das waren doch bestimmt keine Unikate.« Verzweifelt verstummte er.

»Fahren Sie bitte fort«, bat Lagarde ihn.

»Die Ohrringe und der Ring bestehen aus hochwertigem Silber, bei den Steinen handelt es sich um Smaragde.«

Diese Angaben stimmten mit dem Schmuck überein, der bei den Leichen gefunden worden war.

Der völlig aufgelöste Mann erzählte weiter: »Wir haben die Flitterwochen auf Elba verbracht. Dort habe ich ihn ihr geschenkt, obwohl ich mir die Ausgabe eigentlich bei meinem Beruf nicht leisten konnte, aber ich konnte ihr noch nie einen Wunsch abschlagen.«

»Was haben Sie für einen Beruf?«

»Ich bin Förster und zuständig für das große Wald-gebiet zwischen Fresville und Le Ham.«

»Haben Sie noch andere Gegenstände wieder-erkannt? Die Kleidung, zum Beispiel?«

»Der sandfarbene Rock mit den Spitzen kam mir bekannt vor, aber sicher bin ich mir nicht. Patricia hat so viele Kleidungstücke. Das rosafarbene Seidenbus-tier könnte auch ihr gehören. Sie liebt elegante Unter-wäsche.«

»Haben Sie ein Foto von Ihrer Frau?«

»Ich habe Ihnen einen Schnappschuss von ihr mit-gebracht.«

Er griff in seine Jackentasche und legte ein Foto auf den Tisch, das eine schöne junge Frau mit eben-mäßigen Gesichtszügen, leuchtend graugrünen Augen und einem hellblonden Pagenschnitt zeigte. Sie trug ein Sommerkleid und lächelte in die Kamera. »Das ist Patricia.«

»Seit wann vermissen Sie Ihre Frau?«

»Seit dem zehnten Juli. Sie hat am Nachmittag das Haus verlassen und ist nicht mehr zurückgekommen.«

Lucas und er wechselten einen raschen Blick.

»Haben Sie sie als vermisst gemeldet?«

»Nein.«

Lagarde war überrascht. »Warum denn nicht? Seit-dem sind sieben Wochen vergangen.«

Mauriacs Wangen röteten sich. »Ich dachte, sie wäre mit ihrem Liebhaber weggefahren, ganz spontan an irgendeinen schönen Ort, und ich habe einfach darauf gewartet, dass sie zurückkommt. Ich habe es mir so sehr gewünscht.«

»Sie kam aber nicht zurück, und dennoch haben Sie nichts unternommen?«

Der Förster nickte stumm.

»Woher wissen Sie, dass Ihre Frau einen Liebhaber hatte?«

Mauriac legte sein Handy auf den Tisch, tippte einige Male auf das Display und zeigte ihnen dann eine Filmsequenz. Sie zeigte einen großen bulligen Mann mit derben Gesichtszügen, kleinen Augen und kurzgeschorenen grauen Haaren, der mindesten fünfzehn Jahre älter sein musste als Patricia. Er trug eine karierte Hose, wie sie bei Bäckern üblich waren, sowie ein kurzärmliges weißes Hemd. Er saß neben Patricia Mauriac auf einer Bank. Im Hintergrund war der Märchenweiher zu erkennen, auf dessen bernsteinfarbener Oberfläche sich die Bäume spiegelten. Die beiden sahen einander lächelnd in die Augen und stießen mit Weingläsern an. Dann beugte der Mann sich vor und küsste die junge Frau leidenschaftlich. Mit der freien Hand streichelte er ihre entblößte Brust. Dann kam ein kurzes Flimmern, und der Film war zu Ende.

»Sie haben die beiden gefilmt?«

»Nein! Das heißt, ja … aber nicht absichtlich! Ich wollte das nicht, niemals hätte ich meiner Frau hinterherspioniert.«

»Wie ist es dann zu dieser Aufnahme gekommen?«

Der Förster wischte sich mit einem Stofftaschentuch Schweißperlen von der Stirn. »Das kann ich erklären. Ich habe an einigen Stellen, auch am Märchenweiher, Kameras installiert, weil ich wissen wollte, wo sich Wildschweine aufhalten. Sie sind inzwischen zu einer echten Plage geworden, verwüsten die Felder und fressen alles, was sie finden können. Danach wollte ich mit den Jägern darüber sprechen.« Er zögerte. »Außerdem hat eine Spaziergängerin behauptet, dass sie dort einen Wolf gesehen hat. Dem wollte ich nachgehen, das gehört zu meinen Aufgaben als Förster.«

»Gibt es noch weiteres Filmmaterial?«

»Nein, nach diesen Aufnahmen habe ich die Kamera abgenommen.«

»Haben Sie Ihre Frau auf dieses Video angesprochen?«

»Ja, ich wollte die Sache mit ihr besprechen. Kein Geheimnis sollte zwischen uns stehen.«

Offenbar noch immer fassungslos, schüttelte er den Kopf. »Sie hat das Verhältnis sofort zugegeben und gesagt, dass sie schon einige Monate mit diesem Mann zusammen sei. Sie habe auch nicht die Absicht, es zu beenden. Sie hat gesagt, dass er ihr mehr bieten könne als ich und dass er ein besserer Liebhaber sei.« Er wurde rot. »Sie hat von mir verlangt, dass ich die Liaison akzeptiere, ansonsten würde sie mich verlassen.«

»Haben Sie das getan?«

»Was hätte ich denn sonst tun sollen? Ich wollte, dass sie bei mir bleibt, unter allen Umständen.«

»Wer ist der Mann?«

»Das ist *le boucher*, der Metzger von Le Ham, Edouard Rochefort. Er ist ein wohlhabender verheirateter Mann, der ihr tatsächlich viel mehr bieten kann als ich. Er hat neben seinem Hauptgeschäft einige gut laufende Filialen und ein paar Immobilien. Außerdem hat er sich in eine lukrative Austernzucht bei Saint-Vaast eingekauft.«

»Haben Sie ein Alibi für den zehnten Juli?«

Mauriac zeigte keine Gefühlsregung.

»Nein, ich war tagsüber im Forst von Fresville unterwegs und am Abend alleine zu Hause und habe auf Patricia gewartet.«

»Haben Sie im Wald jemanden gesehen?«

»Keine Menschenseele. Seit diese Spaziergängerin überall herumerzählt, dass sie dort einen Wolf gesehen hat, meiden viele Leute das Gebiet.«

»Haben Sie eine Vorstellung, was dort im Wald passiert sein könnte?«

»Nein, überhaupt nicht, aber ich habe damit nichts zu tun, das schwöre ich. Ich liebe meine Frau.« Er sah Lagarde flehentlich an. »Es kann doch sein, dass sie es gar nicht ist, oder?«

Lagarde fuhr sich mit den Händen über das Gesicht. »Die Toten haben sieben Wochen im Wald gelegen. Anhand ihres Aussehens können sie nicht identifiziert werden, wir müssen die zahntechnische Untersuchung und die DNA-Analyse abwarten. Welchen Zahnarzt hatte Ihre Frau?«

»Sie ist bei Doktor Girard in Le Ham in Behandlung.«

»Wir brauchen einen Gegenstand von ihr für den DNA-Abgleich, eine Haarbürste zum Beispiel.«

»Ich kann sie vorbeibringen.«

»Danke. Wir müssen noch ein Protokoll erstellen, dann können Sie nach Hause gehen. Wenn wir neue Erkenntnisse haben, melden wir uns sofort bei Ihnen.«

Nachdem sie die Formalitäten erledigt hatten, verließ Mauriac die Wache und wirkte dabei wie ein geprügelter Hund. Lagarde rief Delphine an und bat sie, die Röntgenaufnahmen von den Gebissen der Toten an den Zahnarzt von Le Ham zu mailen. Dann wandte er sich an Annie.

»Warten wir den Zahnabgleich ab, aber ich denke, wir wissen jetzt, wer die Toten sind. Dass Patricia Mauriac am zehnten Juli verschwunden ist, ist kein Zufall.«

Annie nickte beklommen, das sah sie genauso.

Die *Bougerie Rochefort* lag direkt am Marktplatz des Weilers Le Ham zwischen einer Bar Tabac und einem Blumenladen. Vor der Bar *Le Goéland, Die Seemöwe*, saßen unter einer riesigen Ulme zwei Männer an einem

Bistrotisch, tranken Rotwein und waren in ein Back-gammon-Spiel vertieft. Neben dem Eingang der Metzgerei stand ein fahrbarer Grill, auf dessen Spießen sich dicke Kapaunen, Wachteln und knusprig glänzende Kalbsschultern drehten. Ein junger Metzger in weißer Schürze und mit einem Schiffchen auf dem Kopf holte für die Kunden, die geduldig Schlange standen, die Köstlichkeiten von den Spießen und wickelte sie in Wachspapier und alte Zeitungen. Dabei hatte er für jeden ein freundliches Wort übrig. In der Metzgerei standen zwei Frauen in blütenweißen Schürzen hinter der blitzblanken Glastheke. Die jüngere Frau bediente eine Kundin, die ältere stellte eine Form mit verschiedenen köstlich duftenden Quiches in die Auslage.

Als sie Annie und Lagarde wahrnahm, fragte sie freundlich nach ihren Wünschen. Der Commissaire stellte sich vor und zeigte ihr seinen Ausweis. »Wir wollen mit Edouard Rocheforts Frau sprechen.«

Sie reagierte überrascht und sah ihn forschend an. »Ich bin seine Frau, Agnès Rochefort. Was wollen Sie denn von mir?«

»Können wir irgendwo ungestört sprechen?«

»Ja, natürlich. Kommen Sie doch bitte mit, ich muss nur meiner Tochter Monique Bescheid sagen, dass ich sie im Laden kurz alleine lasse.«

Sie führte die Polizisten in ein kleines Zimmer, das offenbar als Büro und Pausenraum genutzt wurde. Sie setzten sich um einen Tisch, auf dem benutztes Kaffeegeschirr stand. »Darf ich Ihnen einen Mokka anbieten? Wir haben eine neue Kaffeemaschine, die ist toll.«

»Warum nicht?«, erwiderte Lagarde, und auch Annie nahm das Angebot gerne an. Während Madame Rochefort die Maschine bediente, betrachtete er sie. Sie wirkte früh gealtert und sah ein wenig verhärmt aus. Über dem geröteten Gesicht trug sie ein etwas bieder wirkendes Kopftuch. Zwischen ihr und Patricia Mauriac lagen Welten. Als sie sich zu ihnen gesetzt hatte, eröffnete Lagarde das Gespräch.

»Können Sie mir sagen, wo Ihr Mann Edouard sich derzeit aufhält, Madame Rochefort?«

»Er ist nicht hier«, antwortete sie ohne weitere Erklärung.

»Wo ist er?«

Sie zuckte gleichgültig mit den Schultern. »Das weiß ich nicht.«

So kamen sie nicht weiter. Er wechselte die Strategie.

»Madame Rochefort, im Wald von Fresville wurden gestern zwei Leichen gefunden, die einem Verbrechen zum Opfer gefallen sind, ein Mann und eine Frau.«

»Davon habe ich gehört.«

»Die Toten lagen sieben Wochen dort, so dass wir sie aufgrund ihres Aussehens nicht mehr identifizieren können.«

Jetzt hatte er ihre volle Aufmerksamkeit.

»Seit sieben Wochen, sagen Sie?«

»Ja.«

»*Mon Dieu*, das gibt es doch nicht. Edouard ist seit sieben Wochen verschwunden, seit dem zehnten Juli, um genau zu sein. Das ist ja ein merkwürdiger Zufall.« Sie starrte Lagarde an. »Das ist doch ein Zufall, oder nicht?«

Er schüttelte den Kopf. »Ich fürchte nicht, Madame. Hat Ihr Mann ein Tattoo?«

»Er hat letztes Jahr mit der Metzgerinnung eine Reise nach Marokko gemacht, eine Männerreise«, sagte sie in spitzem Ton. »Da hat er es sich stechen lassen, ein scheußliches Ding. Den Kopf eines Königstigers.« Sie kniff die Augen zusammen. »Sie wollen doch nicht andeuten, dass es sich bei dem Toten um Edouard handelt?«

»Leider doch, Madame, es deutet einiges darauf hin. Wir müssen noch einen Zahnabgleich und eine DNA-Analyse abwarten. Bei welchem Zahnarzt war Ihr Mann Patient?«

»Direkt gegenüber bei Doktor Girard.«

»Haben Sie vielleicht eine Haarbürste von Ihrem Mann?«

»Warten Sie, im Badezimmer müsste sein Kamm liegen.«

Nachdem sie Lagarde den Kamm gebracht hatte, legte er einige Fotos vor sie auf den Tisch.

»Diese Gegenstände wurden im Wald bei den Toten gefunden. Erkennen Sie etwas wieder, das Ihrem Mann gehört?«

Konzentriert betrachtete sie die Aufnahmen.

»Die karierte Bäckerhose, das ist sozusagen sein Markenzeichen. Er trägt sie ständig.« Sie sah Lagarde mit erstarrter Miene an und zupfte nervös ihr verrutschtes Kopftuch zurecht. »Natürlich hatte er mehrere solche Hosen, dazu trug er kurzärmlige Hemden, meist weiß oder blau, und diese Plastikclogs.« Sie tippte auf ein Bild. »So, wie diese roten Schuhe hier. Er hatte diese schrecklichen Sandalen in allen möglichen Farben. Manchmal dachte ich, er leidet an einer Geschmacksverirrung, aber Edouard machte immer, was er wollte. Die Meinung von anderen hat ihn nicht interessiert.«

Ein weiteres Foto erregte ihre Aufmerksamkeit.

»Das Käsemesser kommt mir bekannt vor. Es ist seit einiger Zeit spurlos aus meiner Küche verschwunden, ebenso wie der Korb.« Traurig schüttelte sie den Kopf. »Die beiden haben ein Picknick veranstaltet, nicht wahr? Edouard hat bestimmt den Wein und die Speisen mitgebracht. Um solche Dinge hat er sich immer persönlich gekümmert, das war ihm wichtig. Der passende Wein zum Käse, eine Preiselbeermousse zur Gänseleberpastete, knuspriges Baguette, frisches Obst vom Markt und als Krönung eine Flasche Champagner.« Fassungslos schüttelte sie den Kopf. »Ich dachte, er wäre einfach mit einer seiner Geliebten unterwegs. Am liebsten ist er mit ihnen an die Côte d'Azur gefahren, nach Nizza oder Antibes, dort hat er dann den großen Max gespielt. Ein weiteres bevorzugtes Reiseziel war Biarritz, wo ihm ein Ferienhaus und eine Motoryacht gehören. Mein Mann hat immer auf großem Fuß gelebt, und für seine Geliebten war ihm nichts zu teuer. Und jetzt soll er tot sein? Ermordet?«

Tief in Gedanken versunken trank sie einen Schluck Mokka.

»Haben Sie ihn nicht als vermisst gemeldet, weil Sie dachten, er sei verreist?«, wollte Lagarde wissen.

»Das habe ich doch gerade gesagt. Er hat mir keine Sekunde gefehlt. Er hat mich schon immer betrogen, inzwischen war mir das gleichgültig. Wenn er weg war, war es im Geschäft viel angenehmer. Er war ein cholerischer Tyrann.« Sie prustete empört. »Stellen Sie sich vor, Patricia Mauriac hat er sogar als seine offizielle Zweitfrau bezeichnet, dieses dumme Huhn. Als ob in Frankreich Vielweiberei erlaubt wäre, das hätte ihm so gepasst. Bei der toten Frau handelt es sich doch sicher um Patricia Mauriac? Sie war zuletzt seine Favoritin.«

Lagarde nickte. »Wir gehen davon aus.«

Madame Rochefort hielt einen Moment inne und fuhr dann grübelnd fort. »Aber unheimlich ist es schon, finden Sie nicht auch? Vor sechs Tagen wurde seine Schwester getötet, und jetzt er.«

Lagarde brauchte einen Moment, bis er begriff. »Alice Ferrand war die Schwester Ihres Mannes?«

»Wussten Sie das nicht? Ich war auf ihrer Beerdigung. Sie war eine nette Frau, ganz im Gegensatz zu ihrem Bruder. Ich habe sogar versucht, Edouard auf seinem Handy zu erreichen, um ihn über ihren Tod zu informieren. Er hing sehr an seiner Schwester, und ich dachte, er will sich bestimmt von ihr verabschieden, aber ich habe ihn nicht erreicht.«

Diese Information musste Lagarde erst verdauen. Gedanken überschlugen sich in seinem Kopf. Schließlich setzte er die Befragung fort.

»Was haben Sie am zehnten Juli gemacht?«

Alarmiert blickte sie ihn an. »Sie glauben doch nicht, ich hätte die beiden getötet? Dazu hatte ich überhaupt keinen Grund. Die Affären meines Mannes waren mir völlig egal. Ich war jedenfalls im Geschäft, wie immer. Nach Feierabend habe ich mit meiner Tochter Lise den Laden geputzt, anschließend haben wir mit ihrer Familie zu Abend gegessen. Gegen zweiundzwanzig Uhr bin ich nach Hause gagangen und habe mich schlafen gelegt.«

»Das Alibi werden wir gegebenenfalls überprüfen.«

»Das können Sie gerne tun.«

»Das war es fürs Erste. Wenn wir eine Rückmeldung vom Zahnarzt haben und der DNA-Abgleich vorliegt, sagen wir Ihnen selbstverständlich sofort Bescheid. Danke erst mal für Ihre Auskünfte und den Mokka.«

Nachdem sie sich verabschiedet hatten, zündete

sich Madame Rochefort ein Zigarillo an, inhalierte tief und starrte aus dem Fenster. Edouard war tot. Sie hörte in sich hinein, ob sich irgendein Gefühl in ihr regte, Trauer, Entsetzen oder Angst? Das Einzige, was sie verspürte, war unendliche Erleichterung. Jetzt konnte er sie nicht mehr demütigen und betrügen, die schlimmen Jahre waren vorbei.

Während Lagarde den Wagen zurück nach Sainte-Mère-Église steuerte, saß Annie aufgeregt neben ihm und formulierte ihre Gedanken.

»Sie haben beide ein starkes Motiv, Thierry Mauriac und Agnès Rochefort, nämlich Eifersucht. Der Förster hat kein Alibi. Er ist seiner Frau an besagtem Nachmittag gefolgt, hat sie dabei erwischt, wie sie sich mit ihrem Geliebten traf, und hat beide getötet. Oder es war die Frau des Metzgers. Auch sie hätte doch das Geschäft unter einem Vorwand verlassen können. Vielleicht waren die Verhältnisse ihres Mannes ihr doch nicht so gleichgültig, wie sie behauptet. Immerhin hat Edouard Rochefort Patricia Mauriac als seine Zweitfrau betrachtet, das muss demütigend für sie gewesen sein.«

»Wir müssen ihr Alibi überprüfen«, sagte Lagarde. »Was mir Kopfzerbrechen bereitet, ist die Tatsache, dass Edouard Rochefort der Bruder von Alice Ferrand war und beiden die Kehle mit einem Messer durchtrennt wurde, das ist doch wirklich sonderbar.«

»Einen Zufall können wir ausschließen, oder?«

»Ich denke, schon.«

»Es gibt also einen Zusammenhang zwischen den Verbrechen?«

»Ganz sicher.«

Grübelnd sah Annie aus dem Fenster. Die grelle Nachmittagssonne blendete sie, und sie setzte ihre Sonnenbrille auf. »Wie gehen wir weiter vor?«

»Wir sprechen mit Edmond-Marie Frémaux. Der Jäger hat im Wald einen älteren Herrn mit einem Spitz gesehen, das könnte er gewesen sein.«

Nachdem auf dem Festnetzanschluss des Mannes niemand zu erreichen war und er sich auch nicht in seinem Lieblingscafé *Henri Matisse* aufhielt, versuchten sie es im Büro des Vogelschutzvereines. Lagarde fand direkt vor dem Gebäude einen Parkplatz. Die Pforte war unverschlossen, und sie stiegen über die knarrende Holztreppe in den zweiten Stock. Lagarde klopfte an die Tür, und sie wurden freundlich hereingebeten.

Der ältere Herr saß im diffusen Licht einer Tischlampe am Schreibtisch. Vor ihm lagen einige Listen, in die er gerade sorgfältig mit einem Füllfederhalter etwas eintrug. Er nahm seine Lesebrille ab und lächelte sie an.

»Die Polizei besucht mich, was kann ich für Sie tun?«

»Wir haben ein paar Fragen, Monsieur Frémaux«, erklärte Lagarde. »Dürfen wir uns zu Ihnen setzen?«

»Aber natürlich.« Einladend deutete er auf die beiden Stühle vor dem Schreibtisch. Der Spitz, der unter dem Tisch schlief, öffnete kurz die Augen, döste dann aber weiter. Schließlich kannte er die Besucher bereits.

»Monsieur Frémaux«, begann Lagarde, »gestern wurden im Wald von Fresville zwei Tote von einem Jäger entdeckt.«

»Ich weiß. Jeder hier weiß das, die Nachricht hat sich wie ein Lauffeuer verbreitet. Es ist ja so grauenhaft. Die Menschen haben inzwischen Angst, vor die Tür zu gehen. Ein zweiter Doppelmord innerhalb von wenigen Tagen, so etwas hat es hier noch nie gegeben. Sie müssen den Täter finden, damit wieder Ruhe einkehrt.« Der alte Mann wirkte zutiefst beunruhigt. Sein Hund spürte das und ließ ein kurzes Knurren verlauten.

»Wir tun, was wir können. Monsieur Frémaux, dem Jäger, der die Leichen gefunden hat, ist im Forst ein älterer Herr mit Schiebermütze und einem Spitz aufgefallen. Waren Sie das?«

»Ich gehe dort häufig mit meinem Hund spazieren. Die Gegend ist wunderschön, und am Märchenweiher legen wir gerne eine Rast ein und trinken etwas.«

»Es geht um einen Tag vor sieben Wochen, genauer gesagt um den zehnten Juli. Können Sie sich vielleicht erinnern, ob Sie an diesem Tag auch dort waren?«

Frémaux lächelte milde. »In meinem Alter ist das nicht mehr so einfach, vor allem, wenn der Tagesablauf sich immer ähnlich gestaltet. Aber Sie haben Glück, am zehnten Juli habe ich nämlich Geburtstag, deshalb kann ich mich daran erinnern. Ich hatte Angst davor, mich einsam zu fühlen, dabei ist es am Ende doch ein schöner Tag geworden. Ein Vogelschutzkollege aus Kanada hat mir eine wunderschöne Geburtstagsmail geschickt und mich zu sich eingeladen. Mittags war ich in einem guten Restaurant und habe es mir schmecken lassen, und nachdem ich das Grab meiner Frau besucht hatte, bin ich im Forst von Fresville mit meinem Hund spazieren gegangen.«

»Haben Sie jemanden gesehen?«

Der alte Mann dachte nach. »Ich habe den Förster in der Nähe des Märchenweihers gesehen, Thierry Mauriac. Ich kenne ihn, weil ich jedes Jahr Brennholz bei ihm kaufe. Er war ein ganzes Stück von mir entfernt und hat mich nicht bemerkt.«

»Am Nachmittag?«

»Ja, so gegen siebzehn Uhr muss das gewesen sein. Um achtzehn Uhr war ich mit einem Freund im Café *Matisse* verabredet, um einen Aperitif zu nehmen.«

»Ist Ihnen sonst noch etwas aufgefallen?«

Der alte Mann überlegte angestrengt, als würde er den Tag noch mal vor seinem inneren Auge ablaufen lassen. »Ja, in der Tat. Ich bin am alten Steinbruch entlang zurück zu meinem Auto spaziert, da habe ich zwei Fahrräder auf dem Boden liegen sehen. Sie waren nicht ordentlich abgestellt, eher so, als hätte sie jemand fallen lassen. Sie sahen aber eher neu aus, nicht so, als hätte jemand seinen Müll entsorgt.«

Diese Information fand Lagarde interessant. Er hatte sich schon die ganze Zeit gefragt, wie die Mordopfer in den Wald gekommen waren. Sie hatten nirgends ein Auto entdeckt.

»Danke, Monsieur Frémaux, das könnte uns weiterhelfen.«

Nachdenklich sah der Mann ihn an. »Da war noch etwas … Ich habe noch eine Person bemerkt, einen Mann mit einer Glatze, der sich merkwürdig verhalten hat. Er ist in einiger Entfernung durch das Unterholz geschlichen, als hätte er etwas zu verbergen. Es war richtig unheimlich. Wenn ich meinen Hund nicht dabeigehabt hätte, hätte ich mich gefürchtet.«

»Wo haben Sie den Mann gesehen?«

»In dem Gebiet zwischen dem Weiher und dem Steinbruch.«

»Können Sie ihn näher beschreiben?«

»Leider nicht, aber der Kopf sah seltsam aus. Kennen Sie Nosferatu, diesen Blutsauger? So sah er aus, furchteinflößend.«

»Wie war seine Statur?«

»Dazu kann ich nicht viel sagen. Er ging eher gebückt und ist durch den Wald gehuscht, als hätte er es eilig.«

»Können Sie sich erinnern, welche Kleidung er trug?«

Frémaux schüttelte bedauernd den Kopf. »Nein, aber ich habe, wenn ich an diese sonderbare Gestalt denke, die Farbe Blau im Kopf, fragen Sie mich nicht warum.«

»Danke, Monsieur Frémaux, das war es schon.«

»Keine Ursache, Sie sind mir immer willkommen.«

Als die Polizisten die Treppe hinunterstiegen, zog Annie ihr Smartphone aus der Hosentasche und gab einen Suchbegriff ein.

»Dämonische Figur«, murmelte sie, »Vampir aus den Karpaten.« Als plötzlich ein Bild von Nosferatu das Display ausfüllte, fuhr sie entsetzt zurück und zeigte Lagarde das Foto. »So eine Gestalt will Monsieur Frémaux gesehen haben?« Sie wirkte ungläubig.

»Er hat mit dem Vergleich wahrscheinlich versucht, charakteristische Merkmale hervorzuheben, wie eben diese auffällig helle Glatze.«

Annie starrte nachdenklich auf das Foto.

Als die Polizisten auf die Wache zurückkehrten, wartete Ruet bereits auf sie.

»Doktor Moreau hat vorhin angerufen. Der Zahnarzt aus Le Ham hat sich bei ihr gemeldet, und sie haben die zahntechnischen Unterlagen abgeglichen. Man kann zu neunundneunzig Prozent davon ausgehen, dass es sich bei den Toten im Wald um Patricia Mauriac und Edouard Rochefort handelt.«

Lagarde nickte. »Wer sollte es auch sonst sein, nach dem, was wir bisher in Erfahrung gebracht haben.« Er warf Annie einen Blick zu. »Wir müssen dieses Ergebnis den Ehepartnern mitteilen, am besten sofort.«

Ruet legte ein Fax auf den Tisch. »Es kommt vom Polizeilabor in Cherbourg«, sagte er.

Lagarde nahm es in die Hand und überflog den Inhalt.

»Das gibt es doch nicht! Es ist den Spezialisten gelungen, den Fingerabdruck auf dem Seidenbustier abzunehmen. Er ist zwar in keinem Polizeiregister erfasst, aber er ist identisch mit den Fingerabdrücken auf der Tube Theatercreme, die ich in der Grotte gefunden habe.«

Annie schaute ihn überrascht an. »Heißt das …?«

»Ja, die beiden Liebespaare wurden vom selben Täter getötet!«, kam Lagarde ihr zuvor. »Es handelt sich um ein und dieselbe Person, so einen Zufall gibt es nicht.«

Nachdenklich schüttelte er den Kopf. »Was hat die beiden Paare nur verbunden? Wer hatte einen Grund, sie zu töten?«

Er saß an einem wurmstichigen Holztisch und sah in einen goldgerahmten Spiegel, der an der Mauer aus grob behauenen Steinen lehnte und teilweise blinde Flecken aufwies. In den Kandelabern, die aus dem Mauerwerk ragten, und in den messingfarbenen Ständern, die er im Zimmer verteilt hatte, brannten weiße Kerzen. Durch das gekippte Dachfenster wehte ein lauer Luftzug und ließ sie schwefelgelb flackern. Es roch nach Wachs und Schminke. Im Haus war endlich Stille eingekehrt. Das war gut so, denn er musste sich konzentrieren. Als er sein Werk vollendet hatte, überprüfte er das Ergebnis und studierte sein Spiegelbild aufmerksam. Es war perfekt, jetzt konnte es losgehen.

Es war schon weit nach Mitternacht, als er das Haus verließ. Die Nacht war sehr dunkel, dichte Wolkengebirge verdeckten die Sterne und die Mondsichel. Im Freien wehte ein kräftiger Wind, der den Geruch von Fisch und Jod mitbrachte. Sein Auto hatte er hinter der Kirche auf einem kleinen, von Ligusterhecken umsäumten Parkplatz abgestellt. Niemand würde bemerken, dass er mitten in der Nacht wegfuhr.

Er setzte sich ans Steuer, ließ den Motor an, fuhr langsam durch die nächtliche, nur schwach beleuchtete Ortschaft und bog dann in die Landstraße ein, die nach Ravenoville-Plage führte. Er fuhr durch verlassenes stockfinsteres Marschland und erreichte die Marina des kleinen Dorfes. Auf der Wasseroberfläche schaukelten zwei Fischerboote. Dahinter führte ein Feldweg an einem Nebenkanal entlang. In einer kleinen Einbuchtung, die von Brombeergestrüpp gesäumt war, stellte er sein Auto ab. Es war ein guter Platz, er hatte ihn vor seinen nächtlichen Exkursionen bereits erkundet. Niemandem würde das Fahrzeug auffallen.

Leise rollte er auf den Parkplatz und ließ die Tür beinahe lautlos zufallen. Er folgte der kleinen Straße, die hinter der Mauer verlief und den Strand begrenzte. Die Brandung rauschte, und Wellen überspülten gurgelnd das Ufer und ließen Muschelschalen klackern.

Er hielt sich dicht bei den Sträuchern und Bäumen auf der anderen Straßenseite, abseits der Laternen, die in gleichmäßigen Abständen die Straße beleuchteten und grelle gelbe Lichtkegel auf den Asphalt warfen. Als sich die Scheinwerfer eines Wagens näherten, kauerte er sich hinter einen Ginsterbusch und wartete, bis er vorbeigefahren war. Als wieder Stille herrschte, lief er weiter. Sein Ziel war die Fischerhauskolonie von Ravenoville-Plage, genauer gesagt das Häuschen neben dem weißen Fischerhaus mit dem blauen Bullauge, in dem eine alte Dame mit ihrer Nichte lebte. Doch ihm ging es um das Nachbarhaus. Er schlich durch den Durchgang, der die beiden Häuser trennte, und gelangte in den winzigen Garten des olivgrünen Fischerhauses.

An der Hauswand stand eine Bank, die zum Teil von Büschen verdeckt wurde. Rasch warf er einen Blick über die Schulter, stieg auf die Sitzfläche, sah durch das Fenster, hinter dem er das Flackern eines Fernsehers bemerkte, und spähte in das Schlafzimmer. Er wusste, dass das Paar, das hier wohnte, nachts gerne erotische Filme schaute, Champagner trank und sich liebte. Zu seiner großen Erleichterung war es auch heute Nacht so.

Der Fernseher flimmerte und zeigte nackte, ineinander verschlungene Körper, und er beobachtete das Paar beim Liebesspiel. Es erregte ihn sehr, und er konnte sich nur schwer von dem Anblick losreißen, aber auch nicht länger auf der Bank stehen bleiben, bis jemand ihn entdeckte.

Morgen würde er wiederkommen, morgen war es endlich so weit. Sein Lächeln verzerrte das Gesicht zu einer hässlichen Fratze, die etwas Dämonisches hatte.

Als er auf dem Rückweg zum Kanal war, schlug auf Höhe eines Hauses ein Hund an, woraufhin eine Tür aufgerissen und das wütende Gebell lauter wurde. Im erleuchteten Türrahmen des Hauses erschien ein Mann im Bademantel mit zerzausten Haaren, ein Luftgewehr im Anschlag.

»Ist da jemand?«, brüllte er in die Dunkelheit. Der Hund hetzte bis zum Zaun, sprang hoch, legte die Pfoten darauf und knurrte.

Er war durch einen Durchgang in der Mauer auf den Strand gerannt und lief über die Muschelteppiche. Irgendwann verstummte das Gebell, und er blieb kurz stehen, um Luft zu holen. Keuchend rang er nach Atem. Er würde morgen einen großen Bogen um das Haus machen. Dann lief er zu seinem Fahrzeug und fuhr davon.

Lagarde und die Gendarmen waren um neun Uhr zur Besprechung auf der Wache verabredet und trafen auf die Minute pünktlich ein. Der Commissaire hatte Pains au Chocolat vom Bäcker mitgebracht, Ruet kochte Kaffee, und Annie war mit ihren Unterlagen beschäftigt.

Lagarde hatte sie noch am Vorabend darum gebeten, ihre bisherigen Ermittlungsergebnisse zusammenzustellen, zu sortieren und auf dem Whiteboard zu präsentieren. Es war wichtig, Personen und Fakten oder auch nur Vermutungen sowie Querverbindungen zu visualisieren und mögliche Zusammenhänge darzustellen.

Annie biss sich auf die Lippen. Sie war ein wenig nervös. Ruet schenkte allen Kaffee ein und zwinkerte ihr aufmunternd zu. Entschlossen stand sie auf und trat an die Pinnwand.

»In der oberen Reihe haben wir die Fotografien der beiden Opfer, die zuerst gefunden wurden: Alice Ferrand und Pierre Basson, getötet an einem Nachmittag vor sieben Tagen auf der Île de Terre. Ihnen wurde die

Kehle durchtrennt, sie waren sofort tot. Der Mann der toten Bürgermeisterin, François Ferrand, hat ein Alibi: Er war zur Tatzeit in einer Bar in Quinéville. Die Frau von Basson, Pauline, hat zwar kein Alibi, aber ihr fehlen das Motiv und die Gelegenheit. Auf der Vogelschutzinsel hat sie mit ihrem Handy zufällig einen Mann mit Glatze fotografiert, dessen Gesicht überbelichtet und deshalb nicht zu identifizieren ist, und der einen blauen Neoprenanzug trägt. Die nächsten beiden Fotografien zeigen Patricia Mauriac und Edouard Rochefort, einen Metzgermeister aus Le Ham, beide getötet vor sieben Wochen, am 10. Juli, im Forst von Fresville. Auch ihnen wurde die Kehle durchgeschnitten, und sie waren sofort tot. Der Ehemann der Toten, der Förster Thierry Mauriac, hat kein Alibi und sich zur Tatzeit nach eigenen Aussagen allein im Waldgebiet zwischen Fresville und Le Ham aufgehalten. Dafür gibt es einen Zeugen, Edmond-Marie Frémaux, den Vorsitzenden des Vogelschutzvereins. Die Ehefrau des Metzgers, Agnès Rochefort, hat ein Alibi. Ihre Tochter Lise bezeugt, dass sie mit ihrer Mutter zur Tatzeit in der Metzgerei und anschließend bei sich zu Hause war.«

Mit funkelnden Augen sah sie in die Runde.

»Das kann jedoch nicht stimmen, ich habe ihr Alibi überprüft. Der 10. Juli war ein Montag, und montags hat die Metzgerei Ruhetag. Von dieser Regel gibt es laut Auskunft des Ordnungsamts keine Ausnahme.«

Ruet pfiff verblüfft durch die Zähne, und auch Lagarde grinste anerkennend.

»Gute Arbeit, Annie! Diese Überprüfung war sehr wichtig.«

Anne strahlte. »Eine Sache gibt es noch. Monsieur Frémaux hat zur Tatzeit im Wald von Fresville einen Mann mit Glatze gesehen, der sich verdächtig verhalten hat. Daraus ergibt sich zuerst einmal die Frage: Ist dieser Mann identisch mit dem, den Pauline Basson auf der Insel fotografiert hat?«

Unsicher sah sie Lagarde an. Er nickte.

»Davon gehe ich aus, das wären mir sonst zu viele Männer mit Glatze in einem Fall.«

»In Ordnung«, antwortete Annie. »Dann lautet die zweite Frage: Wer ist dieser Mann? Und daraus ergibt sich die dritte Frage: Wo war die Ehefrau des Metzgers zur Tatzeit? Und kennen sich die Opfer und ihre jeweiligen Ehepartner, gibt es hier einen Zusammenhang? Auf alle Fälle erscheint es mir bemerkenswert, dass Alice Ferrand und Edouard Rochefort Geschwister waren.«

»Sehr gut, Annie«, lobte Lagarde. »Jetzt haben wir eine visualisierte Zusammenfassung der wichtigsten Fakten, Querverweise und Ergebnisse. Nun geht es darum, wie wir weiter vorgehen.«

Ruet meldete sich zu Wort. »Kollegen der Spurensicherung haben noch gestern Abend die zwei Räder aus dem Steinbruch geholt und sie untersucht. Die

Fingerabdrücke sind identisch mit denen, die wir auf den Gegenständen auf der Lichtung gefunden haben. Die Kollegen gehen davon aus, dass die Fahrräder den Opfern gehörten. Zur weiteren Bestätigung werden sie die Fotos den Ehepartnern zeigen. Andere Spuren gibt es nicht. Die Frage ist, warum sie in den Steinbruch geworfen wurden.«

Lagarde trank einen Schluck Kaffee. »Wollte der Täter sie verstecken?«

»Aber weshalb? Es war doch klar, dass die Opfer irgendwie in den Wald gekommen sein mussten.«

»Es könnte sein, dass sein Verhalten irrationaler wird. Er scheint unter großem Druck zu stehen, das spielt uns in die Hände.« Jetzt wandte er sich an Annie. »Haben wir inzwischen Rückmeldungen auf die Pressekonferenz?«

»Etliche sogar. Ich habe die Informationen sortiert und zusammengefasst.«

»Großartig! Was haben wir denn alles?«

Annie trug die Ergebnisse vor. »Einundzwanzig Personen haben sich nach der Fernsehübertragung gemeldet. Die Rückmeldungen von neun Personen habe ich chronologisch geordnet.«

Lagarde nickte zufrieden. Das war ein klassisches Vorgehen, wie man es an der Polizeischule lernte.

Annie fuhr fort: »Die Aussagen der übrigen zwölf Personen sind unglaubwürdig, es handelt sich aller Wahrscheinlichkeit nach um Trittbrettfahrer. Jetzt

komme ich zu den Rückmeldungen, die wir berücksichtigen sollten. Die meisten von ihnen haben lediglich die Identität der Toten bestätigt, weil sie das Tattoo und den Schmuck in Begegnungen mit den Opfern
bemerkt und wiedererkannt haben. Ein Paar aus Va-
lognes hat vor etwa acht Wochen im Restaurant *Baie
Des Veys* zu Abend gegessen. Das Paar am Nachbartisch
ist ihnen aufgefallen, weil sie laut gestritten haben.
Bei der Frau handelte es sich aufgrund des Schmu-
ckes wohl um Patricia. Der Mann trug legere Segel-
kleidung und ein blaues Piratentuch. Das streitende
Paar verließ das Lokal schließlich und ging an Bord
eines Schiffes mit dem Namen *Pattie I*. Ich habe beim
Schifffahrtsamt angerufen und um Auskunft gebeten,
wer der Eigner ist. Bisher hat sich noch niemand gemeldet. Außerdem hat sich die Leiterin einer Kindertagesstätte in Carentan gemeldet. Madame Mauriac
hat dort stundenweise gearbeitet. Die Leiterin hat erzählt, dass Patricia die Kinder geliebt hat. Einmal habe
sie sie gefragt, ob sie sich selbst auch ein Kind wünsche, woraufhin Patricia in Tränen ausgebrochen sei.«

Annie lächelte in die Runde. »Das war es zunächst
von meiner Seite.«

Lagarde bedankte sich bei ihr und sah nachdenklich
auf das Whiteboard, an dem nun alle Ergebnisse ge-
sammelt waren. Er hatte das Gefühl, dass irgendeine
Information ihn förmlich anspringen wollte, er wusste
nur nicht, welche es sein könnte. Darüber musste er in

Ruhe nachdenken. Ein Klopfen an der Tür unterbrach seine Überlegungen. Es war der Briefträger, der einen kleinen Papierstapel in der Hand hielt.

»Bonjour«, grüßte er fröhlich in die Runde. »Salut, Arsène, ich dachte, ich bringe dir die Post persönlich. Du hast ja zurzeit so viel um die Ohren. Was hier alles passiert, *mon Dieu*, da kann einem ja angst und bange werden.«

Ruet nahm den Stapel entgegen. »Merci, Gil, das ist wirklich nett von dir.«

»*De rien*, und jetzt muss ich weiter. Seit wir auch noch Pakete austragen müssen, komme ich kaum hinterher.« Schon war er aus der Tür.

»Grüß deine Frau von mir!«, rief Ruet ihm nach und sah rasch die Post durch. Es war das Übliche, Prospekte und eine Einladung zu einem Grillfest. Dann fiel ihm ein Brief auf. Der Gendarm öffnete ihn und entfaltete stirnrunzelnd ein Blatt, auf das ausgeschnittene Zeitungsbuchstaben geklebt worden waren, die folgende Botschaft verkündeten:

Der Förster ist der Mörder! Ein aufmerksamer Beobachter

Er hielt den Brief hoch, und seine Kollegen blickten überrascht auf die Botschaft.

»Lassen wir das Papier auf Fingerabdrücke untersuchen«, entschied Lagarde. »Allerdings glaube ich nicht, dass die Spezialisten im Labor welche finden werden.« Er wickelte sich ein Taschentuch um die Hand und griff nach dem Briefumschlag. Der Brief war gestern in Lessay abgestempelt worden. Es handelte sich um eine gewöhnliche Briefmarke, die man überall kaufen konnte, und die Adresse der Gendarmerie war aufgedruckt.

Kopfschüttelnd trank er seinen Kaffee aus und kopierte die anonyme Nachricht, als das Telefon klingelte. Es war der Anruf des kriminaltechnischen Teams, auf den sie gewartet hatten. Die Kollegen teilten mit, dass sie in etwa einer Viertelstunde in Fresville eintreffen würden.

Sie machten sich auf den Weg und stießen am Eingang fast mit dem Fischer Maurice zusammen, der aufgeregt rief: »Arsène, du musst sofort in die Hafenkneipe kommen! Sie prügeln sich schon wieder!«

Der Gendarm sah Lagarde fragend an.

»Gehen Sie nur«, forderte Lagarde ihn auf. »Annie und ich kommen zurecht.«

Lagarde fuhr zu der Adresse, die Annie ihm nannte und wo sie hofften, Thierry Mauriac anzutreffen. Sie gelangten über die Landstraße durch eine flache Landschaft mit Feldern und Wiesen, die durch Hecken vor dem starken austrocknenden Meereswind geschützt wurden, und die von einem Kanalsystem durchzogen waren. Hin und wieder tauchten kleinere Bauminseln und Gehöfte auf, von denen manche noch über den typischen Taubenturm verfügten und auf deren Weiden Kühe grasten.

Nach wenigen Minuten erreichten sie Fresville, einen kleinen Ort, dessen Marktplatz von Granitsteinhäusern und einer Kirche gesäumt wurde. Die Tische vor dem Café waren gut besetzt. Rentner tranken ihr erstes Glas Rotwein, und Arbeiter machten eine Kaffeepause.

Das Forsthaus befand sich außerhalb von Fresville und stellte sich als eine alte Mühle heraus, die sich zwischen Birken, Haselsträuchern und Eichen erhob. Es war ein gut erhaltenes, zweistöckiges Fachwerkhaus mit einem abgeschrägten Anbau, auf dem ein weißer Kamin saß. An der Vorderfront befand sich das gewaltige Mühlrad, das von Efeu und Moos überwuchert und schon lange nicht mehr in Betrieb war. Als Annie und Lagarde aus dem Fahrzeug stiegen, hörten sie in der Stille einen Bachlauf plätschern. Über den zartblauen Himmel zogen Wolken, deren Ränder violett schimmerten. Auf der Wiese vor dem Haus pickten Hühner eifrig im Gras, und ein Gockel stolzierte umher. Neben dem Gebäude gab es ein Holzgatter, hinter dem sich Ziegen befanden. Als die Besucher näher kamen, meckerten sie zur Begrüßung. Kein Mensch war zu sehen.

Von weitem hörten sie jedoch Motorengeräusche, und kurz darauf hielten der Bus der Spurensicherung und ein Polizeifahrzeug neben ihrem Auto. Die

Kollegen in weißen Overalls und Uniformen stiegen aus, begrüßten einander und stellten sich vor.

Lagarde wandte sich an den Chef der Spurensicherung, Arthur Bargas, den er schon lange kannte und mit dem er häufig zusammengearbeitet hatte.

»Bonjour Arthur! Habt ihr den Durchsuchungsbeschluss mitgebracht?«

»Aber klar doch, der Richter hat ihn ohne Umschweife unterschrieben.« Grinsend reichte er dem Commissaire das Schriftstück.

»Na dann mal los«, forderte Lagarde sie auf. Er trat an die Haustür und klopfte. Als niemand öffnete, versuchte er es erneut. Aus dem Haus waren keinerlei Geräusche zu vernehmen, nur die Hühner gackerten jetzt aufgeregt und flatterten auf der Wiese hin und her.

»Sehen wir nach, ob es einen Hintereingang gibt.«

Sie umrundeten das Haus und gelangten in einen Garten, in dem es Gemüsebeete und Hortensien gab, deren Blüten süß dufteten. Thierry Mauriac saß auf der Veranda, starrte vor sich hin und bemerkte sie zunächst gar nicht. Auf seinem Schoß lag eine Katze, die er gedankenverloren streichelte. Auf dem Tisch vor ihm stand eine Kaffeetasse, und in einem Aschenbecher qualmte eine Zigarette vor sich hin.

Als Lagarde ihn laut grüßte, fuhr der Mann zusammen und sah ihn erschrocken an. Dann erkannte er ihn wieder.

»Bonjour, Monsieur le Commissaire.« Der Förster sah noch schlechter aus als am Tag zuvor. Sein Gesicht hatte eine gräuliche Farbe angenommen, er war unrasiert, und seine Augen wirkten geschwollen. Er blickte erstaunt in die Runde. »Was hat das zu bedeuten?«

Lagarde ging über die drei Stufen zu ihm auf die Veranda und zeigte ihm den Beschluss.

»Meine Kollegen werden jetzt Ihr Haus und den Garten durchsuchen.« Er wandte sich an Arthur. »Ihr könnt anfangen.«

Mauriac reagierte eher apathisch als entsetzt und fragte mit schleppender Stimme: »Warum machen Sie das? Ich habe mit dem Verbrechen an Patricia nichts zu tun, ich habe sie geliebt.«

»Sie wurden zur Tatzeit im Wald gesehen, Sie haben kein Alibi, ein starkes Motiv und verfügten über die Mittel. Gehen wir ins Haus, meine Kollegin und ich wollen mit Ihnen sprechen.«

Durch die Terrassentür gelangten sie in die Küche, und die Techniker der Spurensicherung begannen mit ihrer systematischen Durchsuchung des Gebäudes. Der Commissaire hatte sie vorher instruiert, worauf sie bei der Suche achten sollten.

Er setzte sich zu dem Förster an den Küchentisch, wo Annie bereits Notizblock und Stift gezückt hatte.

»Sie arbeiten heute nicht, Monsieur Mauriac?«, erkundigte er sich.

»Nein, ich habe mich krankgemeldet. Heute Nacht

habe ich kein Auge zugetan, und es geht mir sehr schlecht.«

Lagarde ließ seinen Blick durch die aufgeräumte Küche schweifen. Sie war mit Holzmöbeln eingerichtet und wirkte mit den bunten Vorhängen, Kissen und den üppig blühenden Topfpflanzen gemütlich. Auf dem Abtropfsieb stand nur ein Glas. Dann blieb sein Blick an einem Messerblock hängen, und er stutzte. Das größte Messer fehlte. Er deutete auf den Block. »Wo ist das Messer?«

Zunächst schien Mauriac nicht zu verstehen, was er meinte. »Welches Messer?«

»Aus dem Messerblock, eines fehlt.«

»Ich habe keine Ahnung, wo es ist. Es ist mir noch gar nicht aufgefallen, dass es nicht mehr da ist.«

»Das glaube ich Ihnen nicht. Sie haben es genommen, Ihre Frau und deren Liebhaber getötet und es danach irgendwo versteckt, habe ich recht?«

Mauriac brauste auf. »Aber nein, so war es nicht!«

»Wie war es denn dann?«

»Ich weiß nicht, was Sie meinen, ich bin unschuldig.«

Lagarde wechselte die Strategie. »Kannten Sie Alice Ferrand?«

»Die Bürgermeisterin von Sainte-Mère-Église, die ebenfalls ermordet wurde? Hier treibt ein gefährliches Biest sein Unwesen, das sollten Sie suchen und Ihre Zeit nicht mit mir verschwenden.«

»Beantworten Sie bitte meine Frage.«

Mauriac wurde weiß wie die Wand und presste die Lippen zusammen, dann antwortet er.

»Ich kannte sie nicht persönlich. Bei Festen und Veranstaltungen hat sie sich gerne unter das Volk gemischt und mit den Leuten geredet. Sie machte auf mich einen liebenswürdigen Eindruck.«

»Und Pierre Basson?«

»Das war ihr Begleiter, nicht wahr? Zumindest stand das in der Zeitung. Nein, ich kannte ihn nicht. Ich hatte vor dem Verbrechen noch nie von ihm gehört.«

»Pauline Basson?«

»Wer ist das?«

»Seine Frau.«

»Nein.«

»Sicher nicht?«

»Nein!«

Lagarde holte die Kopie des anonymen Briefes aus der Tasche und legte sie auf den Tisch. Als Mauriac die Worte gelesen hatte, sprang er zornig auf. »Was soll das? Das ist eine Lüge, eine böse Verleumdung! Wer verbreitet so einen Unsinn?«

»Haben Sie eine Vorstellung, wer ihn geschrieben haben könnte?«

Der Förster verschränkte die Arme vor der Brust und schwieg.

»Antworten Sie!« Lagardes Ton wurde schärfer. »Wir ermitteln in vier Mordfällen. Wenn Sie etwas wissen, sind Sie verpflichtet, es uns zu sagen. Wenn Sie jedoch Informationen zurückhalten, kann das schwerwiegende Konsequenzen für Sie haben, vergessen Sie das nicht.«

Der Förster rieb sich das stoppelige Kinn. »Also gut, diesen abscheulichen Brief hat bestimmt Stéphane Poullain geschrieben. Er hasst mich und wollte sich an mir rächen.«

»Warum sollte er das tun?«

Mauriac seufzte. »Es ist eine schreckliche Geschichte. Sie ist völlig aus dem Ruder gelaufen und hätte nie passieren dürfen.«

»Erzählen Sie!«

»Letztes Jahr haben wir in Saint-Marcouf-Plage ein großes Fest veranstaltet. Alle waren da, auch Poullain. Es war das jährliche Fischerstechen mit der traditionellen Misswahl. Patricia wurde zur Miss Marcouf gewählt, das feierten wir mit Freunden. Sie trank zu viel, bis sie schließlich ziemlich betrunken war. Im Laufe des Abends hat sie immer wieder mit Poullain getanzt. Sie haben Champagner an der Bar getrunken, und irgendwann im Laufe der Nacht waren die beiden verschwunden und tauchten erst nach einer Stunde wieder auf. Sie hatten Sex, aber das habe ich erst später erfahren.« Hektisch fuhr er sich durch die Haare. »Zehn Wochen später teilte Patricia mir mit, dass sie schwanger sei. Es war uns beiden klar, dass das Kind nicht von mir sein konnte. Ich litt seit längerer Zeit unter Erektionsstörungen, deshalb lief nichts mehr zwischen uns. Sie nahm an, dass das Kind von Poullain sei, und gestand mir, dass sie an jenem Abend Sex mit ihm gehabt hatte.«

Er stöhnte auf.»Was dann geschehen ist, dafür muss ich die Verantwortung übernehmen. Ich bin an allem schuld.«

»Was ist dann passiert?«

»Ich habe sie gezwungen, das Kind abtreiben zu lassen, indem ich sie massiv unter Druck gesetzt habe. Ich habe gesagt, dass ich sie wegen ihrer Untreue verlassen und dass ich es ihren Eltern erzählen würde, und dass sie von mir keinen Cent mehr bekommen würde.« Mit traurigem Blick schüttelte er den Kopf. »Ich habe sie mit allen Argumenten, die mir eingefallen sind, permanent unter Druck gesetzt. Schließlich gab sie nach. Der Stress wurde ihr zu groß, sie konnte die Auseinandersetzungen und die Anfeindungen durch mich nicht mehr verkraften. Bei der Abtreibung kam es zu einem Arztfehler, und seitdem war klar, dass sie keine Kinder mehr bekommen konnte. Seitdem hasste sie mich und betrog mich mit jedem, der ihr über den Weg lief. Sie hat es auch Poullain erzählt, und der schickt mir seitdem böse Mails.«

»Sind diese Schreiben noch auf Ihrem Computer?«

»Nein, ich habe sie gelöscht.«

»Wir nehmen ihn trotzdem mit.« Lagarde überlegte. »Weshalb war Poullain so böse auf Sie?«

»Er machte mich dafür verantwortlich, dass sein ungeborenes Kind getötet worden war.«

»Können Sie sich vorstellen, dass er Ihre Frau und deren Liebhaber getötet hat?«

»Ja, durchaus. Er hat Patricia nicht nur gehasst, weil sie sein Kind abgetrieben hat, sondern auch, weil sie nicht als Paar mit ihm zusammenleben wollte. Sie mochte ihn im Grunde nicht und hielt ihn für einen unsympathischen, arroganten Schnösel. Die Nacht auf dem Fischerfest bezeichnete sie als Ausrutscher.« Der Förster versank in düsteres Schweigen und fuhr dann fort. »Ich habe viel über diese schreckliche Geschichte nachgedacht. Inzwischen weiß ich, dass der Stress, den sie mit mir hatte, sie überhaupt nicht beeindruckt hat, dafür war sie viel zu selbstbewusst. Ich bin mir sicher, dass sie das Kind selbst nicht wollte.«

Kurz darauf stürmte Arthur mit einem triumphierenden Lächeln in die Küche. »Wir haben ein Messer gefunden.« Er hielt einen Beweismittelbeutel hoch, in dem sich ein großes blutverschmiertes Messer befand.

»Wo?«, fragte Lagarde.

»Im Hühnerstall, unter einem Haufen alter Lumpen. Daneben lagen auch eine Hose und ein Hemd voller Flecken, sieht aus wie Blut.« Er zeigte auf einen weiteren Plastikbeutel.

Der Commissaire wandte sich an Mauriac, der völlig schockiert wirkte. »Was sagen Sie dazu?«

»Davon weiß ich nichts! Damit habe ich nichts zu tun, ich schwöre es!«

»Das kann ich mir hinsichtlich der aktuellen Beweislage nicht vorstellen, Monsieur Mauriac. Ich verhafte Sie wegen des Verdachts auf Mord an Ihrer Ehefrau und Edouard Rochefort. Sie haben das Recht, einen Anwalt zu konsultieren und zu schweigen. Alles, was Sie sagen, kann gegen Sie verwendet werden. Die Kollegen aus Cherbourg werden Sie mitnehmen und dem Haftrichter vorführen.«

»Das können Sie doch nicht machen!«, schrie Mauriac. »Ich bin unschuldig, Sie verhaften die falsche Person.« Dann verwandelte er sich von einer Sekunde zur anderen in einen finster dreinblickenden Mann, seine Augen glühten vor Zorn. »Sie sind unfähig, den wahren Täter zu finden, deshalb liefern Sie mich ans Messer. Das wird Ihnen noch leidtun, verdammtes inkompetentes Polizistenpack!« Wütend spuckte er aus.

Lagarde gab ihm keine Antwort und nickte den Polizisten aus Cherbourg zu, die ihm Handschellen anlegten. Mauriac verstummte abrupt, ließ sich ohne Gegenwehr abführen und zum Wagen bringen.

Annie starrte ihm hinterher, ehe sich ihr Blick auf Lagarde richtete. »Wo ist die Verbindung? Aus welchem Grund sollte er Alice Ferrand und Pierre Basson getötet haben?«

Lagarde erwiderte ihren Blick mit ernster Miene.

»Gute Frage, Annie.«

Von Fresville aus fuhren die Polizisten weiter zu dem Weiler Le Ham. Ein Großteil der Strecke führte durch einen Buchenwald, dessen gewaltige Kronen einen grünen Baldachin bildeten. Sonnenstrahlen drangen durch das Blattwerk und verursachten ein stetiges Licht- und Schattenspiel. Lagarde fand einen Parkplatz direkt vor der *Boucherie Rochefort* und betrat zusammen mit Annie das Geschäft.

Hinter der Verkaufstheke standen die Töchter des Ehepaars Rochefort, Monique und Lise, die alle Hände voll zu tun hatten, um den Ansturm der Kunden zu bewältigen. Die Spezialität des Tages waren *Tripes*, Kutteln oder auch Kaldaunen genannt. Als Monique den Commissaire unter den Kunden entdeckte, sprach sie kurz mit ihrer Schwester Lise und kam um den Tresen herum zu ihm. Bevor sie ihnen die Hand reichte, trocknete sie sie an einem Geschirrtuch ab, dann bat sie die Polizisten in das kleine Zimmer nebenan.

Als sie sich an den Kommissar wandte, füllten sich ihre Augen mit Tränen. Mit einer energischen Geste fuhr sie sich über das Gesicht. Dabei fiel Annie auf, dass sie große Ähnlichkeit mit ihrem Vater hatte.

»*Excusez-moi*, Monsieur le Commissaire. Der Tod meines Vaters hat mich sehr getroffen. Ich war immer seine kleine Prinzessin. Gibt es schon Erkenntnisse, die auf einen Täter hindeuten?«

»Über laufende Ermittlungen dürfen wir keine Auskunft geben, aber wir tun alles, was wir können, um den Mörder Ihres Vaters zu finden.«

»Merci.« Um ein Lächeln ringend sah sie ihn an. »Was kann ich für Sie tun? Möchten Sie einen Mokka?«

Lagarde schüttelte den Kopf. »Nein, vielen Dank. Wir möchten mit Ihrer Mutter sprechen, ist sie hier?«

»Maman ist zu Hause. Sie hat sich einen Tag freigenommen, weil sie über ihr zukünftiges Leben nachdenken muss. Lise und ich können das gut verstehen, deshalb machen wir heute Dienst.« Jetzt lächelte sie. »Ich kann mich überhaupt nicht erinnern, wann Maman einmal nicht im Laden war. Soll ich Ihnen die Adresse geben?«

»Die haben wir schon, vielen Dank, Mademoiselle Monique. Au revoir!«

Das Haus des Ehepaars Rochefort befand sich am Ortsrand des Weilers. Es war ein hellgelb gestrichener Neubau mit einem roten Dach inmitten eines großen quadratischen Grundstücks, der sich in eine Reihe ähnlich aussehender Häuser einfügte und von einem grünen Maschendrahtzaun umgeben war. Die Bepflanzung war noch karg. Lediglich der Rasen leuchtete in einem satten Grün. Vor der zweiflügligen Glastür erstreckte sich eine gepflasterte Terrasse entlang der gesamten Front. Dort saß unter einer Markise Agnès Rochefort. Als sie die Polizisten entdeckte, winkte sie, stand auf und lief zur Gartenpforte.

»Bonjour, kommen Sie doch herein! Unter der Markise ist es nicht so heiß. Trinken wir eine gekühlte Limonade.«

Als sie um den Bistrotisch saßen, sah Madame Rochefort den Kommissar neugierig an.

»Haben Sie Edouards Mörder?«

»Noch nicht, Madame Rochefort, aber das ist nur eine Frage der Zeit. Wir möchten Sie gerne etwas fragen.«

»Nur zu.«

»Sie haben uns ein falsches Alibi genannt. Am zehnten Juli waren Sie nicht in der Metzgerei, das Geschäft hatte Ruhetag. Wo waren Sie?«

Sie reagierte verlegen. »Es tut mir leid, diese Variante erschien mir am einfachsten. Ansonsten hätte ich einiges erklären müssen.«

»Das bleibt Ihnen jetzt nicht erspart.«

»Selbstverständlich, es war dumm von mir. Am zehnten Juli war unser Frauentag. Wir sind sieben Frauen und treffen uns einmal im Monat. Ich bin auf diesen Kreis durch eine Zeitungsannonce gestoßen. Eine Gruppe vielseitig interessierter Frauen lud zu einem Treffen ein. Ich bin aus Neugierde hingegangen und aus Trotz, weil Edouard mich wieder einmal gemein behandelt hatte. Viel habe ich mir nicht davon versprochen. Ich hielt die Gruppe für eine Art Strickkreis, der Klatsch austauscht oder über Belanglosigkeiten redet. Davon halte ich nicht viel, und für so etwas habe ich auch keine Zeit. Aber an diesem Nachmittag wollte ich einfach weg.« Sie sah Lagarde mit einem offenen Lächeln an. »Was soll ich Ihnen sagen? Ich war sehr positiv überrascht. Die Frauen tauschten sich über ihre problematischen Ehen aus. Diese Gespräche haben mir sehr gutgetan und mir geholfen, meine Situation zu reflektieren. Wir unternehmen aber auch schöne Sachen. Am zehnten Juli haben wir das Aquarium in Cherbourg besucht, das war toll.«

»Dann gibt es sicher Zeugen?«

»Ich schreibe Ihnen die Kontaktdaten der Damen auf.«

»Danke, Madame Rochefort.«

Sie sah ihn besorgt an. »Bin ich jetzt verdächtig, weil ich in Bezug auf mein Alibi geflunkert habe? Sie verhaften mich doch nicht, oder?« Entsetzen machte sich auf ihrem Gesicht breit.

»Nein, ich verhafte Sie nicht, keine Sorge. Sie waren es nicht. Aber ich habe eine Bitte: Ihr Mann hatte doch bestimmt ein Arbeitszimmer, dürfen wir uns da mal umsehen? Wir haben keinen Durchsuchungsbeschluss, wir bräuchten also Ihre Einverständniserklärung.«

Falls sie überrascht war, verbarg sie es gut. »Ja, er hat ein Arbeitszimmer im ersten Stock. Kommen Sie, ich zeige es Ihnen.«

Als sie vor der Tür des Büros standen, lächelte sie traurig.

»Er hat das Zimmer immer abgeschlossen. Mein Mann hat mir nicht vertraut, aber ich weiß, wo er den Schlüssel versteckt hat.« Sie hob einen Blumentopf hoch, der auf der Fensterbank stand, nahm den Schlüssel und schloss die Tür auf. »Ich war nie in seinem Büro. Nicht, dass Sie das von mir denken, aber sein Misstrauen hat mich verletzt.« Sie machte die Tür auf. »Sehen Sie sich in Ruhe um. Ich warte auf der Terrasse auf Sie.«

Als sie den Raum betraten, fragte Annie: »Wonach suchen wir?«

»Nach der Verbindung.«

»Sie meinen, der Förster ist doch nicht der Täter?«

»Ich weiß es nicht, Annie. Warten wir das Ergebnis der Untersuchungen ab. Auf jeden Fall musste ich ihn aufgrund der Beweislage verhaften.«

Das Büro von Edouard Rochefort war mit einem aufgeräumten Schreibtisch und zwei Regalen, auf denen sich Ordner, Fachbücher und Angelratgeber reihten, spärlich möbliert. Die Wände waren kahl, der Parkettboden glänzte matt im einfallenden Sonnenlicht. Feiner Staub lag auf den Möbeln. Der einzige Luxus waren eine hochwertige Stereoanlage und ein chromblitzender Ständer mit mindestens hundert CDs: Opern, klassische Musik und Filmmusik. Darüber hing ein gerahmtes Bild wie auf einem Ehrenplatz. Es zeigte Rochefort mit seiner Schwester Alice. Lagarde schätzte, dass die Aufnahme etwa zehn Jahre alt war. Die Geschwister standen nebeneinander im flachen Meerwasser und trugen Neoprenanzüge. Edouard hatte das Surfbrett unter den Arm geklemmt und Schwimmflossen in der Hand und grinste über das ganze Gesicht. Alice balancierte ihr Board auf dem Kopf und hielt es mit beiden Händen fest. Strahlend richtete sie den Blick auf den Fotografen. Im Hintergrund war eine nahezu kreisförmige Felsformation erkennbar, die aussah wie die Pointe de la Torche, die sich in der Nähe von Audierne an der bretonischen Südwestküste befand. Vor dieser windumtosten Felsnase zeigten Wellenreiter aus aller Welt ihr Können. Das Foto der Geschwister transportierte eine unbändige, mitreißende Lebensfreude.

»Wir suchen eine Verbindung zwischen den Geschwistern Alice Ferrand und Edouard Rochefort«, erklärte Lagarde. »Wir müssen die Ordner durchsehen, ob ihr Name auf einem Dokument auftaucht.«

»Alles klar.«

Sie begannen mit der Suche und blätterten einen Ordner nach dem anderen durch. Annie saß konzentriert am Schreibtisch, Lagarde forschte im Stehen. Nach einer halben Stunde griff Annie nach einem Ordner, der mit »Immobilien und Grundstücke« beschriftet war, und stieß auf einen notariellen Vertrag, der von Alice Ferrand, ihrem Bruder Edouard-Silvain Rochefort, einem Notar und einem gewissen Emile Babinot unterschrieben war.

Sie zeigte Lagarde, was sie gefunden hatte. »Sie haben einen Tauschvertrag abgeschlossen«, sagte sie. »Die Geschwister besaßen ein Grundstück im Landesinneren in der Nähe von Le Ham. Diesem Babinot gehörten Feuchtwiesen am Meer bei Saint-Marcouf. Die Grundstücke wechselten den Eigentümer. Zusätzlich bekam Babinot noch fünfzigtausend Euro.« Lagarde runzelte die Stirn und besah sich das Dokument.

»Dieser Vertrag wurde vor zwei Jahren abgeschlossen. Da stimmt etwas ganz und gar nicht, Annie. Die Feuchtwiesen sind nicht viel wert, weil der landwirtschaftliche Anbau schwierig ist. Warum sollte jemand ein Grundstück im Landesinneren, gutes Ackerland, gegen diesen wertlosen Grund tauschen und dann noch fünfzigtausend Euro zusätzlich bezahlen? Zumal das Ackerland einen Hektar größer ist als das Feuchtgebiet. Normalerweise müsste es umgekehrt sein, um den Wert auszugleichen. Das ist ein extrem sonderbarer Vertrag.«

Sie sah ihn mit gerunzelter Stirn an. »Was steckt dahinter?«

»Das finden wir ganz gewiss heraus. Den Ordner nehmen wir mit, und dann gehen wir der Sache auf den Grund. Ich vermute, dass an dieser Eigentumsübertragung etwas faul ist.«

Madame Rochefort wartete auf der Terrasse auf sie. Auf dem Tisch stand eine Karaffe mit Limonade. »Nehmen Sie doch eine kleine Erfrischung.«

»Danke schön«, erwiderte Lagarde, »das ist sehr nett von Ihnen, aber wir müssen weiter. Diesen Ordner nehmen wir mit. Ich schreibe Ihnen eine Bestätigung, in Ordnung?«

»Selbstverständlich.«

»Wissen Sie etwas von einem Vertrag, in dem es um den Tausch von Grundstücken ging?«

Sie sah ihn verständnislos an. »Nein, davon weiß ich nichts. Edouard hat nie mit mir über seine Geschäfte gesprochen.«

»Eine Frage habe ich noch: Wie war das Verhältnis zwischen Ihrem Mann und seiner Schwester Alice?«

»Die beiden hatten schon immer ein sehr enges, herzliches Verhältnis, trotz der sieben Jahre Altersunterschied, ein Herz und eine Seele, wie man so sagt. Sie haben mindestens einmal im Jahr ohne ihre Familien zusammen Urlaub gemacht.«

Lagarde nickte. Die besondere Beziehung zwischen den Geschwistern war auf dem Foto offensichtlich gewesen.

»Danke. Was haben Sie jetzt vor, Madame Rochefort?«

Sie strahlte ihn an. »Wenn Ihre Ermittlungen abgeschlossen sind und ich Edouard beerdigt habe, werde ich eine große Reise unternehmen. In der Frauengruppe habe ich eine sehr nette Dame kennengelernt, die mich gerne begleiten wird.«

»Wo soll es denn hingehen?«

»Nach Myanmar.«

»*Mon Dieu*, das hört sich phantastisch an!«

In der Eingangshalle der Bezirksverwaltung von Saint-Lô war es angenehm kühl. Hinter dem Empfang saß derselbe junge Mann wie bei ihrem ersten Besuch. Er erkannte sie sofort wieder und begrüßte sie freundlich.

»Was kann ich für Sie tun?«

»Wir möchten zu Monsieur Poullain, ist er im Haus?«, erkundigte Lagarde sich.

»Tut mir leid, Monsieur Poullain hat vor etwa einer Stunde das Bezirksamt verlassen. Ich kann Ihnen für Morgen einen Termin geben, wenn Sie möchten.«

»Wissen Sie zufällig, wohin er gegangen ist?«

»Ich darf Ihnen darüber keine Auskunft geben, diese Information betrifft schließlich seine Privatsphäre. Datenschutz ist Datenschutz.«

»Jetzt passen Sie mal gut auf, junger Mann, ich habe Ihnen bei unserem letzten Besuch bereits erklärt, dass Sie mit Ihrem Verhalten polizeiliche Ermittlungen in einem Kapitalverbrechen behindern. Wenn Sie mir nicht auf der Stelle sagen, wo Monsieur Poullain sich aufhält, wird das ernsthafte Konsequenzen für Sie haben, die Ihnen nicht gefallen werden.«

Erschrocken sah der junge Mann ihn an.

»Okay, okay, Monsieur Poullain hat heute früher Schluss gemacht, weil das Wetter so schön ist. Er wollte zur Marina von Sainte-Marie-du-Mont, dort liegt sein Segelboot.«

»Merci.«

Nach einer guten halben Stunde erreichten Annie und Lagarde den pittoresken kleinen Ort, passierten die eindrucksvolle Granitsteinkirche, überquerten eine mittelalterliche Brücke und gelangten nach einigen Hundert Metern zum Hafen. Direkt hinter der Kaimauer fand Lagarde einen Parkplatz. Sie stiegen aus und folgten der Mauer. Dabei sahen sie sich jedes Segelboot genau an.

»Womöglich ist er schon in die Baie des Veys hinausgesegelt«, mutmaßte Annie.

»Das wäre möglich, aber vielleicht haben wir Glück und erreichen ihn noch.«

Annie schirmte mit einer Hand das Sonnenlicht ab, ließ den Blick über die Marina schweifen und entdeckte auf einem Boot einen Mann mit Glatze.

»Da ist er, schauen Sie!«

Das Segelschiff lag an dem zweiten Ponton zwischen einer kleineren Jolle und einem Fischerboot. Poullain stand an Deck und war mit dem Aufrollen eines Segels beschäftigt. Er trug eine kurze Leinenhose und ein weißes Hemd. Sein muskulöser Körper war braungebrannt, zwischen seinen Lippen hing eine Zigarette, und auf der Nase trug er eine schwarze Sonnenbrille.

Die Polizisten gingen über den schwankenden Anleger, bis sie das Schiff erreicht hatten. Als Annie den

Namen aus leuchtend blauen Buchstaben entziffern konnte, machte sie Lagarde darauf aufmerksam. »Das Segelboot heißt *Pattie I*, das gibt es doch nicht.«

»Bonjour, Monsieur Poullain«, rief Lagarde. »Dürfen wir an Bord kommen?«

Der Mann fuhr herum und sah sie überrascht an. Dann schüttelte er resigniert den Kopf. »Sie schon wieder ... Ich wollte gerade auslaufen und mir einen schönen Nachmittag machen.«

»Unsere Ermittlungen gehen vor, dafür haben Sie sicherlich Verständnis. Ich denke, wir brauchen nicht lange.«

»Schon klar, bitte kommen Sie an Deck.«

Unter einem Sonnensegel nahmen sie Platz. Die Erfrischung, die der Mann ihnen anbot, lehnten sie dankend ab, und Lagarde legte kommentarlos die Kopie des anonymen Briefes auf das Tischchen. Sofort erschien ein angespannter Zug um Poullains Mund. Er verschränkte die Arme und sagte nichts.

»Sie haben diesen anonymen Brief geschrieben, um den Verdacht auf Thierry Mauriac zu lenken«, kam der Commissaire direkt zur Sache.

»Blödsinn, das müssen Sie erst einmal beweisen.«

»Ich bin mir sicher, dass Sie Handschuhe getragen haben, aber es ist sehr gut möglich, dass unsere Spezialisten Hautschuppen finden, die wir Ihnen zuordnen können. Die Testmethoden sind mittlerweile sehr ausgereift.«

»Dann machen Sie das doch.«

Lagarde versuchte es anders. »Mauriac hat uns von Ihrer Verbindung zu seiner Frau Patricia erzählt. Sie haben Ihr Schiff nach ihr benannt, nicht wahr? War das Ihr Kosename für sie?«

Als er den Namen Patricia hörte, knickte er ein.

»Also gut, die Sache mit dem Brief war dumm und unüberlegt von mir. Ich erzähle Ihnen, was passiert ist, aber mit dem Verbrechen habe ich nichts zu tun, das müssen Sie mir glauben.«

Er trank einen Schluck von dem Weißwein, den er sich eingeschenkt hatte.

»Letztes Jahr fand ein Fest in Saint-Marcouf-Plage statt, das Fischerstechen. Dort habe ich Patricia Mauriac kennengelernt und mich auf der Stelle in sie verliebt. Sie war eine wunderschöne charmante Frau. Wir hatten Sex, und sie wurde von mir schwanger. Darüber habe ich mich sehr gefreut. Ich wollte, dass sie diesen Förster verlässt, dass wir ein Paar werden und unser Kind zusammen großziehen. Aber sie wollte das nicht, und dann hat sie unter dem Druck ihres Mannes unser Baby abtreiben lassen. Ich bin völlig durchgedreht. Ich habe mir ein Mädchen gewünscht, und ich wollte sie Vivianne nennen, der schönste Name der Welt.« Er lächelte wehmütig. »So hieß meine Mutter.«

»Und was ist vor acht Wochen hier im Hafenrestaurant geschehen?«

»Davon wissen Sie auch? Chapeau!« Er nahm seine

Sonnenbrille ab und rieb sich die Nasenwurzel. »Ich hatte Patricia um ein Gespräch gebeten und sie zum Essen eingeladen. Dabei bat ich sie erneut, sich von ihrem Mann zu trennen. Sie war unglücklich mit diesem Förster, und ich hätte ihr ein schönes Leben bieten können. Ich schlug ihr vor, ein Kind zu adoptieren, aber sie wollte das alles nicht, sie wollte mich nicht. Wir sind in Streit geraten und haben beschlossen, das Restaurant zu verlassen. Bei einem Spaziergang auf der Mole beruhigten wir uns wieder, und ich konnte sie zu einer kleinen Segeltour überreden. Ich hoffte immer noch, sie bei einem Glas Champagner umstimmen zu können, aber es gelang mir nicht. So brachte ich sie nach einer Weile zum Hafen zurück. Es war nicht mit ihr zu reden. Seitdem habe ich sie nicht mehr gesehen, und jetzt ist sie tot, das macht mich untröstlich. Ich werde sie nie vergessen.«

»Haben Sie ein Alibi für den zehnten Juli?«

»Warten Sie, ich habe einen Terminplaner auf meinem Smartphone.« Er griff nach seinem Handy und sah nach. »Ich war die ganze Woche krankgeschrieben und lag mit einer Sommergrippe im Bett. Die Bescheinigung des Arztes kann ich Ihnen zukommen lassen.«

»Das hat Sie nicht daran gehindert, Patricia Mauriac in den Wald zu folgen und sie mit ihrem Liebhaber zu beobachten. Ihre Enttäuschung, dass sie einen anderen Mann vorzog, wurde übermächtig, und Sie haben das Paar getötet. Bei Alice Ferrand war es die gleiche

Geschichte, auch sie hat Sie zurückgewiesen. Diese Ablehnung konnten Sie nicht ertragen, und deshalb haben Sie auch die Bürgermeisterin und ihren Liebhaber umgebracht.«

Poullain starrte ihn mit offenem Mund an. »Nein, so war das nicht! Ich kann mit Ablehnung umgehen, das passiert mir immer wieder. Ich verstehe nur nicht, warum ich keine Frau finde. Ich habe ein gutes Einkommen, ein tolles Boot, eine schöne Eigentumswohnung mit einer Dachterrasse, und ich bin ein netter Kerl.« Trotzig schürzte er die Lippen. »Ich werde schon noch eine Partnerin finden, davon bin ich fest überzeugt.« In seiner Stimme lag jedoch wenig Zuversicht. »Aber ich bringe doch deswegen nicht vier Menschen um, das versichere ich Ihnen.«

»Gut, Monsieur Poullain, belassen wir es vorläufig dabei, aber ich möchte Sie bitten, Saint-Lô und die nähere Umgebung nicht zu verlassen und sich für weitere Fragen zur Verfügung zu halten. Außerdem kommen Sie bitte morgen im Laufe des Vormittags auf die Wache. Wir brauchen Ihre Fingerabdrücke.«

»Selbstverständlich, Monsieur le Commissaire. Sie machen auch nur Ihre Arbeit.«

Als sie von Bord gegangen waren und über den Ponton zur Mole zurückliefen, fragte Annie: »Warum haben wir ihn nicht verhaftet?«

»So einfach ist das nicht. Wir haben keine Beweise. Monsieur Frémaux hat im Wald einen Mann mit Glatze gesehen, diese Beschreibung trifft aber auf viele Männer zu.«

»Auf jeden Fall hat er für beide Verbrechen kein Alibi.«

»Das ist richtig.«

»Ich frage mich allerdings, ob jemand wirklich so dämlich wäre, eine Mordwaffe und Kleidung voller Blutflecken in seinem eigenen Hühnerstall zu verstecken.«

»Das habe ich mich auch schon gefragt.«

Der Bauernhof der Familie Babinot lag einige Kilometer landeinwärts einsam in den Marschen zwischen Quinéville und Saint-Marcouf und war über eine Schotterstraße zu erreichen. Das ehemals sonnengelb gestrichene Gehöft machte einen heruntergekommenen Eindruck. Putz bröckelte von der Fassade, die Fensterläden hatten einen Anstrich nötig, und aus dem Dach des Stalles waren Ziegel herausgebrochen. Im Hof gab es einen Misthaufen, der einen strengen Geruch verbreitete, daneben lagen verrostete landwirtschaftliche Geräte und alte Reifen. Nur der Traktor schien neuwertig zu sein, und glänzte kobaltblau in der Sonne. Unter einem zerschlissenen Schirm stand eine Sitzgruppe, deren ehemals weiße Farbe inzwischen eher grau aussah.

Lagarde konnte keine Klingel entdecken und klopfte an die Eingangstür. Nach einer Weile hörte er schlurfende Schritte, die langsam näher kamen, dann wurde die Tür von einer Frau geöffnet, die sie misstrauisch ansah. Sie war klein, sehr korpulent und trug eine ausgebeulte Stoffhose sowie einen ausgeblichenen Pullover und Gesundheitsschuhe. Die grauen Haare umrahmten ein rundes, von Falten durchzogenes Gesicht, das müde aussah.

»Bonjour, Madame«, begrüßte Lagarde sie und zückte seinen Dienstausweis. »Wir möchten gerne mit Emile Babinot sprechen.«

»Worum geht es denn?«

»Sind Sie Madame Babinot?«

»Ja, ich bin Yvette Babinot, seine Frau.«

»Wir ermitteln in den Mordfällen auf der Île de Terre und im Forst von Fresville. Sie haben sicher davon gehört.«

»Ja, aber was hat das mit uns zu tun?«

»Im Rahmen unserer Ermittlungen sind wir auf einen Vertrag zwischen Ihrem Mann und zwei der Opfer gestoßen, über den wir mit Ihrem Mann reden wollen.«

Ihre Wangen färbten sich rot vor Zorn. »Darum geht es also, um diesen Betrug. Mit Emile können Sie nicht sprechen, er ist schwer krank seit dieser Geschichte, aber ich kann Ihnen erzählen, wie uns dieses feine Geschwisterpaar über den Tisch gezogen hat.«

»Das würden wir gerne hören.«

»Kommen Sie herein.«

Sie führte die Polizisten durch einen düsteren Korridor, öffnete leise eine Zimmertür und deutete mit dem Kopf auf einen Mann, der im Ehebett lag, die Augen geschlossen, und eine Sauerstoffbrille trug. Sein Brustkorb hob und senkte sich langsam. Durch einen Schlauch wurde eine Flüssigkeit gepumpt.

»Kurze Zeit nach dem Betrug ist Emile krank geworden. Er leidet an ALS, Amyotrophe Lateralsklerose, einer unheilbaren Krankheit. Sein Zustand hat sich rapide verschlechtert. Er kann nicht mehr schlucken und muss künstlich ernährt werden, selbständig atmen kann er auch nicht mehr. Das Schlimmste an dieser Erkrankung des motorischen Nervensystems ist, dass der Körper nach und nach seine Funktionen einstellt, aber das Gehirn noch funktioniert. So bekommt er alles mit, was mit ihm passiert. Es ist einfach entsetzlich.« Sie warf einen mitfühlenden Blick auf ihren Mann, dann riss sie sich los.

»Kommen Sie, gehen wir in die Küche. Ich habe gerade Kaffee gekocht.« Behutsam schloss sie die Tür. In der Küche setzten sie sich um den Tisch, und sie schenkte ihnen ein. Dann zeigte sie auf einen Teller mit Heidelbeertörtchen. »Greifen Sie zu, die Beeren habe ich heute Morgen selbst gepflückt.«

Lagarde ignorierte das Angebot und ergriff das Wort. »Sie sprechen von Betrug, Madame Babinot. Wie meinen Sie das?«

Sie seufzte tief. »Eines Tages, vor zwei Jahren, standen sie vor der Tür, die zukünftige Bürgermeisterin von Sainte-Mère-Église und ihr Bruder, Edouard Rochefort. Sie waren sehr freundlich und sagten, dass sie mit uns reden möchten. Bei dem Gespräch ging es um ein Geschäft, das sie uns vorschlagen wollten. Es war ein Grundstückstausch, ihr Ackerland gegen unsere Feuchtwiesen am Meer plus fünfzigtausend Euro für uns. Die Feuchtwiesen wollten sie für eine Schenkung an die Gemeinde. Sie wollten dort einen Wildpark und ein Naturschutzgebiet errichten, um den Familientourismus zu fördern. Als Vorteil für uns stellten sie heraus, dass das Ackerland, das wir bekommen würden, neben unseren anderen Feldern liege, so dass es leichter zu bewirtschaften sei, außerdem sei der Boden fruchtbarer. Wir brauchten damals dringend Geld für einen neuen Traktor, so dass uns die Summe gerade recht kam.« Sie trank einen Schluck Kaffee und fuhr sich aufgeregt durch die Haare. »Eineinhalb Jahre später wurden die Feuchtwiesen als Baugebiet ausgewiesen, und ein Investor hat sie den Geschwistern für zehn Millionen Euro abgekauft, um dort ein Ferienresort zu errichten.« Ihre Augen funkelten wütend. »Alice Ferrand hat vor ihrer Wahl zur Bürgermeisterin im Bauamt gearbeitet. Sie hat gewusst, dass es Bestrebungen gab und unsere Wiesen als Bau- und Erholungsgebiet ausgewiesen werden sollten. Eine offizielle Kontaktaufnahme mit uns stand wohl angeblich kurz bevor. Dem sind sie zuvorgekommen und sie haben uns betrogen. Sie sind dafür verantwortlich, dass mein Mann erkrankt ist. Mein Sohn Alain bewirtschaftet den Hof jetzt allein. Wir können uns keine Helfer leisten, ich muss Emile pflegen. Die Medikamente kosten ein Vermögen, da wir nur eine landwirtschaftliche Grundsicherung haben. Das Geld reicht hinten und vorne nicht, wir stehen kurz vor dem Ruin.«

»Haben Sie versucht, diesen Vertrag für sittenwidrig erklären zu lassen?«, fragte Lagarde.

»Ja, es kam zu einer Gerichtsverhandlung. Madame Ferrand hat einen Eid geschworen, dass sie von der Ausweisung zum Baugebiet nichts gewusst hatte, und die Richterin hat ihr geglaubt, nicht uns armen Bauern.« Ein zynisches Lächeln huschte über ihr Gesicht. »Die Richterin ist übrigens eine Cousine der Geschwister.«

»Hat Ihr Anwalt sie nicht wegen Befangenheit abgelehnt?«

»Nein, was glauben Sie, welchen Anwalt man bekommt, wenn man kein Geld hat?«

»Das ist eine schlimme Geschichte«, bemerkte der Commissaire. »Danke, dass Sie sie uns erzählt haben.«

Plötzlich wurde die Küchentür aufgerissen, und ein etwa dreißigjähriger Mann betrat die Küche, der überrascht auf die Besucher blickte. Er war groß, stämmig und trug einen verschmutzten Arbeitsoverall. Seine dunklen Haare waren verschwitzt, sein Schnurrbart schmal und dünn, als hätte er ihn sich erst kürzlich wachsen lassen.

»Wer ist das, Maman?«

»Die Herrschaften sind von der Polizei. Sie untersuchen die Morde an den beiden Paaren, du weißt schon. Im Rahmen ihrer Ermittlungen sind sie auf den Vertrag gestoßen, den Papa unterschrieben hat. Ich habe ihnen erzählt, was passiert ist.«

Zornesröte überzog sein Gesicht.

»Sie haben es nicht besser verdient!«, brüllte er. »Diese Betrüger haben uns um zehn Millionen Euro gebracht.« Wütend trat er gegen einen Stuhl, der polternd umfiel. »Da hat mir jemand die Arbeit abgenommen, und ich bin dem Mörder dankbar. Die haben ihre gerechte Strafe bekommen.«

»Alain, so etwas darfst du nicht sagen«, versuchte seine Mutter ihn zu beschwichtigen.

»Aber es ist doch wahr, ich buckle mich krumm hier, Papa ist unheilbar krank, dir ist ganz elend vor Kummer, und dieses Betrügerpaar wollte sich auf unsere Kosten ein schönes Leben machen.«

Lagarde sah ihn ernst an. »Wo waren Sie am zehnten Juli?«

Alain Babinot musterte ihn, als sei er nicht ganz richtig im Kopf. »Woher soll ich das heute noch wissen? Bestimmt war ich hier, ich bin immer hier und schufte. Haben Sie eine Ahnung, wie viel Arbeit es macht, das Vieh zu versorgen und die Felder zu bewirtschaften?«

»Können Sie sich erinnern, wo Sie vor sieben Tagen waren?«

»Ich war hier.«

»Wir bitten Sie jetzt, mit uns auf die Wache zu kommen, und nehmen dort Ihre Fingerabdrücke.«

»Warum? Ich habe nichts verbrochen, aber diese Betrüger habt ihr laufen lassen! Wisst ihr was, Ihr könnt mich mal!«, schrie er und rannte aus der Tür. Sofort sprang Annie auf und setzte ihm nach. Lagarde folgte ihr auf dem Fuß.

Als sie auf den Hof stürmten, fanden sie ihn verlassen vor. Die Gendarmin rannte um die Hausecke, Lagarde lief in den Kuhstall und sah sich dort um, aber Alain Babinot war wie vom Erdboden verschluckt. Schließlich kehrten sie ins Haus zurück und betraten die Küche.

»Ihr Sohn ist auf der Flucht«, erklärte der Commissaire. »Falls Sie ihn sehen, richten Sie ihm bitte aus, dass er unbedingt morgen früh auf die Wache kommen soll, sonst schreiben wir ihn zur Fahndung aus.«

»Das werde ich tun«, versicherte Madame Babinot eingeschüchtert. »Alain ist ein guter Junge, aber die Erkrankung seines Vaters und die viele Arbeit machen ihn fertig.«

»In Ordnung, ich verlasse mich darauf.« Lagarde erhob sich. »Danke für Ihre Aussage, Madame Babinot, und für die freundliche Bewirtung. Alles Gute für Ihren Mann.«

Als sie wieder im Auto saßen, formulierte Annie ihre Gedanken. »Alain Babinot könnte der Täter sein. Sein Motiv ist sehr stark, er tötet die Paare, um zu verschleiern, dass jeweils nur eine Person sein eigentliches Zielobjekt war. Was meinen Sie?«

»Das ist möglich, aber warten wir den Abgleich der Fingerabdrücke ab.«

»Wie geht es nun weiter?«

»Es ist schon spät, machen wir Feierabend. Wir haben den ganzen Tag noch nichts gegessen. Wollen wir zusammen Abendessen, in einem guten ruhigen Restaurant?«

Sie strahlte. »Sehr gerne.«

Simone Groult saß mit ihrer Tante auf der Terrasse vor dem Fischerhäuschen, wo sie zusammen zu Abend aßen. Eugénie hatte Coq au vin mit Kroketten und frischen Erbsen aus dem Garten gekocht und sich wieder einmal selbst übertroffen.

»Es schmeckt köstlich«, lobte Simone ihre Tante.

»Merci. Du musst wieder zu Kräften kommen.«

Nachdem sie die Küche aufgeräumt hatten, tranken sie ein Glas Wein und sahen zu, wie die untergehende Sonne das Meer orangerot, violett und schließlich tintenblau färbte und das Fort Circulaire wie eine schwarze Trutzburg vor ihnen lag, bis die Dunkelheit sich schließlich über das Cotentin senkte und die ersten Sterne funkelten.

»Du hast heute Morgen mit Benoît telefoniert«, sagte Eugénie. »Heute Nachmittag hat ein Bote einen riesigen Rosenstrauß gebracht. Gibt es in eurer Beziehung eine neue Entwicklung, von der ich noch nichts weiß?«

Simone lächelte, ihrer Tante entging nichts. »Ich möchte jetzt nicht darüber sprechen. Ich muss erst in Ruhe nachdenken, bitte hab Verständnis dafür.«

»Natürlich, mein Kind.« Sie trank ihren Wein aus. »Ich gehe jetzt ins Bett. Unser schöner Ausflug hat mich müde gemacht. *Bonne nuit!*«

»Schlaf schön! Ich lege mich auch gleich hin.«

Als Simone im Bett lag, wälzte sie sich lange hin und her und konnte einfach nicht einschlafen. Zu viel ging ihr durch den Kopf. Seufzend setzte sie sich auf und warf einen Blick auf die Leuchtziffern des Weckers. Es war kurz vor eins. Kurzerhand stand sie wieder auf. Aus der Küche holte sie sich die halbvolle Flasche Rotwein und ein Glas, aus ihrer Handtasche eine Schachtel Zigaretten und ein Feuerzeug. Seit ihr Mann sie wegen dieser Studentin verlassen hatte, rauchte sie wieder. Sie beschloss, zum Strand zu gehen, der direkt vor dem Haus lag, sich dort niederzulassen und über die Zukunft ihrer Ehe nachzudenken.

Als sie dort ankam, setzte sie sich in den immer noch warmen Sand, lehnte sich an die Steinmauer, schenkte Wein ein und zündete sich eine Zigarette an. Das sanfte Rauschen der Brandung beruhigte sie.

Sie lauschte in die Nacht, doch es waren keine ungewöhnlichen Geräusche zu vernehmen. Langsam trank sie einen Schluck Wein und ließ das Telefonat mit Benoît Revue passieren. Danielle, seine Studentin, hatte sich von ihm getrennt und ihn vor die Tür gesetzt. Er wohnte jetzt wieder zu Hause. Daraufhin hatte Benoît seine Frau gebeten, zu ihm zurückzukommen, und ihr versichert, dass er nur mit ihr glücklich sein könne.

Ratlos starrte sie auf das dunkle Meer. Als sie jenseits der Mauer rasche Schritte hörte, fuhr sie erschrocken zusammen. Ein Schatten huschte durch den Zugang zum Strand und rannte dann in nördlicher Richtung davon. Im Schein einer Straßenlaterne konnte sie noch erkennen, dass er einen blauen Schuppenpanzer trug und seine Glatze im Lichtkegel glänzte. Dann verhallten die Schritte, und die Dunkelheit hatte ihn verschluckt.

Verwundert runzelte sie die Stirn. Was war das denn gewesen? Schließlich versank sie wieder in Grübeleien über ihren Mann, der sie betrogen und verraten hatte, und zündete sich die nächste Zigarette an.

DIE BATTERIE VON AZEVILLE
NEUNTER TAG

Die Gendarmen und Lagarde saßen auf der Wache um den Besprechungstisch, tranken Kaffee, sahen ihre Unterlagen durch und diskutierten über den Fall, der immer undurchsichtiger erschien. Ein Sturm war über dem Cotentin aufgezogen und fegte über das Land. Draußen heulte der Wind und rüttelte an den Bäumen. Laub wirbelte auf, dicke Regentropfen prasselten gegen die Fensterscheibe, und die Zweige einer Birke kratzten darüber wie rostige Nägel. Der Laptop gab ein Geräusch von sich, und Annie las die Mail vor, die soeben eingegangen war.

Das Labor hatte das Messer und die Kleidung, die im Haus des Försters sichergestellt worden waren, untersucht. Bei dem Blut handelte es sich um Hühnerblut. Der Förster hatte ausgesagt, dass er kürzlich ein Huhn geschlachtet und den ganzen Umstand dann aufgrund der Aufregung und seines Kummers vergessen hatte. Seine Fingerabdrücke stimmten nicht mit denen auf der Tube Theatercreme und dem Bustier überein. Die Polizisten sahen sich an.

»Ich rufe in Cherbourg an«, sagte Lagarde, »und teile

den Kollegen mit, dass Thierry Mauriac auf freien Fuß gesetzt werden kann. Wir haben keinerlei Beweise gegen ihn.« Nachdem er den Anruf getätigt hatte, sah er auf seine Armbanduhr. »Alain Babinot und Stéphane Poullain sind auch noch nicht aufgetaucht. Sehen wir weiter die Unterlagen durch, vielleicht haben wir etwas übersehen. Es könnte auch ein winziges Detail sein.«

Eric Chabrol saß mit seiner Frau Gilberte und seiner achtjährigen Tochter Julie am Frühstückstisch. Die Kleine löffelte Cornflakes aus einer Schale und schaffte es trotzdem, pausenlos zu reden. Im Garten zerzausten Windböen die Hortensien, und strömender Regen wühlte den Fischteich auf. Als Julie aufgegessen hatte, ging sie zum Fenster und drückte sich die Nase an der Scheibe platt. »Bei dem Wetter können wir nicht an den Strand, Maman.« Enttäuschung lag in ihrer Stimme. »Ich habe mich so darauf gefreut.«

Gilberte lächelte ihr aufmunternd zu. »Weißt du was? Stattdessen backen wir einen schönen Kuchen.«

»Au ja! Ich hole das Backbuch aus dem Regal und suche einen aus.«

Als sie in Richtung Küche verschwunden war, sah Eric seine Frau mit besorgter Miene an. »Das nette Paar aus Deutschland, das in unserem Ferienhaus wohnt, geht heute nicht ans Telefon.«

»Vielleicht schlafen sie noch, oder sie machen einen Strandspaziergang.«

»Bei diesem Wetter? Seit sie vor einer Woche angereist sind, haben wir jeden Morgen telefoniert. Sie haben sich über meine Tipps für Ausflüge gefreut.« Eric sah auf die Uhr, tippte auf Wahlwiederholung und lauschte. »Nichts.« Er überlegte. »Ich habe ein ganz ungutes Gefühl, vielleicht ist etwas passiert. Ich fahre lieber mal hin.«

»Das ist eine gute Idee. Hoffentlich beruhigt sich der Sturm, dann können wir vielleicht am Nachmittag mit Julie an den Strand gehen.«

»Bis bald, Chérie.« Er ging in die Küche und gab seiner Tochter einen Abschiedskuss, dann machte er sich auf den Weg nach Ravenoville-Plage.

Kurz vor seinem Ziel musste er einen Umweg machen, weil die Küstenstraße überschwemmt war. Als er den Fischerort endlich erreichte, stellte er sein Auto ab, zog eine Kapuze über den Kopf und stieg aus. Eine Windböe wehte ihn fast um, und er musste sich dagegenstemmen. Rasch lief er in den Garten seines Ferienhauses und suchte im Windfang Schutz. Von dort aus ließ er seinen Blick über den Stellplatz schweifen. Das Fahrzeug der deutschen Urlauber, ein silberner Mercedes, stand auf seinem Platz. Dann spähte er durch ein Fenster in den winzigen Anbau hinter dem Haus, der wie der Giebel apfelgrün gestrichen war, und stellte fest, dass die Fahrräder auch da waren. Damit hatte er gerechnet. Wer würde auch bei so einem Wetter eine Fahrradtour unternehmen?

Eric Chabrol zog den Reißverschluss seiner Regenjacke zu, trat aus dem Windschutz und kämpfte sich bis zur Haustür vor. Mehrfach klingelte er, doch niemand öffnete die Tür. Auch auf sein Klopfen und Rufen hin reagierte kein Mensch. Er wurde immer unruhiger. Wo konnten sie nur sein? Hoffentlich war kein Unglück geschehen. In einem Ferienhaus in Quinéville war es vor einigen Wochen zu einem tragischen Unfall gekommen, als nachts aus einer defekten Gastherme Kohlenmonoxid ausgetreten war, und drei Touristen in ihren Betten erstickten. Er zog den Saum seiner Kapuze mit Hilfe der Kordeln zusammen, band eine Schleife und umrundete entschlossen das Haus. Dabei klatschte ihm der Regen ins Gesicht. Die Fensterläden des Schlafzimmers waren geschlossen, der Salon wirkte leer, ebenso die Küche. Auf dem Abtropfgestell standen Teller, Töpfe und Weingläser, wie von einem Abendessen. Auf dem Küchentisch sah er nur eine Vase mit Strandastern. Sie hatten offensichtlich nicht gefrühstückt.

Inzwischen war es fast zehn Uhr, und er wurde immer nervöser. Das Fenster des Badezimmers bestand aus Glasbausteinen, deshalb konnte er nicht hineinsehen. Als er sich umdrehte und weitergehen wollte, bemerkte er seine Nachbarin Eugénie hinter ihrer Küchenfensterscheibe, eine sehr freundliche alte Dame. Sie winkte ihm zu und öffnete das Fenster einen Spalt.

»Was machst du denn bei diesem Wetter da draußen, Eric? Pass auf, dass der Sturm dich nicht davon-bläst.«

»Ich will nach meinen Mietern sehen. Sie gehen nicht ans Telefon und machen die Tür nicht auf. Hast du sie heute Morgen schon bemerkt?«

»Nein, tut mir leid, aber bei so einem Wetter jagt man keinen Hund vor die Tür. Vielleicht schlafen sie noch.«

»Ja, vielleicht.«

»Hast du den Haustürschlüssel dabei?«

»Ja, natürlich.«

»Dann geh doch rein und sieh nach, was los ist.«

»Ich möchte sie nicht in ihren Betten überraschen, was macht denn das für einen Eindruck.«

»Aber du machst dir doch Sorgen, das kannst du auch erklären. Also geh schon!«

»Du hast recht. Salut, Eugénie.«

Er rannte um das Haus herum, sperrte die Tür auf und lauschte. Alles war still. Seine Hand, die den Schlüssel umklammerte, zitterte. Chabrol hatte Angst. Er rief laut die Namen seiner Gäste, aber niemand antwortete. Schließlich nahm er seinen ganzen Mut zusammen, öffnete die Schlafzimmertür und tastete nach dem Lichtschalter.

Als er den Raum vor sich sah, taumelte er völlig entsetzt zurück und schrie auf. So etwas Grauenvolles hatte er noch nie gesehen. Dann fingerte er sein Handy aus der Hosentasche und wählte den Notruf.

Nachdem der Notruf eingegangen war, machten sich Lagarde und Annie sofort auf den Weg. Ruet blieb in der Wache, um die Stellung zu halten, auf die beiden verdächtigen Personen zu warten und ihre Fingerabdrücke zu nehmen.

Während der Fahrt redeten sie nicht viel. Lagarde hatte Mühe, das Dienstfahrzeug auf der Straße zu halten. Böen rüttelten an der Karosserie, und die Scheibenwischer wurden den Wassermassen kaum noch Herr. Die Sicht war miserabel. Annie dachte darüber nach, was sie von dem Anrufer erfahren hatten, und fröstelte. Aufgrund der Wetterverhältnisse brauchten sie für den Weg nach Ravenoville-Plage länger als normalerweise.

Als sie schließlich dort ankamen, parkten sie und rannten durch Regenschlieren zu dem olivfarbenen Haus mit dem apfelgrünen Giebel. Sofort wurde die Haustür geöffnet. Eric Chabrol hatte auf sie gewartet. Er begrüßte sie und bat sie ins Haus. Sein Gesicht war kalkweiß, und er machte einen völlig aufgelösten Eindruck.

»Danke, dass Sie so schnell gekommen sind. Sie sind im Schlafzimmer, ich führe Sie hin.« Mit heiserer Stimme fügte er hinzu: »Machen Sie sich auf einen furchtbaren Anblick gefasst.«

Die Kommissare blieben im Türrahmen stehen und sahen schockiert das Bild, das sich ihnen bot. Es war wie ein Déjà-vu. Ein Mann und eine Frau lagen auf dem Rücken auf dem französischen Bett. Sie waren nackt, und jemand hatte ihnen die Kehle durchgeschnitten, überall war Blut. Auf den Körpern waren mit einem scharfen Gegenstand Kreuze eingeritzt, die im Lampenschein karmesinrot glänzten. An der cremefarbenen Wand hinter dem Bett befanden sich zwei rote, sich überschneidende Kreise, im linken Kreis stand ein A, im Rechten ein S.

Der Commissaire wandte sich an Chabrol. »Die Spurensicherung und die Rechtsmedizinerin sind unterwegs. Wo können wir in Ruhe reden?«

»Gehen wir in den Salon.«

Dort sank Chabrol auf das Sofa und schlug die Hände vor sein Gesicht. Die Polizisten nahmen auf den Sesseln Platz.

»Haben Sie etwas angefasst?«, wollte Lagarde wissen.

»Nein, ich habe das Zimmer gar nicht betreten.«

»Wer sind die beiden?«

»Touristen aus Deutschland, die mein Ferienhaus für drei Wochen gemietet haben.«

»Wie heißen sie?«

»Melanie Kraus und Hannes Birke.«

»Seit wann sind sie schon hier?«

»Seit einer Woche.«

»Hatten Sie Kontakt zu ihnen?«

»Ja, ich habe sie jeden Morgen angerufen und gefragt, wie es ihnen geht und ob ich etwas für sie tun kann. Dann haben wir ein bisschen geplaudert. Sie waren nett und wirkten so verliebt, und jetzt sind sie tot. Es ist unfassbar.«

»Und was ist heute Morgen passiert, warum sind Sie hergekommen?«

»Sie gingen nicht ans Telefon, das fand ich ungewöhnlich. Ich war ein wenig beunruhigt, deshalb wollte ich nach ihnen sehen.«

»Wissen Sie etwas über die beiden Opfer?«

»Nicht viel. Am Tag nach ihrer Ankunft haben wir zusammen gegrillt, dabei haben sie ein wenig von sich erzählt.« Er lächelte traurig. »Die Verständigung war nicht ganz einfach, ich kann kein Deutsch, aber Melanie konnte ein bisschen Französisch. Wir sind gut klargekommen, redeten mit Händen und Füßen und hatten viel Spaß. Sie hatten sich in einem Partnerforum im Internet kennengelernt, sich beim ersten Treffen unsterblich ineinander verliebt, und bald darauf zog Hannes zu Melanie nach Würzburg. Dann beschlossen sie, eine Urlaubsreise zu machen, und entschieden sich für die Normandie. Sie waren vorher noch nie in Frankreich und wollten ihre junge Beziehung mit einer neuen Erfahrung bereichern.«

»Kannten sie hier jemanden?«

»Nein, das glaube ich nicht.«

»Hat das Paar etwas erzählt, das ihnen merkwürdig vorkam, das ihnen aufgefallen ist? Hat sie etwas beunruhigt oder geängstigt?«

Chabrol dachte nach. »Es hat ihnen hier sehr gut gefallen. Sie haben viel unternommen und ihre Leidenschaft für das Pêche à Pied, das Wattfischen, entdeckt.« Er runzelte die Stirn. »Aber warten Sie, einmal hat Melanie am Telefon etwas erzählt … Es gab einen Vorfall, der ihr seltsam vorkam. Das muss so vor drei oder vier Tagen gewesen sein. Sie und Hannes haben einen Mann am Strand gesehen, der einen Hut und einen Schal trug und sie durch ein Fernglas beobachtete. Als sie ihn zur Rede stellen wollten, war er plötzlich verschwunden. Ich habe ihnen erklärt, dass er wahrscheinlich Vögel beobachtet hat, so wie viele Menschen in dieser Gegend, und sie haben sich wieder beruhigt.«

»Gab es sonst noch etwas, das wichtig sein könnte?«

»Da fällt mir im Moment nichts ein.«

Es klingelte an der Tür. Lagarde machte auf und sah sich zwei Gendarmen gegenüber, die salutierten und sich vorstellten.

»Wir sind aus Saint-Marcouf und haben den Notruf gehört. Können wir Ihnen helfen?«

»Das ist sehr nett von Ihnen, Kollegen, wir warten auf die Spurensicherung und die Rechtsmedizinerin aus Cherbourg. Sie können schon mal den Tatort absperren. Die Opfer befinden sich im Schlafzimmer, dort hinten rechts.«

»Wird gemacht.« Sie verschwanden um die Ecke.

Gerade als er die Haustür schließen wollte, tauchte

Simone Groult auf. Sie war in einen Südwester gehüllt und wirkte beunruhigt.

»Was ist denn passiert? Meine Tante und ich haben ein Polizeifahrzeug hinter dem Haus gesehen.«

»Hier ist ein Verbrechen geschehen, Madame Groult. Es gibt zwei Tote.«

»Die Feriengäste?«

»Ja.«

»*Mon Dieu*, wie furchtbar! Wir hatten uns ein wenig angefreundet und einmal zusammen Boule gespielt. Was ist denn hier bloß los?« Mit schreckgeweiteten Augen sah sie ihn an.

»Ist Ihnen irgendetwas aufgefallen?«

»Ja, deshalb bin ich gekommen. Ich möchte eine Aussage machen, weil ich vergangene Nacht jemanden gesehen habe, der mir verdächtig vorkam.«

»Kommen Sie bitte herein, und achten Sie darauf, dass Sie nichts berühren.« Er bat Monsieur Chabrol, im Wohnzimmer zu warten. Annie begleitete ihn in die Küche, wo sie sich um den Tisch setzten.

»Wen haben Sie gesehen, Madame Groult?«

»Ich war gestern spät am Abend am Strand, als plötzlich ein Mann auf den Uferstreifen rannte und in nördlicher Richtung davongelaufen ist.«

»Wo kam er her?«

»Vom Weg, der zwischen den Häusern und der Mauer verläuft.«

»Vielleicht aus einem Haus?«

»Das weiß ich nicht, ich habe ihn erst bemerkt, als er auf den Strand lief.«

»Hat er Sie gesehen?«

»Ich glaube nicht.«

»Können Sie ihn beschreiben?«

»Er war durchschnittlich groß, eher schlank und hatte eine Glatze. Bekleidet war er mit einem blauen Neoprenanzug, mehr konnte ich nicht erkennen.«

Lagarde und Annie tauschten einen Blick.

»Ist Ihnen sonst noch etwas an ihm aufgefallen?«

»Die Glatze war seltsam geformt, irgendwie unnatürlich. Mehr kann ich Ihnen leider wirklich nicht sagen, es war ziemlich dunkel.«

»Wie spät war es?«

»Gegen halb zwei.«

»Haben Sie etwas gehört?«

»Nein, gar nichts.«

Lagardes Handy klingelte, es war Ruet.

»Gerade ist Madame Godard auf die Wache gekommen. Sie wissen schon, die Mutter des Totengräbers. Sie sagt, sie müsse Sie dringend sprechen, es habe etwas mit den Morden zu tun.«

»Okay, wir kommen.« Lagarde wandte sich an Madame Groult. »Danke für Ihre Aussage, wir müssen jetzt los. Das Protokoll nehmen wir später auf.« Sie gingen in den Salon zu Eric Chabrol. »Geben Sie den beiden Gendarmen Ihre Kontaktdaten«, bat Lagarde ihn, »danach können Sie nach Hause gehen.«

Sie baten die Kollegen aus Saint-Marcouf, die Stellung zu halten, bis sie wieder zurück waren. Dann eilten sie zum Auto und machten sich auf den Weg nach Sainte-Mère-Église.

»Was ist denn los?«, fragte Annie.

»Madame Godard will uns sprechen.«

»Die Mutter des Totengräbers?«

»Genau die.«

Eine Weile herrschte nachdenkliches Schweigen im Auto, das schließlich von der Gendarmin durchbrochen wurde. »Wenn die Aussage von Monsieur Chabrol korrekt ist, war das deutsche Paar noch nie in Frankreich, und sie kannten hier niemanden.«

Er spann ihren Gedankengang weiter. »Das würde dann bedeuten, dass es keine logische Verbindung zwischen den drei Verbrechen gibt. Die letzten beiden Opfer hatten keinen Bezug zu den anderen Toten. Wenn wir diese Prämisse als Ausgangspunkt nehmen, was ist dann das Motiv?«

»Ein Wahnsinniger, der Liebespaare tötet?«

»In gewisser Weise, ja. Vielleicht tötet jemand Liebespaare, weil er es nicht ertragen kann, dass sie glücklich und nicht einsam sind?«

»Denken Sie an Gavin Cordelier?«

»Nein, er hat ein Trauma, das sich anders darstellt.«

»Die Buchstaben A und S ... Was haben sie mit dem getöteten deutschen Paar zu tun? Ihre Initialen passen nicht.«

»Sie müssen etwas anderes bedeuten.«

»Ja. Simone Groult hat ausgesagt, dass ihr die Glatze merkwürdig vorkam, dass sie unförmig war.« Annie kaute auf ihrer Unterlippe. »Was, wenn sie nicht echt ist?«

Lagarde nickte, dieser Gedanke war ihm bei der Befragung von Madame Groult auch durch den Kopf geschossen. »Wer benutzt Glatzenfolien und Theatercreme? Ich denke jetzt nicht an Karneval oder andere Freizeitvergnügungen, das ist ein weites Feld. Ich meine, beruflich.«

»Schauspieler, Maskenbildner, Opernsänger.«

»Wir müssen alle Bewohner in der näheren Umgebung überprüfen, deren Namen mit A oder S anfangen und die in diesen Berufen gearbeitet haben oder noch tätig sind. Viele werden es nicht sein.«

»Ich kümmere mich darum.«

Lagarde parkte vor der Wache. »Schauen wir mal, was Madame Godard uns zu berichten hat.«

Die Polizisten fanden Coralie Godard und Ruet in ihrem Hauptquartier. Die alte Dame hatte ihren Rollstuhl dicht an den Besprechungstisch gefahren und trank von dem Wasser, das der Gendarm ihr gebracht hatte. Als sie Lagarde erblickte, lächelte sie ihn erleichtert an.

»*Mon Dieu*, da sind Sie ja! Ich muss Sie dringend sprechen.«

Sie setzten sich zu ihr an den Tisch. »Was kann ich für Sie tun, Madame Godard?«

»Sie müssen meinen Sohn Antoine suchen, er ist verschwunden.«

»Seit wann ist er verschwunden?«

»Wir haben gestern zusammen zu Abend gegessen, dann hat er sich in seine Wohnung zurückgezogen. Heute Morgen ist er nicht zum Frühstück erschienen, und vorhin hat der Abbé angerufen und wollte wissen, wo Antoine bleibe. Die Pfarrei veranstaltet heute ein Grillfest, und mein Sohn sollte den Grill anschüren. Ich mache mir große Sorgen um Antoine, Monsieur le Commissaire, es könnte doch sein, dass auch er einem Verbrechen zum Opfer gefallen ist. Schließlich treibt ein Mörder hier sein Unwesen.« Ihr zartes Gesicht wurde noch blasser, die Löckchen bebten.

»Nein, Madame Godard«, beruhigte Lagarde sie. »Das glaube ich nicht. Ihr Sohn ist ein erwachsener Mann und wird schon wieder auftauchen.«

Sie sah ihn zweifelnd an. »Sind Sie sicher?«

»Aber ja, Madame.« Er hatte eine spontane Eingebung. »Darf ich Sie etwas fragen? Wie heißt eigentlich die Exfrau Ihres Sohnes?«

»Sandrine.«

»Und welchen Beruf hat Ihr Sohn ausgeübt?«

»Er war Maskenbildner am größten Theater in Nizza.«

Die Polizisten tauschten einen raschen Blick aus.

»Sagen Sie, dürfen wir uns die Wohnung Ihres Sohnes anschauen?«, fragte Lagarde.

»Warum denn das?«

»Vielleicht finden wir einen Hinweis darauf, wo er sein könnte.«

»Das ist eine gute Idee. Gehen wir, es ist nicht weit.«

Lagarde schob den Rollstuhl und folgte den Anweisungen der alten Dame. Der Weg führte sie an der Kirche vorbei, durch eine schmale Gasse und endete vor einem alten Granitsteinhaus, das am Ortsrand stand. Dahinter erstreckte sich eine Wiese, die von Pappeln gesäumt war. Über eine Rampe gelangten sie ins Erdgeschoss.

»Hier wohne ich«, erklärte sie.

Vom Flur aus konnte Lagarde in den Salon und die Wohnküche sehen. Die Zimmer waren penibel aufgeräumt, der Holzboden glänzte, als wäre er gewachst worden, und die Gardinen waren blütenweiß.

»Ich habe eine Zugehfrau«, erzählte sie. »Alleine schaffe ich die Arbeit nicht mehr, und mein Antoine ist in der Kirchengemeinde total eingespannt, ohne ihn funktioniert da gar nichts mehr. Das sehen Sie ja am Beispiel des Pfarrfestes. Aber ich kaufe ein und koche selbst, und zwar sehr gut, sagt zumindest Antoine.« Stolz schwang in ihrer Stimme mit.

»Davon bin ich überzeugt«, erwiderte er. »Ihr Sohn wohnt im Obergeschoss?«

»Ja, ich kann ihn dort leider nicht besuchen. Die Treppe ist ein unüberwindbares Hindernis für mich, aber Antoine kommt jeden Tag zu mir, der gute Junge. Wenn ich ihn sprechen will, rufe ich ihn über den Hausanschluss an.«

»Dürfen wir uns in seiner Wohnung umsehen?«

»Gerne. Ich koche in der Zwischenzeit eine Kanne Tee für uns.«

Die Polizisten stiegen über die gewundene Treppe in den ersten Stock und traten durch eine unverschlossene Tür in den Korridor. Die Wohnung hatte offenbar denselben Grundriss wie die im Erdgeschoss. Die Küche wirkte unbenutzt. Wahrscheinlich nahm Antoine Godard alle Mahlzeiten bei seiner Mutter ein. Im Küchenschrank befand sich nur wenig Geschirr, sowie einige Päckchen mit Erdnüssen und Kartoffelchips. Im Kühlschrank lagen nur Flaschen mit Wasser, Cola, Bier und Wein. Das Schlafzimmer war spartanisch eingerichtet mit einem schmalen, ordentlich gemachten Bett und einem Schrank. Lagarde öffnete ihn und sah sich den Inhalt an: Schuhe, einige Hosen und Hemden, Unterwäsche, Socken, wenige T-Shirts und Pullover.

Im Salon standen eine altmodische Sitzgarnitur und eine Glasvitrine mit Nippes und Puppen, das dritte Zimmer war leer.

»Er hat keinen Fernseher«, stellte Lagarde fest.

»Das ist merkwürdig. Es gibt auch keine persönlichen

Dinge, keine Papiere, Bücher, Zeitschriften, Bilder, Erinnerungsfotos, solche Sachen.«

»Sein Bereich wirkt irgendwie unbewohnt«, stimmte Annie ihm zu. »Unpersönlich.«

Lagarde ging zurück in den Flur und besah sich die Decke. Nichts. Kopfschüttelnd ging er in den leeren Raum und entdeckte hinter einem Wandvorsprung eine Klappe, eingelassen in die Zimmerdecke, die über einen eisernen Ring verfügte. Rasch holte er einen Stuhl aus der Küche und stieg hinauf.

»Der Ring ist mit einem Vorhängeschloss gesichert«, informierte er Annie. »Können Sie mir bitte ein Messer aus der Küchenschublade bringen?«

Annie holte den gewünschten Gegenstand. Er schob die Scheide zwischen Ring und Vorhängeschloss und hebelte es auf, öffnete die Klappe und zog die Falltreppe herunter.

»Sehen wir uns den Dachboden an.«

Das obere Geschoss bestand aus einem einzigen großen Zimmer. In den Dachschrägen gab es zwei Fenster, die genug Licht hereinließen, dass sie die Einrichtung betrachten konnten.

Annie deutete auf die Wand ihr gegenüber. »Sehen Sie sich das an!«, flüsterte sie um Fassung ringend. Die Wand war übersät mit roten Kreisen, die sich überschnitten, und in deren Mitte die Buchstaben A und S gemalt waren, darunter die Kreuze.

Lagarde fuhr mit dem Finger über einen Kreis und

roch daran. »Das ist Lack, kein Blut. Blut benutzt er an den Tatorten.«

An der Giebelwand stand ein Tisch mit einem Spiegel darauf, der an der Mauer lehnte. Auf der Oberfläche lagen wild durcheinander die verschiedensten Glatzenfolien, Masken, Perücken, Schminktuben, Stifte in verschiedenen Farben, Puder und Kosmetiktücher zwischen Ständern, in denen die Kerzen weit heruntergebrannt waren. Auf dem Tisch stand ein silbergerahmtes Bild, das Porträt einer schönen dunkelhaarigen Frau, die schräggeschnittene grüne Augen hatte.

»Sandrine Godard«, vermutete Lagarde. »Was hat sie getan, dass er sich in ein Biest verwandelt hat?«

In einer Kommode fanden sie persönliche Papiere und Fotoalben mit Bildern vom Theater und dieser Frau. Gegenüber dem Tisch war ein riesiger Flachbildschirm befestigt. Trotz akribischer Suche fanden sie jedoch keinerlei Hinweise, wo Antoine Godard sich aufhalten könnte.

»Wo sollen wir ihn nur suchen?«, überlegte Annie. »Wir müssen ihn finden, bevor er noch mehr Unheil anrichtet.«

Nach einem weiteren kurzen Gespräch mit Coralie Godard, die keine Ahnung hatte, wo ihr Sohn sich aufhalten könnte, gingen sie die wenigen Schritte zur Pfarrei neben der Kirche. Unter Pavillons standen Biergarnituren aufgereiht im Hof, und die Mitglieder der

Kirchengemeinde sowie zahlreiche Gäste ließen sich trotz des Regens vom Feiern nicht abhalten. Aus Lautsprechern erklangen französische Chansons, und es herrschte eine heitere Stimmung. Kinder tobten und sprangen auf einer Hüpfburg und kreischten vor Begeisterung. Nur der Abbé, der unter einem Schirm hinter dem Grill stand, machte einen genervten Eindruck.

Lagarde hätte ihn fast nicht wiedererkannt. Er trug Jeans, ein kariertes Hemd spannte über seinem gewaltigen Bauch, und er hatte einen Anglerhut auf, dessen grell orange Farbe schon fast verwegen wirkte. Auf seiner Stirn standen trotz des kühlen Wetters Schweißtropfen. Er drehte gerade Steaks um und ließ dabei die Bratwürste nicht aus den Augen, als Lagarde ihn begrüßte und seinen Ausweis zeigte. Der Mann sah ihn irritiert an.

»Wir suchen Antoine Godard«, erklärte der Commissaire.

»Ich auch.« Der Abbé schnaubte vor Empörung. »Er hat mir versprochen, das Grillen zu übernehmen, und jetzt lässt er mich im Stich, ich kann ihn nirgends erreichen. Statt mit den Gästen zu sprechen und ein gutes Glas Wein zu trinken, grille ich.«

»Haben Sie eine Ahnung, wo er sich aufhalten könnte?«

»Nein, sonst würde ich ihn holen lassen.«

Lagarde ging zu einem Stehtisch, auf dem geöffnete Weinflaschen standen, schenkte ein Glas Rotwein ein und reichte es dem erschöpften Kirchenmann, der dankbar einen kräftigen Schluck trank.

»Es gibt doch sicher genügend Leute hier, die Ihnen gerne helfen würden.«

»Ja, sicher, aber mein Ehrgeiz lässt das nicht zu. Die Leute sollen sehen, dass ich meinen Mann stehe, ich schaffe das.«

»*Bien sûr.*« Er machte noch einen Versuch, etwas über den Aufenthaltsort des Totengräbers herauszufinden. »Hat er vielleicht mal erzählt, wo er sich gerne aufhält, spazieren geht, Vögel beobachtet?«

Der Abbé sah ihn verblüfft an. »Das hat er in der Tat, aber er kann doch jetzt nicht wandern und mich beim Grillen alleine lassen.«

»Wo wandert er?«

»Am liebsten in der Nähe der Batterie von Azeville. Die Gegend findet er besonders schön, und von der Anlage ist er fasziniert.«

»Danke, Monsieur Abbé.«

»Was wollen Sie eigentlich von ihm?«

»Wir wollen nur mit ihm reden.«

»Ach so. Darf ich Sie zu einem Steak und einem Glas Wein einladen?«

»Das ist sehr freundlich von Ihnen, aber wir müssen dringend Monsieur Godard finden. Au revoir, Monsieur Abbé.«

»Was ist die Batterie von Azeville?«, fragte Annie, als sie im Dienstwagen saßen.

»Eine ehemalige Verteidigungsanlage der deutschen Wehrmacht aus dem Zweiten Weltkrieg, die zum Atlantikwall gehörte. Sie befindet sich etwa fünf Kilometer nordöstlich von Sainte-Mère.«

Die Polizisten fuhren durch eine stille ländliche Gegend. Bäuerliche Anwesen duckten sich in Senken, und die Wege waren von hohen Hecken gesäumt. Die Batterie von Azeville bestand aus vier gut erhaltenen, abgerundeten Kasematten und verfügte über ein unterirdisches System aus Gängen, das die Verbindung der einzelnen Geschütze untereinander und mit den vorgeschobenen Beobachtungsposten gewährleistete. Die imposanten sandfarbenen Gefechtsstände hatten einen Abstand von etwa hundert Metern und saßen auf flachen grünen Hügeln.

Als sie vor dem ersten Gefechtsstand parkten und ausstiegen, rüttelte der Sturm an ihrer Kleidung und pfiff über die wellige karge Landschaft. Lagarde sah sich um.

»Wenn er tatsächlich wandert, haben wir kaum eine Chance, ihn zu finden. Er kann hier überall sein, vielleicht auch in dem Wald da drüben oder auf Feldwegen zwischen Hecken. Aber ich kann mir nicht vorstellen, dass er wandert. Er hat heute Nacht zwei Menschen getötet. Etwas treibt ihn um, er kommt nicht mehr zur Besinnung, sein Tempo steigert sich. Der letzte Doppelmord fand vor acht Tagen statt. Ich vermag mir kaum vorzustellen, wie es in ihm aussieht, aber ich bin mir sicher, dass seine psychische Verfassung komplett aus dem Gleichgewicht geraten ist.« Er zeigte auf den düsteren Eingang der Batterie, der wie ein aufgerissenes Maul wirkte. »Ich denke, er ist irgendwo da unten im Tunnelsystem. Suchen wir ihn.«

Nachdem sie Taschenlampen und Ersatzbatterien aus dem Wagen geholt hatten, betraten sie die erste Kasematte durch eine hohe rechteckige Öffnung, und sogleich schlug ihnen ein modriger, metallischer Geruch entgegen. Sie durchsuchten den Bau gründlich. Niemand befand sich darin, nur der Wind fuhr heulend durch die Schießscharten und wirbelte Laub und Staub auf. Über eine schmale, steile Steintreppe, vorbei an kahlen kalten Wänden, gelangten sie in einen unterirdischen Gang.

Lagarde ging voraus, Annie folgte ihm. Die Lichtkegel ihrer Lampen wanderten über nackten Stein, Moosteppiche und Erdbrocken. Es herrschte eine beklemmende Stille. Die Luft wurde kühler, die Dunkelheit undurchdringlicher. Sie waren etwa hundert Meter gelaufen, als sie ein Geräusch hörten, ein unheimliches, singendes Jammern, dessen Lautstärke sich stetig steigerte, anschwoll und wieder versiegte, dann ein wildes Brüllen, gefolgt von absoluter Stille. Alarmiert verharrten sie. Erneut erklang ein Schrei, der durch das Tunnelsystem hallte.

Annie fuhr erschrocken zusammen, und die feinen

Haare auf ihren Armen richteten sich auf. »Was war das? Ein Tier?«

»Nein, das ist Godard. Wir haben ihn gefunden. Entsichern Sie Ihre Waffe, Annie, und halten Sie sich immer hinter mir. Wenn er Sie angreift, schießen Sie. Vergessen Sie nie, dass er extrem gefährlich und unberechenbar ist.«

Sie ließen den Schein ihrer Taschenlampen über die Mauern gleiten und entdeckten eine Abzweigung vom Hauptgang in Form eines düsteren Rechtecks.

»Woher kam der Schrei?«, flüsterte Annie.

»Schwer zu sagen, das Echo hat sich überall in diesem Labyrinth ausgebreitet. Versuchen wir es in dem Nebengang.«

Langsam und mit geschärften Sinnen gingen sie weiter. Wasser tropfte von der Decke, von irgendwoher erklang ein Klopfen. Nach einigen Hundert Metern gelangten sie an eine Steintreppe. Es wurde heller, und sie schalteten die Taschenlampen aus und stiegen hinauf.

Die Stufen führten in einen verlassenen Betonbunker. Ein loses Gitter wurde durch den Wind gegen die Wand geschlagen und erzeugte ein konstantes Klopfgeräusch. Von einem schmalen Fenster aus konnte man auf den Strand und den aufgewühlten Ozean blicken.

Als Lagarde den Kopf durch den Rahmen steckte, um die Umgebung zu inspizieren, schreckte er Möwen auf, die kreischend flüchteten.

»Das war ein Beobachtungsposten«, stellte er fest. »Von hier aus hat die deutsche Wehrmacht das Meer kontrolliert. Godard ist nicht hier, wir müssen zurückgehen.«

Als sie den Hauptgang nach endlos scheinenden Minuten erreicht hatten, schalteten sie die Taschenlampen wieder aus und tasteten sich durch die Dunkelheit vorwärts, bis nach einigen Metern ein Lichtschein von oben in das Tunnelsystem zu ihnen drang. Sie konnten schemenhaft eine Treppe erkennen, die nach oben führte. Sie hatten die zweite Kasematte erreicht.

Vorsichtig schlichen sie nach oben und gelangten in einen Raum, in dem sich früher die Kanoniere aufgehalten hatten, wenn sie im Dienst waren. Die Wände des Baus bestanden aus gelben Steinen. Ein Gitter bedeckte einen Lüftungsschacht, durch eine Schießscharte drang Tageslicht, abgebröckelter Putz bedeckte den Betonboden.

Antoine Godard stand mit dem Rücken zu ihnen und starrte die Wand an. In der Hand hielt er eine Lacksprühdose. Man konnte das fehlende Ohr erkennen. Wulstige Narben krochen über seinen Hals. Die Haare wuchsen nur noch in Büscheln und standen wirr vom Kopf ab. An die Wand war kreuz und quer, Dutzende Male, in leuchtend roter Farbe immer der gleiche Satz gesprüht:

Je hais des amoureux
Ich hasse Liebende

Er hob die Dose und begann erneut zu sprühen. Dabei stieß er ein schauerliches Heulen aus. Er wirkte völlig irre. Lagarde hob die Waffe und richtete sie auf den Mann. »Polizei, Hände hoch! Sie sind verhaftet.«

Godard fuhr herum und stürzte sich sofort auf Annie, die schutzsuchend neben Lagarde getreten war. Brutal riss er sie zu Boden und wollte ihr die Waffe aus der Hand entwinden. Sie schrie erschrocken auf und umklammerte die Pistole mit aller Kraft.

Schon war Lagarde über Godard, packte ihn am Nacken, zog ihn von Annie weg und schleuderte ihn gegen die Wand. Er schlug mit dem Kopf gegen einen Stein und sackte zusammen. Aus einer Platzwunde sickerte Blut. Doch blitzschnell zog er ein Messer aus seinem Stiefelschaft und ging erneut auf Annie los. Bevor er sie erreicht hatte, verpasste Lagarde ihm einen Handkantenschlag in die Halsbeuge, und der Angreifer ging in die Knie. Grob schleifte Lagarde ihn zur Mauer zurück, weg von Annie, und legte ihm geschickt mit wenigen Griffen Handschellen an.

Godard stierte ihn mit seinem verbliebenen Auge böse an. Lagarde lief zu Annie, ohne ihn aus den Augen zu lassen, und half ihr beim Aufstehen. »Sind Sie verletzt?«, fragte er besorgt. »Soll ich einen Krankenwagen rufen?«

Verstört sah sie an sich herunter. »Nein, ich glaube nicht. Ich habe mich nur erschrocken, es geht schon wieder.«

Zweifelnd musterte er sie, und sie lächelte ihn an. »Ehrlich, es ist alles in Ordnung.«

Daraufhin wandte Lagarde sich dem Totengräber zu.

»Wir haben uns Ihren Dachboden angesehen. Dort befinden sich die gleichen Zeichnungen wie an den Tatorten. Ich verhafte Sie wegen der Morde an Patricia Mauriac, Edouard Rochefort, Alice Ferrand, Pierre Basson, Melanie Kraus und Hannes Birke.«

Godard spuckte aus. Lagarde trat ihm die Füße weg, so dass er hart auf dem Boden landete. »Machen Sie das nicht noch einmal. Sie haben eine Polizistin angegriffen. Mich interessiert Ihr Motiv. Warum haben Sie diese Verbrechen begangen?«

Godard schwieg.

»Reden Sie!«

»Machen Sie die Handschellen ab, mein Arm ist fast ausgekugelt.«

»Erst will ich Ihr Motiv wissen. Sie haben sechs Menschen getötet.«

Godard starrte ihn hasserfüllt an, dann entschied er sich zu reden. »Ich hatte einen schweren Autounfall, bei dem ich Verbrennungen davongetragen habe. Dabei habe ich ein Auge verloren, mein Gesicht ist entstellt. Sandrine, meine Frau, hat mich daraufhin verlassen, sie hat sich vor mir geekelt. Mein Leben hatte ohne sie keinen Sinn mehr. Meine Arbeit hat mich nur noch angeödet, deshalb habe ich sie hingeschmissen. Als ich kein Geld mehr hatte, bin ich zu meiner Mutter gezogen, obwohl sie mich mit ihrer Überfürsorglichkeit total genervt hat. Mehr als einmal habe ich darüber nachgedacht, ob ich sie nicht auch töten soll. Wahrscheinlich werde ich das auch irgendwann machen müssen.«

»Sie töten niemanden mehr, dafür wird ein Gericht sorgen. Gibt es noch mehr Opfer?«

»Nein.«

»Was haben diese Kreise mit den Buchstaben und die Kreuze zu bedeuten?«

»Ich bin ein Künstler. Die Kreise symbolisieren die Eheringe, die Sandrine und ich einst getragen haben, die Kreuze bedeuten, dass unsere Liebe für immer tot und begraben ist.« Wütend trat er gegen das Stahlrohr und brüllte: »Ich hasse Liebespaare! Sandrine hat mich verlassen, deshalb sollen andere auch nicht glücklich sein. Ich kann ihr Glück nicht ertragen und rotte sie deshalb aus.«

Lagarde hatte genug gehört. »*Allons-nous*, gehen wir.«

AM NÄCHSTEN ABEND

Lucas, Ruet und Lagarde saßen an einem Bistrotisch vor dem Café *Henri Matisse* und genossen ihre Vorspeisen. Kaninchenterrine, Jakobsmuscheln mit Cognacsauce und Tintenfisch an Safranmousse, dazu ein Korb mit Baguette und eine Flasche weißen Bordeaux. Es war ihr Abschiedsessen, ehe der Commissaire nach Barfleur zurückfahren würde.

»Was geschieht jetzt mit Antoine Godard?«, fragte Annie.

»Er bleibt in Untersuchungshaft in Cherbourg und wartet auf seinen Prozess. Ich gehe davon aus, dass der Oberstaatsanwalt Anklage erheben wird, sobald das Ermittlungsverfahren abgeschlossen ist.«

»Wird er zu einer lebenslänglichen Haftstrafe verurteilt?«

»Davon gehe ich aus.«

»Oder er kommt in die Psychiatrie«, spekulierte Ruet und griff nach einer Scheibe Weißbrot. »Meiner Meinung nach ist er total verrückt.«

»Überlassen wir die Entscheidung dem Gericht«, meinte Lagarde und wandte seine Aufmerksamkeit Annie zu. »Wie geht es jetzt bei Ihnen weiter?«

Sie strahlte ihn an. »Ich bleibe noch ein Jahr hier, um Erfahrung zu sammeln. Dann werde ich die Polizeihochschule besuchen. Ich will Commissaire werden, so wie Sie. Die Polizeiarbeit in diesen Mordfällen hat mich in meiner Entscheidung bestärkt. Das ist mein Traumberuf.«

»Eine gute Entscheidung«, bestätigte Lagarde.

Ruet nickte zustimmend.

Simone Groult hatte ihre Tante in das exklusive Restaurant *Baie Des Veys* an der Marina von Sainte-Marie-du-Mont eingeladen. Die alte Dame hatte sich sehr gefreut und den Abend genossen.

Als sie in das Fischerhäuschen zurückgekehrt waren, holte Simone eine Flasche von Eugénies Lieblingschampagner aus dem Kühlschrank, den sie am Morgen besorgt hatte.

Die Tante wunderte sich. »Haben wir etwas zu feiern?«

Simone schenkte ein, und sie setzten sich um den Küchentisch. »Ich habe einen Entschluss gefasst, aber dafür brauche ich dich.«

»Mich?«

»Ja, ich möchte nicht mehr zu Benoît zurückgehen. Er hat mich verraten und sehr verletzt, deshalb habe ich kein Vertrauen mehr zu ihm.«

»Das kann ich gut verstehen.«

»Ich möchte hierbleiben, wenn es dir recht ist.«

Eugénie strahlte. »Das ist eine wunderbare Idee! Natürlich kannst du hierbleiben, ich freue mich.«

»Dann stoßen wir jetzt an, auf unsere Frauen-WG.«

Sie hoben die Gläser, ließen sie klirren und genossen den ersten Schluck.

»Auf unsere Frauen-WG«, antwortete Eugénie feierlich.

FÜNF WOCHEN SPÄTER

Eine Ansichtskarte mit bunten Briefmarken und Stempeln für Philippe Lagarde erreichte die Gendarmerie von Sainte-Mère-Église und wurde an ihn weitergeleitet.

Nachdem er sie in Empfang genommen hatte, betrachtete er zunächst die Aufschrift und die Bilder. Sie war aus Myanmar verschickt worden und zeigte Pagoden, Elefanten und einen Palmenstrand vor einem unendlichen, tiefblauen Ozean.

Sehr geehrter Monsieur le Commissaire,
meine Freundin und ich haben schon viel von den historischen und kulturellen Schätzen dieses Landes gesehen. Es ist herrlich hier, und jetzt verbringen wir noch einige Tage in einer Urwaldlounge am Golf von Bengalen. Die Menschen in diesem Land sind so freundlich und hilfsbereit, das Essen schmeckt wunderbar und exotisch.

Ich habe gar nicht gewusst, dass das Leben so schön sein kann.

Ganz herzliche Grüße aus diesem Zauberland!
Agnès Rochefort